ZHONGGUO
XIANDAIZUOJIA DE
AIYU SHUXIE

中国现代作家的爱欲抒写

叶永胜◎编著

安徽师范大学出版社
·芜湖·

图书在版编目(CIP)数据

中国现代作家的爱欲抒写 / 叶永胜编著. —芜湖:安徽师范大学出版社,2018.8
ISBN 978-7-5676-3349-0

Ⅰ.①中… Ⅱ.①叶… Ⅲ.①中国文学 - 现代文学 - 文学研究 Ⅳ.①I206.6

中国版本图书馆 CIP 数据核字(2018)第 026009 号

本书由 安徽高校省级学科建设重大项目 / 安徽师范大学学术著作出版基金 资助出版

中国现代作家的爱欲抒写

叶永胜◎编著

责任编辑:李克非
装帧设计:丁奕奕
出版发行:安徽师范大学出版社
芜湖市九华南路189号安徽师范大学花津校区 邮政编码:241002
网　　址:http://www.ahnupress.com
发 行 部:0553-3883578 5910327 5910310(传真) E-mail:asdcbsfxb@126.com
印　　刷:江苏凤凰数码印务有限公司
版　　次:2018年8月第1版
印　　次:2018年8月第1次印刷
开　　本:700mm × 1000mm 1 / 16
印　　张:17.75
字　　数:290千字
书　　号:ISBN 978-7-5676-3349-0
定　　价:52.00元

目　录

绪　言

作家个人的情感经历、婚恋对创作有重大影响，这已经是不争的文学史事实。文学作品不是一种与作家个人生活无关的客观产品，它是一种个人表达，在背后隐藏着整个人格，作家的过去与现在，隐秘的欲望与情感。有鉴于此，讨论作家的异性交往、恋情发展，除考证若干史实外，更需着重分析婚恋情事对作家文学创作产生的复杂影响。把作品完全看成作家的“自叙传”不免过分，可忽略二者的联系同样非实事求是；折中的办法，当把它作为理解创作的一个特别的角度。

文学创作需要天才，而天才往往有着强烈的不寻常的情感和欲望，有时甚至还有某种程度的变态。因为文学艺术是主情的，文艺离不开人的七情六欲，作家是用情感的方式直接表现人的情感的。而在人的情感中，最强烈的就是男女之情了。了解作家的男女之情，有助于人们感性地、深层次地把握其创作中的人性内涵。

歌德在长达82年的生涯中，有时间一次又一次，而且几乎每次都怀着巨大的热情投入火热的爱情中。歌德的爱情生活是和他的创作活动融合在一起的，他的作品常抒写自己的浪漫情感。他往往卷入纷杂的三角恋爱，同时与一个天真少女以及一个情场老手相恋，他的恋爱浪漫史总是坎坷不平，同时他的所爱又往往是不可能的，她们不是朋友的未婚妻就是朋友妻子。在74岁时，歌德仍充满激情地写道："情欲是精神疾病，但若想医治它，却会使它变得更加危险……所以，快活的老伙计，不要让年岁把你压倒，不管你的头发有多白，你依然可以成为一个情人。"①歌德把每一次恋情都作为写作的素材，创作了不少诗歌、小说和剧本，因此，不了解他与夏洛蒂·布夫、弗瑞德里卡、莉莉或者冯·施泰因夫人的恋情，就无法了解一个真正的歌德，也就很难理解他的《少年维特的烦恼》《浮士德》《威廉·麦斯特》等作品。

拜伦可说是19世纪浪漫主义的化身和象征，他以孤傲而痛苦的所谓"拜伦式英雄"赢得世界声誉，然而，他的私生活却充满了荒唐。另外雨果、巴尔扎克、乔治·桑、福楼拜、陀思妥耶夫斯基、菲茨杰拉德、乔伊斯等都有很多情人。诗人里尔克身后留下大量性爱诗，热情歌颂男女性爱，甚至把性行为与宗教仪式相比拟，而这实际上源于他的性压抑倾向，只能偷偷借这些诗歌发泄一通，女性只有在他的精神世界才是美好的、令人向往的。在西方作家中，像马克·吐温这样一生的爱情只投注给一个人——自己的妻子奥莉维亚的，可谓绝无仅有；可就是这样的马克·吐温，也还写有一本被称为美国文学史中最淫秽的情色小说《1601》，其行为堪可玩味。

纪德说：肉欲是艺术家一种头等重要的因素。他的这一说法，首先是指弗洛伊德升华理论意义上的重要性。弗洛伊德那个著名的升华理论说，当人的原欲因某种因素受阻，不得实现，遂升华至精神层面，成为文学艺术创作的动力。尼采也有类似看法，说那些弄文学艺术的全都是性欲充沛之人。性欲或肉欲其实是生命体的原始冲动，来自身体，来自本能，或者可以等同于生命力。只有那些生命力充沛之人，才有维持生存水平之外的冲动，也才能将这一冲动转向精神，创造出美好的艺术品。其次，人的美感总是指向肉欲，男人爱花容月貌，女人爱英俊潇洒，美感来自这种原始的生理的冲动。艺术总是用各自的手法表现这种美感，文学也总是用文字来发现和制造这种美。所以，仅仅从创造美的角度来看，肉欲对艺术家来说也是绝对不可或缺的。

① 译引自 Irving Wallace,edit., *The Intimate Sex Lives of Famous People*, Dell Publishing Co., Inc.1981, p.96.

中国现代作家大多了解并受以弗洛伊德为代表的西方现代心理学的影响，对人类爱欲的抒写取得了杰出艺术成就，他们的作品中出现大量的梦境、性征意象、人物变态行为以及潜意识描写，这些描写穷形尽相地展现了人物心理活动，特别是人物的潜意识性心理活动，揭示了人性的丰富复杂。

中国现代作家的创作欲望与审美倾向的最初形成以及之后风格的形成与发展，与他们自身的婚恋有着密切的关联。无论是恋爱的欢乐，还是婚姻的痛苦，总是流淌于作家笔下，渗透着作家对爱情、婚姻、人生和社会的种种体验和感悟，丰富着中国现代文学的面貌。一个人早年受到的爱情“诱惑”“压抑”，会影响他一辈子，“幼年时性爱生活的性质、错失、禁忌、升华和演变，对一个人往后的感情生活尤其是爱情生活的影响，不管我们怎么想，都不会被高估”①。鲁迅与朱安不幸的婚姻在鲁迅的内心世界掀起了巨大的波澜，使他的心理和机体都失去了平衡，陷入深深的悲痛、苦闷和压抑之中，文学成了他获得心灵平衡的最好形式，使他的心理重负取得一种替代性的满足。《彷徨》中的部分小说，《野草》中的部分散文诗，都是鲁迅缘婚恋而生，是鲁迅渴望情爱的心理被激发后的产物。胡适与江冬秀、韦莲司、曹佩声等女性的情感纠葛在他的诗歌创作中洒下一片光辉，他把与这几个女性的婚恋感应发酵为诗情发泄出来，《尝试集》为我国白话诗的兴起与发展留下了筚路蓝缕、开拓前行的足迹。郭沫若与安娜爱情的圣水不仅滋润了郭沫若干枯的心，给他带来了生命的热情和信心，同时也激起了他写诗的欲望，给他带来了文学创作的灵感与源泉。徐志摩更是一位典型的因情而生、缘情而灭的诗人，从某种意义上说，他的诗歌史、创作史就是他的婚恋兴衰史。戴望舒在失恋的深深痛苦与绝望中，写诗的欲望被充分调动酝酿发酵起来，他用凄婉的诗句抒写灵魂的创伤，使郁积的情感得到了释放，使爱的痛苦在言说中随词汇飘逝而去。

中国现代作家对爱欲的抒写是中国现代文学创作中的一个重要母题。对于“爱欲”的发现，与“五四”新思潮对“人的发现”有内在相关。“人”的觉醒，

① 阿尔伯特·莫德尔：《文学中的色情动机》，刘文荣译，文汇出版社2006年版，第132—133页。

甚至首先就表现为“爱欲”这一人的自然本能的觉醒。解志熙在其沈从文研究中也曾指出：“尤其在与所谓‘存天理，灭人欲’的传统相对照之下，人的爱欲或者说人的性本能之发现，委实具有石破天惊的现代意义，以至于在‘五四’之后的相当长一个时期内，爱欲的自觉与自由，几乎成了人性的自觉与自由的标志性指标，因而也成为各派新文学作家共同喜欢的主题。”[①]杰出的作家至少在一部小说中改头换面地写到自己，或者在他们的人物（通常是主人公）身上投射下自己的影子。抒情诗通常就是诗人自身恋情的表述，诗歌的灵感就来自他们的切身体验。歌咏爱情，是现代抒情诗区别传统抒情诗的一个变化。郭沫若等情诗中弥漫着一种爱情至上的情调，这种爱情观念为古代以男性为抒情形象的情诗所不曾有。“知识我也不要，名誉我也不要，我只要一个能安慰我体谅我的心”，“一副白热的心肠！从这一副心肠里生出来的同情！从同情而来的爱情！我所要求的就是爱情！”与爱情伦理观念进一步开放相关的是情欲之恋，在现代情诗中有大胆自由、毫不掩饰地表现。郭沫若的《venus》将醉心的感官赞美直接行诸于诗，大胆赤裸，毫无顾忌，这种令人心醉的诉诸感官的情诗，在正统的温柔敦厚的古体诗中绝少看见。郭沫若等现代情诗的出现，是文学发展和社会道德意识进步的双重表现。中国传统的抒情诗的构成主体是以女性为抒情形象的情诗，这类诗中又以思妇宫怨闺怨诗居多。与此相反，以男性为抒情形象的情诗所占比重不大，构成这类情诗的又主要是寄内诗、悼亡诗，表现青年男子对女性渴慕和对自由爱情追求的绝少。更为引人注目的是，以女性为抒情形象的闺怨诗的创作主体并非都是女性，恰恰相反，闺怨诗作者以男性为主，即田同之《西圃词说·诗词之辨》所谓“男子作闺音”。许多士大夫都有闺怨诗作，却很少以自身为抒情形象创作情诗。从情感浓度上看，以男性为抒情形象的情诗，远远没有以女性为抒情形象的情诗那般痴情热烈。朱自清注意到中国古代情诗的独特情趣及现代情诗的变化，他指出，“中国缺少情诗，有的只是‘忆内’‘寄内’或曲喻隐指之作；坦率的告白恋爱者绝少，为爱情而歌咏爱情的更是没有。这时期新诗做到了‘告白’的一

① 解志熙：《爱欲抒写的“诗与真”——沈从文现代时期的文学行为叙论（中）》，《中国现代文学研究丛刊》2012年第11期。

步。”[①]中国现代爱情诗中，男子坦率地告白恋爱，结束了中国千百年来“男子作闺音”的历史。它表明现代抒情诗、爱情诗摆脱拟古气息，从闺怨诗狭窄的题材领域和文学模式中走出。它使男女情诗的发展趋于健全、平衡。在思想上，它表明现代情诗开始摆脱封建礼教的束缚，高扬个性思想，对人正常合理的情感予以肯定和赞美。思想革命和文学革命并重的五四时代，提供了中国情诗发展的历史契机。

现代作家把现代婚恋观念与现代派的文学表现技巧结合在一起，大大提高了现代文学的“现代性”品位。郁达夫将性爱的描写置于社会历史的背景下，从审美心理的艺术视角加以观照，把人物性爱的苦闷当作时代的苦闷来表现，显示出一种浓重的凄苦的孤冷情调，从而对那个摧残人性的社会进行了彻底否定，充满着对社会的控诉与抗争。丁玲的早期小说折射了她自身不同时期、不同背景下的情爱生活，作者在自身情爱经历的基础上大胆生发，超越了个人生活经历的狭隘境界，使作品显示出更为深刻的思想内涵和美学意义。她从大胆肯定爱情的合理性，到逐步展开性爱标准的思考；从禁欲的爱情观到建立灵肉相统一的性爱观念，在发展中逐渐培养出健全的女性性爱意识。这种女性的性爱意识，反叛了封建礼教对女性性爱权力的剥夺，是对封建男权传统的激烈否定，具有同时代男性作家无法替代的思想价值。施蛰存对人物内在性心理的描绘，更是剖析了现代人的隐秘内心。

由于情爱和婚恋对创作有着不可低估的影响，因而探究作品产生的背景，就无法回避作家的情与爱，研究作家的情爱之旅与创作之路，对于进一步理解作家的作品不无裨益。但是，我们研究作家的爱欲抒写，关注婚恋与创作的关系，是为弄清楚一些困惑我们的作品背景、创作的动机与本事，从而更加深刻地理解作品。因此，研究作家的情爱与创作的关系，既要摈弃传统道德的性爱观念，也要杜绝那种无聊地寻找作家风流韵事的猎奇心理。我们是为了探究作家的情感世界和精神世界，而绝非为猎奇而窥视，以窥探作家的隐私为乐。对于中国现代作家

① 朱自清编选：《中国新文学大系·诗集》，上海良友图书公司1935年版，第4页。

这一代来说，由传统向现代转型，他们的婚姻、恋爱也是尤其特殊的，对于他们的情感，我们这些非当事人，不应以一种简单的道德去判断和评价。正如陈思和所说："在今天这样一个不尊重个人隐私、只会炒作揭秘之类的文化环境，对人类丰富而复杂的感情既缺乏同情理解，更不可能用审美态度去接受的恶俗社会里，对待这样的事情，出于对当事人的尊重，最好还是沉默相守，因为两个人的情事只有两个当事人自己最清楚，好与不好，应该与不应该，都由他们自己来决定，旁人无从评说，更何况我们都属于后来者，与当时的时代、环境、条件都发生了大变化，我们根本就无权评论这些历史现象。当然，从人的感情世界的进化历程而言，可能真正的变化并不大，所以我们还是可以理解前人的感情世界。那么，就让我们用美好的心灵去接近他们，从历史人物的感情世界中，获取我们自己所需要的精神营养吧。"①因此，即便不能以审美的态度去对待这些作家，尤其是男性作家的丰富情感世界，我们也需要持以陈寅恪所谓的"理解的同情"。婚姻是唯一的，但人生旅途却常有美丽的"风景"吸引人，有心心相印的知音。关键是作家如何理性对待这份情感，尤其重要的是如何将之转化为创作素材和动力，创造出优秀的艺术作品。

下面，就让我们走近中国现代作家，看看他们的爱欲抒写吧！

① 陈思和：《见证一个美丽而凄凉的灵魂——序傅光明著〈书信世界里的赵清阁与老舍〉》，《书屋》2015年第6期。

一、鲁迅：新的生路还很多，我可以爱

鲁迅与朱安、许广平的三人情感故事在20世纪80年代以后已经为人所熟知。这段婚恋经历，对鲁迅的生活、性格、思想与创作均产生了重大影响。本节对他的初恋、婚姻与后来的恋爱在创作中的表现以及影响进行具体分析。

一

1881年9月25日，鲁迅（严格来讲此处应称周树人，“鲁迅”要到1918年才出现）出生于浙江绍兴周家新台门，原名樟寿，1898年改名周树人，字豫山、豫亭，后改名为豫才。

图1–1　1904年的鲁迅

1899年春，鲁迅去南京读书不久，母亲鲁瑞开始为子议亲。时鲁迅已18岁，按当时习俗，已属大龄未婚青年。当时，鲁瑞想到的是自家兄弟、鲁迅小舅父鲁寄湘的大女儿琴姑。绍兴风俗，同姓禁婚，表亲允许。琴姑比鲁迅小两岁，长得眉清目秀，文质彬彬，又知书达理，文静而有礼貌，鲁瑞很喜欢。根据周建人《鲁迅故家的败落》一书记载，鲁迅和周作人曾去皇甫庄舅父家，表兄妹在一起玩耍，琴姑对能写会画、才能出众的大表哥印象应极为深刻。鲁瑞提出之后，鲁寄湘也很高兴。但是，因琴姑生肖属羊而犯冲，周家迟疑。当地有俗语“男子属羊闹堂堂，女子属羊守空房”；而鲁迅天生命弱（出生时胎衣先出来），周家特地为鲁迅拜了一个和尚做师父，并且取了法名“长庚”，表示已经出家，免得神鬼勾命。保姆阿长坚决反对这门亲事，认为对鲁迅不利，鲁瑞也不敢打破这个习俗，结果就不了了之。鲁家后来为琴姑另许人家，不久琴姑抑郁而终。她在临终前还念念不忘周家提亲一事，对服侍她的贴身保姆说：“我有一桩心事，在我死前非说出来不可，就是以前周家来提过亲，后来忽然不提了，这一件事，是我的终身恨事，我到死都忘不了！”[①]

这桩“议亲”在马蹄疾《鲁迅：我可以爱》、李允经《鲁迅的婚姻与家庭》中都有提及。对于此事，鲁迅是何态度，鲁迅书信、日记中均无论述。有的文章中说鲁迅后来才得知，其情不确。这事鲁迅的弟弟都知道，而且还是由周建人说出来，鲁迅作为当事人岂会不知？从后来鲁瑞说合朱安事先征求鲁迅意见来看，鲁迅对这次议亲也应是知情的。至于鲁迅的态度，张恩和在《鲁迅的初恋》一文中认为，有几个细节可以旁证。他举《朝花夕拾》中的散文《阿长与山海经》，鲁迅既对这位“地母”进行了颂祷，又对这位长妈妈的粗心和爱管闲事不无訾意，“特别是对她的‘爱管闲事’‘切切察察’以至满肚子让人厌烦的‘禁忌和礼节’，是否有对她在母亲议婚时的搅局，说琴姑属相‘犯冲’，从而使婚事流产，表示不满，多少有关呢？”另外，他还论述了《在酒楼上》中的吕纬甫专门为一个叫“阿顺”（也叫“顺姑”）的姑娘送剪绒花的细节。小说中的“顺姑”与琴姑实有几分相似：“她也长得并不好看，不过是平常的瘦瘦的瓜子脸，黄脸皮；独有眼睛非常大，睫毛也很长，眼白又青得如夜的晴天，而且是北方的无风的晴天，这里的就没有那么明净了。”这里突出的是她明净的眼睛，而且她还伶俐可爱，待人殷勤；她很能干，是长女，“两个小弟妹都靠她”；后来听人告诉她要嫁给一个不争气的男人而郁郁寡欢，终至夭亡。而告诉顺姑“诳话”的是长庚（鲁迅的法名），这个

① 周建人：《鲁迅故家的败落》，湖南人民出版社1984年版，第242页。

命名是否含有一种自责？鲁迅此后的沉默说明对这件伤心事看得很重，“‘不说’恐怕反而是从另一方面证明了它的‘实有’”[①]。

与琴姑议亲的事放下后，鲁瑞就开始张罗说合朱安了。朱安，1879年出生于绍兴水沟营丁家弄一个商人家庭，家境比周家要好，但周氏乃当地大族，也算门当户对；女方比男方大，也深合当地风俗；而且朱安在大家庭中生活，掌握持家之道，性格温顺，所以鲁瑞比较满意。1899年3月，周家正式提亲，却拖延到1901年4月才向朱安“请庚”。这并非是鲁迅“竭力反对”，倒可能是周家一时无法筹措定亲礼金而延迟。在当时社会，婚姻都由父母包办，鲁迅既无自由恋爱对象，自无理由反对。周家自祖父“科场弊案”后家道中落，对朱家亲事也无可挑剔。本来年底成亲是个好时机，双方都已年龄不小，朱安更是个“老姑娘”了。但鲁迅考取了官费留学日本，因此就又拖延下来了。1902年3月，鲁迅离国赴日。其实，根据当时情形，考虑到两人年龄，留学又要耽误几年，举行婚礼倒是最好的做法。想来鲁迅和胡适一样，心中不大乐意，找借口推托。或许，鲁迅心里还有琴姑的身影？张恩和就有这样的看法，他对鲁迅写于1903年剪辫子后的《自题小像》一诗中“灵台无计逃神矢”分析，认为并非是对祖国的爱，因为即使说自己决心爱国爱人民，也犯不着用“想逃又逃不掉”这样拐弯抹角的语式和语气，而且用被爱神之箭射中来比喻爱国，也不是那么熨帖。他根据自己的理解，认为诗意是这样的：

> 我的心实在躲避不了丘匹特的神箭，
> 心中一直把她（琴姑）挂牵；
> 故乡还紧张地在为我安排婚事（朱安），
> 真的是雨骤风狂，夜气如磐。
> 我把心意告白于寒空的星星：
> 他们（母亲及亲人）又是那样地不理解我；

① 张恩和：《鲁迅的初恋》，《鲁迅研究月刊》2007年第8期。

我只能不管个人的事，

决心为祖国把鲜血和生命贡献。①

说鲁迅一直牵挂琴姑，还有一个证据可以佐证。1932年，鲁迅应素不相识的程鼎兴之请，为其所出版的遭遗弃的爱妻金淑姿情书一束《信》，欣然写序：

夫嘉葩失荫，薄寒夺其芳菲，思士陵天，骄阳毁其羽翮。盖幽居一出，每仓皇于太空，坐驰无穷，终陨颠于实有也。爰有静女，长自山家，林泉陶其慧心，峰嶂隔兹尘俗，夜看朗月，觉天人之必圆，春撷繁花，谓芳馨之永住。虽生旧第，亦溅新流，既茁爱萌，遂通佳讯，排微波而径逝，矢坚石以偕行，向曼远之将来，构辉煌之好梦。然而年华春短，人海澜翻。远瞩所至，始见来日之大难，修眉渐颦，终敛当年之巧笑，衔深哀于不答，铸孤愤以成辞，远人焉居，长途难即。何期忽逢二竖，遽释诸纷，闷绮颜于一棺，腐芳心于抔土。从此西楼良夜，凭槛无人，而中国韶年，乐生依旧。呜呼，亦可悲矣，不能久也。逝者如是，遗简廑存，则有生人，付之活字，文无雕饰，呈天真之纷纶，事具悲欢，露人生之鳞爪，既欢娱以善始，遂凄恻而令终。诚足以分追悼于有情，散余悲于无著者也。属为小引，愧乏长才，率缀芜词，聊陈涯略云尔。②

在这篇后来收于《集外集》的序中，鲁迅寄情衔恨而早逝的淑姿“夫嘉葩失荫，薄寒夺其芬菲”，视爱为生命的淑姿，沉浸在爱情的甜蜜中，心中充满着“夜看朗月，觉天人之必圆；春撷繁花，谓芳馨之永住”。鲁迅对素昧平生的金淑姿的纯情把握得如此深刻，不排除睹物思人，触动了他自己心中的隐痛，纯情的琴姑不是和淑姿一样对爱情怀着这样的期待吗？然而，淑姿已死，琴姑已逝，都是遭逢同样的悲惨命运，所以鲁迅在序言中接着写下了对淑姿的追悼，实际上也可看

① 张恩和：《鲁迅的初恋》，《鲁迅研究月刊》2007年第8期。

② 鲁迅：《〈淑姿的信〉序》，《鲁迅全集》（第7卷），人民文学出版社2005年版，第135页。

作是对琴姑的遥祭。

二

从1902年去国，到1909年归国，期间鲁迅只回来两次。1903年，鲁迅回来，朱家看到鲁迅穿着西服，剪去发辫，已是颇有不安。绍兴有俗语“养女不过二十六”，朱家自然要催促周家接亲，更有人传言鲁迅已在日本娶妻，因此1906年鲁瑞写信要鲁迅回国成亲，后发电报“母病速回”，将鲁迅骗回了国。鲁迅回到家里，看到母亲并没有生病，而家里已张灯结彩，心里已明白了大半。鲁迅对母极为孝顺，从不拂逆，母亲说要给他完婚，他并不反对，并答应了采用讲究排场而又繁文缛节的老式婚礼，还同意装上了假辫。但婚后第二天晚上，他就赖在母亲房里，不想回新房了，后来干脆躺在书房里。婚后第五天，他借口“不能荒废学业”，就带着二弟周作人，去日本了。

鲁迅既答应结婚，何以对朱安又如此没有感情呢？有人认为是朱安裹小脚、没有文化，鲁迅因此嫌恶她。当时女性都裹有小脚，大多未接受过学堂教育，鲁迅对此也是知道的，应该有心理准备。笔者认为一开始的原因或在于朱安的容貌上，随后在于朱安不识字，思想守旧，两人没有共同语言，差距越来越大。新婚之夜，其貌不扬、近乎丑陋的朱安令鲁迅最后的一点希望也幻灭了。周作人在《知堂回想录》中谈到做媒的人是鲁瑞的妯娌，“人极漂亮能干，有王凤姐之风。平素和鲁老太太也顶讲得来，可是这一件事却做的十分不高明。新人极为矮小，颇有发育不全的样子，这些情形，姑媳不会不晓得，却是成心欺骗，这是很对不起人的。”[①]曾和鲁迅、朱安一起住在砖塔胡同的房东的妹妹俞芳这样写道朱安：“个子不高，身材瘦小；脸型狭长，脸色微黄，前额、颧骨均略突出，看上去似带几分病容。眼睛大小适中，但不大有神，而且有些下陷，梳发髻。脚缠得很小，步履缓慢不稳。”[②]至此，鲁迅对这桩婚姻是彻底心凉了，他对前来贺喜的亲友

① 周作人：《知堂回想录》，三育图书有限公司1980年版，第171页。

② 俞芳：《我记忆中的鲁迅先生》，浙江人民出版社1981年版，第135页。

说，“是母亲娶媳妇”。当然，要说纯然是容貌原因，也不尽然，后来的许广平也不是美貌之女子。两人久在一起，还是要看思想上有无交流之可能。朱安如果有一定的文化水平，或许能帮鲁迅找找资料、抄抄稿件，有了一些共同话题，也许能慢慢地建立起感情来。但朱安缺少这方面的努力，自甘文盲，而婆婆鲁瑞却能自修到读书看报能力，不能不说有其自身原因。有一次母亲问鲁迅：她到底有什么不好？鲁迅摇摇头说：不是什么不好，而是和她谈不来。母亲又问：怎么会谈不来呢？鲁迅说：和她谈话无味，无趣，不如不谈。朱安不识字，不能读书看报，视野狭窄，除了家务和侍奉婆婆，不关心外面的世界，不知晓世事，因而两人是生活在两样的世界里，无话可谈，谈而无趣，自然无法增进感情。从这点看，朱安缺乏江冬秀所具有的一些素质。

图1-2　朱安

从1909年回国，无论在绍兴、在北京，鲁迅虽和朱安同在一个宅第，却都分房而居；即使有短时同居一室，也是同床异梦。正如朱安在牢骚中所透露的：“老太太嫌我没有儿子，大先生终年不同我说话，怎么会生儿子呢？”他们实际上并无正常的夫妻生活。性爱是爱情的基础，生活在一起，却抵制性爱，自然无法产生感情，更遑论爱情了。其实，那个时代，多少人结合的时候是“有感情”的呢？[①]多数也就凑合，生儿育女，过一辈子，像鲁迅这样禁欲、决绝的倒极为例外。

① 鲁迅、胡适那一辈人，试问有几位没有这样的婚姻背景呢？他们都是“世家子”，在他们留学时，这些十八九岁的“世家子”未订过婚或未娶亲的，实在少而又少。唐德刚说，胡适他们那一辈的知识分子，是我国三千年婚姻史上，可以选择三种不同的婚姻制度和三种不同的婚后生活方式的唯一的一辈。这三种制度是纯粹农业社会所特有的“旧式婚姻”、工业文明社会里的合伙制的西式婚姻和“转移时代”里半中不西的所谓“新式婚姻”。这三种制度只在20世纪初的中国才同时存在，此前未曾有过，此后也不会再有。在那个“转移时代”，他们是在这三大壁垒间被踢来踢去的皮球，婚姻就是在男女关系中胡乱“碰”而祈求某种可能。参见唐德刚《胡适杂忆》，远流出版事业股份有限公司2005年版，第286页。

鲁迅虽然不爱朱安，但他也明白，朱安无错无罪，没有责任，她同样是封建婚姻的牺牲品。他在随感中说："在女性一方面，本来也没有罪，现在是做了旧习惯的牺牲。我们既然自觉着人类的道德，……又不能责备异性，也只好陪着做一世牺牲，完结了四千年的旧账。"①这段话，也可以看作是鲁迅的内心独白，表达了他对自己婚姻遭遇的态度，也表达了他对朱安的态度。他曾对好友许寿裳谈起朱安说，这是母亲给他的一件礼物，他只能好好地供养她，爱情是他所不知道的。鲁迅对朱安在经济上、日常上没有虐待，作为妻子供养，尊重她的地位，与朱安娘家人也有书信和银钱来往，只是有一种精神上的"冷暴力"，使得朱安很不幸。朱安如果不是嫁给鲁迅，而是与一般市井平民成家，生育子女，操持家务，亦不知是否会得到幸福。对那个年代的女性来说，大多数恐怕亦是命定。鲁迅一直维持着与朱安的"法定"关系，没有与之离婚（在民国，鲁迅如果这样做是很方便的），是考虑到朱安的感受。对于朱安来说，是宁愿死也不会离婚的，这会被她认为是"休妻"，是个人和家族的奇耻大辱。以前也曾有学者论述鲁迅"重婚"，与许广平"非法通奸"，鲁迅作为过错方没有提出离婚的权利，朱安作为无责方才拥有提出离婚的权利。这桩事需要的就是朱安来解开这个结，大家获得解脱。可是实际情形、事情的根源是什么呢？这些亦不过是纸上谈兵而已，全不考虑当事人（当时人）的切身感受。也许在论者看来，鲁迅陪着朱安一辈子，不与许广平相爱，才是公平的，合乎道德的。可是，这又是合乎什么样的道德呢？强迫鲁迅爱一个不爱的人又有何公平可论呢？俞芳曾写过这样一段回忆：

当时大先生的朋友、学生们都是经过"五四"运动洗礼的，大多思想进步，特别是孙伏园、章川岛、常维钧等人，思想都很解放。他们都曾劝过大先生，有的直言不讳地说：既然没有感情，就送她回娘家，负担她的生活费，这是很客气也很合理的办法，何必为此苦恼着自己，和她一起做封建婚姻的牺牲品呢？而大先生则考虑得更多些，他总是为大师母设身处地地考

① 鲁迅：《随感录四十》，《鲁迅全集》（第1卷），人民文学出版社2005年版，第338页。

虑：绍兴习俗，一个嫁出去的女人，如果退回娘家，人们就认为这是被夫家"休"回去的，那时家人的歧视，舆论的谴责，将无情地向她袭来，从此她的处境将不堪设想；还有她家庭的社会地位，也将一落千丈。性格软弱的女人，一般说是挡不住这种遭遇的，有的竟会自杀，了此一生。大先生从不欺待弱小，遇事总是设身处地地为别人着想的好心肠，使他下不了决心，一直没有这样做。[①]

这段回忆大抵是合乎实情的。这件事情及其处理带有时代的历史烙印，也找不到更好的处理方式。恩格斯说："如果感情确实已经消失，或者已经被新的热烈的爱情所排挤，那就会使离婚无论对于双方或对于社会都成为幸事。"[②]理想的结果是朱安也另外找到一个相爱的人，各自寻到圆满归宿，而这却是不可能的，朱安没有这种觉悟，"生是周家人，死是周家鬼"。那些离开了特定情境、具体问题的分析，不过是仇视鲁迅的恶意攻击、发泄情绪罢了。鲁迅在这件事情上如果有错的话就是一开始因"愚孝"而没有坚决反对婚事，其消极的沉默与听从导致了后来两人多年的痛苦，即如他后来所悔悟的："我一生的失计，即在向来不为自己的生活打算，一切听人安排。"[③]

鲁迅对朱安这类传统女性是了解的，感情上也是非常复杂的。一方面对她们的遭遇很同情，认为她们是权力的最底层，受着多重的奴役，"哀其不幸"；另一方面，作为文化精英的启蒙者，深刻认识到她们身上的"奴性"，"怒其不争"。他小说中的传统型女性，都有着朱安似的性格与不幸命运，在她们身上，也投射着鲁迅对朱安的情绪。下面即以《祝福》和《离婚》为例。

《祝福》表现了祥林嫂这个传统型的底层妇女的不幸人生，造成她悲剧人生的有封建礼教的迫害、社会的凉薄以及个人的精神愚昧等因素。她在死了丈夫以后

① 俞芳：《我记忆中的鲁迅先生》，浙江人民出版社1981年版，第144—145页。

② 恩格斯：《家庭、私有制和国家的起源》，《马克思恩格斯选集》第4卷，人民出版社1995年版，第81页。

③ 鲁迅、景宋：《两地书全编》，浙江文艺出版社1998年版，第58页。

被夫家所卖，以死抗争而不得；再次嫁人后又不幸丈夫得风寒而死、儿子被狼叼吃；人们在听厌了她的诉说后漠然其遭遇；鲁四老爷厌恶她不洁而禁止她插手祭祀事务；她求生不得，求死又不能，担心死后要被锯成两半，因而恐惧不安。朱安虽然不像祥林嫂那样贫困，但她实际上是活守寡，得不到幸福，精神上的遭遇和祥林嫂一样。祥林嫂誓死反抗再嫁，坚守的是“从一而终”的封建贞洁观，与朱安“生是周家人，死是周家鬼”的想法相同。她们都是“铁屋子”中昏昏然睡死过去的奴隶，而且都满意这“暂时做稳了奴隶”。祥林嫂的性格、人生完全符合朱安的性格逻辑。如果朱安被送回老家绍兴，必然也是祥林嫂的结局。

《离婚》中的爱姑比起祥林嫂似乎更具有抗争性，泼辣、桀骜不驯，但她实质上也是一个维护传统礼教伦理的、不觉悟的妇女。她“闹”了三年，“总要闹得他们家破人亡”，其意图是不离婚，极力抗争的背后是对于离婚的恐惧，“她本来不喜欢她的丈夫，却是拼命要保持她的婚姻地位；她宁愿不快乐，而不愿不名誉。”[①]用她的话来说，她可是“三茶六礼定来的，花轿抬来的呵”，而且自从嫁入夫门之后，“真是低头进，低头出，一礼也不缺”。她力证自己是个“好媳妇”，她激烈地抗争去要争得一个“暂时做稳了奴隶”的地位。在祥林嫂、爱姑等人物身上，反映了鲁迅对朱安等传统女性的看法。

《我的失恋》是鲁迅于1924年写作的一首打油诗，发表于同年12月8日《雨丝》周刊第四期，后收入鲁迅的散文集《野草》。鲁迅在《〈野草〉英文译本序》中说：“因为讽刺当时盛行的失恋诗，作《我的失恋》。”在《我和〈语丝〉的始终》中，又说：“是看见当时‘阿呀阿哟，我要死了’之类的失恋诗盛行，故意用一首用‘由她去罢’收场的东西，开开玩笑的。”《我的失恋》并非一首简单的讽刺诗，在某种程度上，该诗可以说是鲁迅与朱安婚姻生活的写照。全诗表达的对于爱情上下求索而不得的苦闷和惆怅，可以说是鲁迅对于自身婚姻状态的无意识的流露。文中的“我”可以理解为鲁迅自身，而“我”的失恋正是鲁迅自己婚姻的“失恋”。全诗共分四节，每一节都表现了“我”与“所爱”始终难以相互沟通

① 夏志清：《中国现代小说史》，复旦大学出版社2005年版，第34页。

与理解的尴尬窘迫的境遇。诗歌选取了四个求爱的典型事例，运用排比叠段的手法，讲述了“我”失恋的原因和经过。每节诗歌的前三句都是写“我”求爱之难，“我”一次次地“在山腰”“在闹市”“在河滨”“在豪家”去寻所爱。后四句写“我”失恋的经过，“我”与“所爱”互送礼物后换来的却是爱人的“从此翻脸不理我”，这“不知何故兮使我心惊”“糊涂”“神经衰弱”，最后“我”在无奈中选择了“由她去罢”。《我的失恋》，正如加拿大学者李天明在其著作中阐述的那样，“在更深的层次上，它是诗人对自己不幸婚姻的自嘲”①。

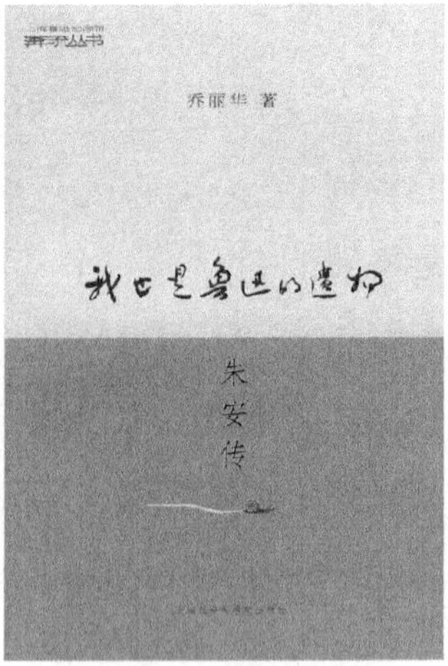

图1-3　乔丽华《我也是鲁迅的遗物》

三

1918年5月《新青年》第四卷第五号发表了鲁迅的白话诗《爱之神》：

一个小娃子，展开翅子在空中，
一手搭箭，一手张弓，
不知怎么一下，一箭射着前胸。
“小娃子先生，谢你胡乱栽培！
但得告诉我：我应该爱谁？”
娃子着慌，摇头说，“唉！
你是还有心胸的人，竟也说这宗话。
你应该爱谁，我怎么知道。
总之，我的箭是放过了！

① 李天明：《难以直说的苦衷——鲁迅〈野草〉探秘》，人民文学出版社2000年版，第130页。

你要是爱谁，便没命的去爱他；

你要是谁也不爱，也可以没命的去自己死掉。”

诗歌反映了想爱而不知何谓爱、有爱而不知应爱谁的矛盾心理状态。鲁迅用小爱神的回答鲜明地指出当时青年在爱情婚姻问题上的两种抉择：大胆地去爱，去争取爱情自主和幸福；或者，仍然不敢爱，“谁也不爱”，屈从于几千年封建礼教，继续去做封建礼教的牺牲品，“没命的去自己死掉”。如果没有遇到许广平，鲁迅或许就会这样“没命的去自己死掉”。

图1-4　许广平

许广平，1898年出生于广州的一个显赫家族，祖父曾任浙江巡抚。许广平出生后三天就被父亲“碰杯为婚”许配给劣绅马家。许广平懂事后坚决反对，并在兄长的帮助下最终退了亲事。1918年，许广平考入天津“直隶省立第一女子师范学校”；1922年又考入国立北京女子高等师范学校（1924年改称“国立北京女子师范大学”）。1923年，鲁迅受许寿裳之邀到女师大讲授“中国小说史”课程。1925年3月11日，许广平鼓起勇气给鲁迅写了第一封信，开首写道：“现在执笔写信给你的，是一个受了你快要两年的教训，是每星期翘盼着希有的，每星期三十多点钟中一点钟小说史听讲的，是当你授课时，坐在头一排的坐位，每每忘形地直率地凭其相同的刚决的言语，在听讲时好发言的一个小学生。他有许多怀疑而愤懑不平的久蓄于中的话，这时许是按抑不住吧，所以向先生陈诉。”[①]鲁迅收到这封求教“中国女子教育的前途”的信件后立即回复，这样就开始了由书信来往到面谈的交往，而最终于1927年到上海同居。

鲁迅在与许广平交往的过程中不无踌躇和矛盾，他的内心挣扎又彷徨：“异性，我是爱的，但我一向不敢，因为我自己明白各种缺点，深恐辱没了对手。”[②]

① 鲁迅、景宋：《两地书》，中国青年出版社2005年版，第1页。

② 1929年3月22日给韦素园的信，《鲁迅全集》（第12卷），人民文学出版社2005年版，第157页。

鲁迅向许广平解剖了自己的种种"旧疴"与"不配",末了质问:"为什么还要爱呢?"鲁迅对于爱情陷入憧憬与焦虑的两难抉择中,他这时的思虑在其创作的《野草》中有明显地反映[①]。

爱情对于鲁迅而言,曾经是憧憬、渴望的,可是在被强加了旧式婚姻后,爱情的到来却令鲁迅极为矛盾、踌躇。鲁迅家有旧妇,因此这是婚外恋;鲁迅是女师大讲师,因此这是师生恋;鲁迅已人到中年,与许广平年龄悬殊,几乎是隔代恋;鲁迅是名人,正卷入和各种论敌的论战之中,这恋爱正给人以口实;鲁迅自觉健康状况不佳,不能给对方以幸福。许广平纵然不计较名分,不顾忌道德家的攻击,鲁迅却不能不有所考虑。鲁迅说:"我先前偶一想到爱,总立刻自己惭愧,怕不配,因而也不敢爱某一人。"[②]但爱情是人性中最强大、难以被理性驾驭的感情,虽然和自己的人格心理、道德意识形成冲突,但是这觉醒的人的意识、生命意志与欲望的呼唤,使鲁迅再也难以按捺下被唤起的情爱意识,在1924—1925年创作的一些篇章中,透露了鲁迅此时矛盾、冲突的爱欲心理。

图1-5 鲁迅《野草》

胡尹强在其著作中认为,《秋夜》通过对寓所内外的秋夜即景的描述,以枣树、小粉红花、秋夜三个意象及其之间的复杂关系,表现了"意外的机会"出现之前的诗人和她之间的隐秘微妙的情感关系,更有对由"意外的机会"而突然发现的近在眼前的爱情的冷峻的向往和期待。《影的告别》与《求乞者》表现了诗人在恋爱中沉重的自卑感:"影"能够奉献给"形"(所爱)的只有"黑暗和虚空",他只能"独自远行";诗人感觉到她的爱,但又怀疑、担心这或许只是同情、怜悯和布施,他乞求爱情或许只能得到烦腻和憎恶,于是决定隐忍着,只用"无所为和沉

① 胡尹强所著《鲁迅:为爱情作证——破解〈野草〉世纪之谜》一书即以此观点阐释《野草》。他认为,创作《野草》的1924年9月到1926年4月,正是鲁迅和许广平从互相发现相爱、热恋、决定到适合的时候同居的全过程,《野草》就是二人恋爱过程中发生的"难于直说"的"随时的小感想"。

② 鲁迅:《鲁迅全集》(第11卷),人民文学出版社1981年版,第275页。

默乞求”。《我的失恋》则以打油诗的方式在幽默和谐谑中对前面所面对爱情时的焦虑、苦闷、彷徨进行解嘲和自我调侃，决定把这令人“彷徨于无地”的爱情搁置起来。《希望》表明诗人已经战胜了自己的犹疑、彷徨，坚定了恋爱的决定，甘冒失败的风险，也要跨进爱情的门槛，这是诗人决心进行这场恋爱的宣言书，决心“纵使寻不到身外的青春，也总得自己来一掷我身中的迟暮”了。《雪》含蓄地表现了对“她”在爱情面前顾虑重重、逡巡不前的不满，并提出委婉的劝说，“朔方的雪”是对“她”的激励。《好的故事》表明诗人在地狱般没有爱情的婚姻生活中，生命意志和欲望觉醒了，憧憬情爱生活的美好①。《过客》也表现了爱情主题，小女孩的“布片”涵盖了情爱的象征意义。《死火》是对两人恋爱和恋爱过程的象征性浓缩，是一首爱情寓言诗。而《狗的驳诘》是诗人发出恋爱胜利宣言同时所做的一个梦魇，对自己的人格和道德的透视和解剖。《墓碣文》是鲁迅无情地自我解剖，向“她”卸掉“特地留在身上的铁甲”，“全露出我的血肉来”。《死后》是诗人在情爱满足的幸福中情绪松弛的自然流露；《蜡叶》是诗人在病中对自己的生活和爱情前途的悲观；《一觉》是“爱情表白的高潮”，诗人脑中涌动着强烈的生命的欲望，弥漫着爱情的欲望和爱情的幸福感；他们爱情的胜利，是存活的生命对死亡的胜利，是生命的希望对黑暗与虚无的胜利，对苦闷与彷徨的胜利。《野草》展示的是恋爱过程中，诗人灵魂里新的、光明的存在，时时遭受同样存在于灵魂的旧的、黑暗的存在的巨大压力，是诗人灵魂里新与旧、现代与传统、光明与黑暗、过去与未来的苦苦搏战的象征。②胡尹强的解读提供了进入《野草》的一种方式，并对一些篇章作了新颖的阐

图1-6　胡尹强《鲁迅：为爱情作证》

① 又央认为，《好的故事》是对“一种美好和谐的爱情生活的向往”，“其旨归，恐怕应该是以和谐美好的男女爱情为本位的，它表现了作者在不幸婚姻的暗夜对理想爱情的憧憬中的一刹那的激动和迷醉。”参见又央《〈野草〉：一个特殊序列》，《鲁迅研究月刊》1993年第5期。

② 胡尹强：《鲁迅：为爱情作证——破解〈野草〉世纪之谜》，东方出版社2004年版。

释，揭示了鲁迅此时的矛盾心理，但是将《野草》中的所有文字都看作是鲁许二人恋爱的曲折隐晦的记录，却有些牵强，对有些篇章的解读明显有生拉硬扯的嫌疑，难以自圆其说。

图1-7 鲁迅1934年于上海

作于1925年10月21日的《伤逝》是鲁迅小说中的一个独特文本，它是对其与许广平婚恋的一个深度、理性的思考。有学者认为，《伤逝》“是在以自己的婚姻生活为蓝本虚构爱情悲剧故事”，“是鲁迅对自己‘无爱’的婚姻生活的回顾与告别，是这‘无爱’婚姻的物化形态记录与葬歌”，“也是灵魂涅槃后新生的宣言”，子君的原型是朱安。①笔者并不认可这种理解，而比较赞同胡尹强的分析，《伤逝》是在鲁迅和许广平确认爱情关系后，对未来生活计划产生分歧、发生争论时，鲁迅为了说服许广平放弃提出的计划，接受鲁迅提出的计划而创作的。②在1925年6月他们定情之后，对今后的生活当要做一个打算，许广平很可能提出不顾一切、决然向道德家和流言家挑战、立即公开同居的计划。她在1925年10月12日《国民新报副刊（乙）》第八号上，用“平林”的笔名发表《同行者》一文，表示决计不顾“戴着‘道德’的面目专唱高调的人们”的议论，而“一心一意的向着爱的方向奔驰”。而鲁迅对此有更深的思考，提出一个更为实际的共同生活计划。许广平在《欣慰的纪念·鲁迅和青年们》中透露：这个计划包括两个要点，一是离开已经有流言和潜在的流言而使他们不愉快的北京，二是分头苦干两年，挣得足可维持半年生活的积

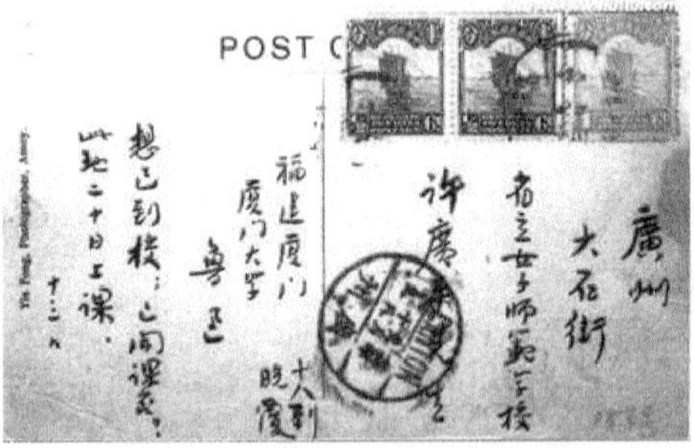

图1-8 鲁迅致许广平的明信片

① 宗先鸿：《论〈伤逝〉的创作意图与人物原型》，《鲁迅研究月刊》2005年第11期。

② 胡尹强：《创作动机和灵感触发点——〈伤逝〉与鲁迅许广平的恋爱》，《浙江师范大学学报》1993年第6期。

聚，以便不至于饿着肚子而减了战斗的锐气。

鲁迅对他们挑战世俗的婚恋会受到怎样的非议、攻击有着清醒的认识，而对两人的情感之路能怎样发展并不一味地乐观。早在《娜拉走后怎样》的演讲中，鲁迅就对个性解放、女性追求独立作了清醒深刻的思考。现在，他们的情感为创作提供了契机，在假定性的情境中，鲁迅为自由恋爱-同居的现实画出了一个“最坏的可能”：

图1-9 鲁迅与许广平

五四女学生子君和涓生倾心相爱了。在涓生的启蒙下，子君违逆了在北京的胞叔和在家的父亲，宣告“我是我自己的”，毅然和涓生公开同居，涓生也和“几个自以为忠告，其实是替我胆怯，或者竟是嫉妒的朋友绝了交”。两人仅有的积蓄在随后的生活中很快就花掉了，接踵而来的是社会压迫——涓生失业，生计难以维持。在日渐拮据的生活中，子君成日为俗务操劳，两人爱情变淡，终于窒息。涓生为了救出自己，选择分手。子君回到父亲家里，死于无爱的人间，剩下涓生在如地狱的毒焰中烧灼，发出悔恨和悲哀的忏悔。

造成一对新人婚恋悲剧的现实原因是社会的压力和经济的威逼，缺乏物质生活的支撑，无以生存；主观原因是他们对社会压迫缺乏足够的精神和经济准备。鲁迅对许广平提出的蔑视世俗而同居的计划不赞成，而是提出分开一段时间，一者为检验情感，二者为以后的生活做经济准备。当然，不仅如此，鲁迅在小说中还提出了如何保持感情的持久，“爱必有所附丽”，“爱情要时时生长”，这是物质之外更为重要的。子君婚后满足于家庭主妇的生活，在阿随和油鸡中终止了精神追求，理想枯萎，最终感情破裂。鲁迅以“手记体”的方式，揭示出争取恋爱自由、婚姻自主必须与经济的解放

图1-10 1933年鲁迅、许广平与海婴

紧密联系在一起，还要有思想的交流、更高的追求，才能有情感的保鲜。这篇小说表现了鲁迅在爱情降临时的理性与深沉思考，其中亦透露出对婚后生活发展的担忧与警示。

1927年10月，鲁迅与许广平在上海正式同居，开始了生命最后十年的创作与战斗。以鲁迅的健康状况，如果没有许广平的爱与生活照顾，恐怕很早就会辞世。1934年12月9日，鲁迅将《芥子园画谱·三集》赠送给许广平，并在第三集扉页上题七绝一首："十年携手共艰危，以沫相濡亦可哀。聊借画图怡倦眼，此中甘苦两相知。"以此回顾和再现他们十年的恩爱历程。除了生活照顾，许广平还为鲁迅誊抄文稿、收集整理材料，为鲁迅高效的创作提供了支持。鲁迅在1935年底总结自己的写作情况时说："后九年所写，比前九年多两倍，而这后九年中，近三年所写的字数，等于前六年。"[①]鲁迅后期杂文和不少译著，都是这个期间完成的，许广平自然功不可没。

鲁迅病逝后，许广平只有36岁，却未再嫁，并代替鲁迅供养鲁瑞和朱安，抚养周海婴长大成人。许广平把对鲁迅的爱延伸到对鲁迅著译作品、书信和日记的搜集、整理和出版上。在异常艰难的情况下，主持编辑了我国第一部20卷本《鲁迅全集》（1938年上海复社出版）、《鲁迅书简》等。中华人民共和国成立后，她将自己历经艰辛保管的鲁迅藏书、物品捐献出来，在北京和上海筹建了北京鲁迅博物馆和上海鲁迅纪念馆。为寄托自己的哀思和怀念，许广平还写下了大量回忆鲁迅的文章，结集的有《欣慰的纪念》《关于鲁迅的生活》《鲁迅回忆录》等，为保护鲁迅的文化遗产和鲁迅的研究工作做出了不可磨灭的贡献。

参考文献与阅读书目

鲁迅、景宋：《两地书》，中国青年出版社2005年版。

鲁迅、景宋：《两地书全编》，浙江文艺出版社1998年版。

① 鲁迅：《且介亭杂文二集·后记》，《鲁迅全集》第6卷，人民文学出版社2005年版，第451页。

俞芳：《我记忆中的鲁迅先生》，浙江人民出版社1981年版。

周作人：《知堂回想录》，三育图书有限公司1980年版。

周建人：《鲁迅故家的败落》，湖南人民出版社1984年版。

胡尹强：《鲁迅：为爱情作证——破解〈野草〉世纪之谜》，东方出版社2004年版。

高旭东、葛涛：《图本鲁迅传》，长春出版社2011年版。

朱正：《鲁迅传》，人民文学出版社2013年版。

张恩和：《鲁迅与许广平》，湖北人民出版社2007年版。

二、胡适：月传你我心

图2-1　胡适

唐德刚在《胡适杂忆》中说："青年的胡适虽然颇受异性的爱慕，但他本质上不是一个招蜂惹蝶之人；不像他的好友徐志摩，所到之处便蜂蝶齐飞！适之先生是位发乎情、止乎礼的胆小君子。搞政治，他不敢'造反'；谈恋爱，他也搞不出什么'大胆作风'。"[①]可是，随着对胡适的日记、书信的深入研究，人们发现并非如唐德刚所观察的。余英时、周策纵、周质平、江勇振等学者对胡适的情感世界都有考证性文字，真如夏真所谓，"他这一生，也真是拈了兰花又惹兰草，满庭芳。"[②]胡适在与众多女性交往中写下了很多诗词，本文主要通过胡适的诗歌，揭秘胡适与众多女性的情感关联。

一

胡适，安徽绩溪人，1891年12月17日出生于上海。1904年1月，胡适刚满12岁，听由母命，与江村江冬秀订婚。江冬秀，生于1890年12月19日。江胡两家

① 唐德刚：《胡适杂忆》，远流出版事业股份有限公司2005年版，第285页。

② 夏真编著：《民国韵事》，外文出版社2009年版，第2页。

相距40里路，江的舅母是胡适的姑婆，两家还有远亲关系。订完婚后，胡适就到上海读书去了。1908年，在江家的压力下，胡母要胡适在当年夏季毕业后回家完婚。胡适洋洋洒洒写了一封长信，叙说不能回家结婚的六大理由，总之，“儿万不归也！”[①]

1910年，胡适考取庚子赔款第二期官费生赴美国留学，于康乃尔大学先读农科，后改读文科。1914年，在绮色佳（Ithaca）结识了在纽约艺术学校读书的韦莲司（Edith Clifford Williams）。韦莲司洒脱独立的个性吸引着胡适，他们一见如故。在胡适留美七年之中，韦莲司对胡适思想发展起过重大的影响，胡适在《留学日记》中留下许多记录。

1914年11月26日，感恩节晚餐后，胡适写下这样的文字：

> 你离开绮色佳已一星期了……上周四夜晚，我深感怅惘，寒风吹落了窗前所有的柳条，竟使我无法为一个远去的朋友折柳道别。我甚至连照片都没有拍一张。
>
> 我简直无法表示在过去几个月里——多么短暂的几个月啊！——我是如何地沉浸在你的友谊和善意之中。我不知道在此邦我这么说是不是不合适——一个朋友对另一个说，她曾经是他最感念，也是给他启发最多的一个人，要是这么说有违此地社交规矩，那么，我相信这个社交规矩的本身是不对的。

同年12月初，胡适又写信说：“也许你不知道，在我们交往中，我一直是一个受益者。你的谈话总是刺激我认真地思考……我相信思想上的互相启发才是一种最有价值的友谊，你同意我的看法吗？”在这两封较早的信件中，胡适再三强调两人之间的友谊以及韦莲司对自己的思想上的启发。在他的心目中，她“人品高，学识富，极能思想，高洁几近狂狷，读书之多，见地之高，诚非寻常女子所

① 《禀母亲（1908年7月31日）》，杜春和编《胡适家书》，河北人民出版社1996年版，第4页。

可望其肩背”。胡适认为，所见女子中，能够“具思想、识力、魄力、热诚于一身”的，只有一个韦莲司。此后，在不到两年的时间里，胡适给韦莲司写了一百多封信。他回忆说：“此两年中之思想感情之变迁多具于此百余书中，他处决不能得此真我之真相也。”胡适用“真我真相”来形容他与韦莲司的交往。信件之频繁，情感之热烈，完全是少年情窦初开的景象。

图2-2 青年胡适

胡适感到，韦莲司是自己最理想的伴侣。她热情，有思想，有魄力，性格开朗，充满活力。可是，胡适已有婚约在身，加上美国社会保守的“反杂交”（禁止与别的种族通婚）价值观念，两人不可能有进一步的发展。1915年5月28日，两人长谈一次，韦莲司提议，彼此斩断情丝，悬崖勒马，将感情升华为情性之交，以后各自专心于各人所选择的事业。这是分别的讯号，是夜，胡适在日记中写道：“从今以往，当屏绝万事……”尽管如此，要斩断情丝还是很困难的。在这一年，胡适为韦莲司写了三首诗[①]：

第一首是作于1915年6月12日的《满庭芳》[②]：

枫翼敲帘，榆钱入户，柳棉飞上春衣。落花时节，随地乱莺啼。枝上红襟软语（红襟，鸟名——Redbreast），商量定，掠地双飞。（史梅溪有“又软语商量不定”句，甚喜之，今反其意而用之。）何须待，销魂杜宇，劝我不如归？（此邦无杜宇。）归期，今倦数。十年作客，已惯天涯。况壑深多瀑，湖丽如斯。多谢殷勤、我友，能容我傲骨狂思。频相见，微风晚日，指点过湖堤。

① 1939年5月17日，胡适在写给韦莲司的信中告诉她哪几首诗是为她而写的。另可参阅周质平《胡适与韦莲司：深情五十年》，联经出版事业公司1998年版，第29—30、138页。

② 胡适：《胡适留学日记》第三册，商务印书馆1973年版，第667页。

诗句中“此地无杜鹃”“十年作客，已惯天涯”句，有“不想归、不需归”意味。回忆频繁相见的往昔，胡适尚有“商量定，掠地双飞”的心愿。

第二首是8月20日的《临江仙》①：

隔树溪声细碎，迎人鸟唱纷哗。共穿幽径趁溪斜。我为君拾葚，君替我簪花。更向水滨同坐，骄阳有树相遮。语深浑不管昏鸦。此时君与我，何处更容他？

词中勾勒了一对恋人幽会的场景。明媚夏日，溪水潺潺，两人穿越幽径，临溪而坐，倾心交谈，至暮色四合，昏鸦归巢而浑然不觉。“此时君与我，何处更容他”句，可见胡适和韦莲司彼时的浓情蜜意。为掩人耳目，胡适还故意在前面加了个序，声言此诗是夜读英文词偶得，“语意一无所指”，实为“此地无银”之语：

序曰：诗中绮语，非病也。绮语之病，非亵则露，两者俱失之。吾国近世绮语之诗，皆色诗耳，皆淫词耳，情云乎哉？今之言诗界革命者，矫枉过正，强为壮语，虚而无当，则妄言而已矣。吾生平未尝作欺人之壮语，亦未尝有“闲情”之赋。今年重事填词，偶作绮语，游戏而已。一夜读英文歌诗，偶有所喜，遂成此词。词中语意一无所指，惧他日读者之妄相猜度也，故序之如此。②

在给韦莲司的信里，胡适泄露了天机：“我只想告诉你一件事，日记中提到你

① 胡适：《胡适留学日记》第三册，商务印书馆1973年版，第749页。所记事参看1914年10月20日日记，第428页。

② 胡适用心思设置障眼法，却不免有“此地无银”之讥。徐志摩1923年在杭州看了胡适的《烟霞杂诗》，在10月13日日记上写：“凡适之诗前有序后有跋者，皆可疑，皆将来本传索引资料。”见徐志摩《徐志摩全集补编》第四册，上海书店出版社1994年版，第17页。徐志摩真胡适知己也。要么胡适心中有鬼，千般遮掩，欲盖弥彰；要么胡适有考据癖，故意在日记、书信等处留下一些蛛丝马迹，供后来研究者追索。

的部分都是‘无关个人的’，也是‘抽象的’——经常是一些对大议题严肃的讨论。那几首诗也是无关个人的——都没有主语；三首诗中的一首，我很花了一点心思来说明这首诗和个人无关。”

10月13日，胡适作《相思》[1]：

自我与子别，于今十日耳。
奈何十日间，两夜梦及子？
前夜梦书来，谓无再见时。
老母日就衰，未可远别离。
昨夜梦君来，欢喜便同坐。
语我故乡事，故人颇思我。
吾乃詹荡人，未知“爱”何似。
古人说“相思”，毋乃颇类此？

胡适写此诗时，已离开绮色佳，搬到纽约，进哥伦比亚大学研究所了。十日间两次梦见，可见对韦莲司的相思情。韦莲司是胡适的第一个恋人，让胡适初尝了恋爱与相思的滋味。

胡适这个时期对韦莲司的爱恋必然影响到对江冬秀的感情，胡适心中有怅惘、动摇、反复。他在1915年7月所写的一首英文诗Absence，恐怕是他当时心境最好的一个写照。一个星期后，他以“水调歌头”词牌把它译成中文：

“但愿人长久，千里共婵娟！”我歌坡老佳句，回首几年前。照汝黄山深处，照我春申古渡，同此月团圞。皎色映征袖，轻露湿云鬟。今已矣！空对此，月新圆！清辉脉脉如许，谁与我同看？料得今宵此际，伴汝鹧鸪声里，骄日欲中天。帘外繁花影，村上午炊烟。

① 胡适：《胡适留学日记》第三册，商务印书馆1973年版，第795—796页。

江勇振把胡适的英文诗翻译过来，认为胡适在改写中抽掉了第二段中心灵阻隔的主题：

今别离
想当年，
多年的别离，山川的阻隔，
你我依旧。
明月照着你，也照着远方的我。
当彼月圆时，月传你我心；
彼情只有你我知。

今夜月更圆——
但阻隔着你我的，已是那偌大的半个地球；
罢了！
试问？昂首观星斗，你我所见可相同？
罢了！
此月终不能再传你我心，因为——
我在月下，你却日正当中。

英文诗中，造成你我形同陌路的，不只是“那偌大的半个地球”，而是心灵的阻隔；你我所见的星斗不同，连同那当年还可以传心的月亮，也因彼此各自处在昼夜颠倒的世界里——亦即，思想不同的世界里——而传情不再。这首诗歌是胡适留学时期有过反悔婚约的最有力证据。[①]

1916年8月，胡适作《朋友》诗：“两个黄蝴蝶，双双飞上天。不知为什么，

① 江勇振：《星星·月亮·太阳：胡适的情感世界》，新星出版社2012年版，第74、75页。

一个忽飞还。剩下那一个，孤单怪可怜；也无心上天，天上太孤单。”此诗后以《两只蝴蝶》为题，发表于1917年2月的《新青年》杂志。胡适的感情纠结，触发他写成了中国第一首白话诗。胡适在《自跋》中说：“可算得一种有成效的实地试验。”但十七年后，胡适写《逼上梁山》，才透露了一点写这首诗的真正动机：“有一天，我坐在窗口吃我自做的午餐，窗下就是一片长林乱草，远望着赫贞江。我忽然看见一对黄蝴蝶从树梢飞上来；一会儿，一只蝴蝶飞下去了；还有一只蝴蝶独自飞了一会，也慢慢地飞下去，去寻他的同伴去了，我心里颇有点感触，感触到一种寂寞的难受，所以我写了一首白话小诗，题目就叫作《朋友》(后来才改作《蝴蝶》)。”①

1917年7月，胡适于归途中写《百字令》：

六月七日（农历）三夜，太平洋舟中，见月，有怀。

几天风雾，险些儿、把月圆时辜负。待得他来，又还被、如许浮云遮住！多谢天风，吹开明月，万顷银波怒！孤舟载月，海天冲浪西去！念我多少故人，如今都在、明月飞来处。别后相思如此月，绕遍地球无数！几颗疏星，长天空阔，有湿衣凉露。低头自语：“吾乡真在何许？”②

胡适此词看似稀松平常，但读来却惊心动魄。写月之难见，引人期待。故人未言明，“都在”说明非指一人，但韦莲司为最重要的故人当不存疑。“别后相思如此月”句有奇趣，相思如月，绕树三匝仍嫌不够，要“绕遍地球无数”。“吾乡真在何许”，我真是在回乡吗？我真正的故乡在哪里呢？回国前夕，胡适矛盾万分，在日记中写道：“吾尝谓朋友所在即是吾邦。吾朋友之多无如此邦矣。今去此吾所自造之方而归吾父母之邦，此中感情是苦是乐，正难决耳。”

胡适回国之后，仍写过诗句表达与韦莲司的相思。

① 胡适：《逼上梁山》，《中国新文学大系·理论建设集》，上海良友图书公司1935年版，第3页。
② 胡适：《尝试集》，远流出版事业股份有限公司1986年版，第79页。

一念

我笑你绕太阳的地球，一日夜只打得一个回旋；
我笑你绕地球的月亮，总不会永远团圆；
我笑你千千万万大大小小的星球，
总跳不出自己的轨道线；
我笑你一秒走五十万里的无线电，
总比不上我区区的心头一念！
我这心头一念：
才从竹竿巷，忽到竹竿尖；
忽在赫贞江上，忽在凯约胡边；
我若真个害刻骨的相思，
便一分钟绕遍地球三万转！①

在12月份所写的《十二月五夜月——和一年前诗》也明白易懂地表达了这种情感：

去年月照我，十二月初五。
窗上青藤影，婀娜随风舞。
今夜睡醒时，缺月天上好。
江上的青藤，枯死半年了。
江上种藤人，今移湖上住。
相望三万里，但有书来往。②

① 胡适：《一念》，《尝试集》，远流出版事业股份有限公司1986年版，第83页。作于1917年9月。

② 胡适：《胡适文集》第一册，人民文学出版社1998年版，第205页。这首诗所和的“前一年诗”即《尝试集》中的同名诗：“明月照我床，卧看不肯睡。窗上青藤影，随风舞娟媚。我爱明月光，更不想什么。月可使人愁，定不能愁我。月冷寒江静，心头百念消。欲眠君照我，无梦到明朝！”

胡适在留学期间与韦莲司纯为心灵之交。当胡适1917年回国以后，韦莲司才发现自己已经无可自拔地爱上了胡适。胡适结婚前后写给她的信，想必是多么地啃啮着她的心。1927年，胡适重访美国，行程繁忙，在绮色佳只待了八、九天，到韦莲司家去了两次。尽管相爱相恋，但他们仍然没有跨出一步。韦莲司多年来因为照顾家人而放弃了绘画，在已成为大名人的胡适面前有些自惭形秽。“但在另一方面，她又觉得自己既可以作胡适事业上的帮手，也可以作他生活上的伴侣，在两相益彰之下，可以让胡适更上一层楼。尖锐的矛盾撕绞着韦莲司的心，一方面她要求自己接受事实，要同情江冬秀是他们三个人里面最无辜、最无助的一个；但在另一方面，她拒绝把这份可以是很美好的感情就这么地埋葬掉。她觉得无论对胡适也好、对自己也好，都有权去追求这份难能可贵的感情。在胡适离开以后，从3月底到4月中，韦莲司在这天人交战的两极摆荡之中痛苦地挣扎着。”①

图2-3　胡适与韦莲司

在4月17日的信中，韦莲司第一次透露了她对胡适的爱：“我今天重读旧信，读到那封宣布你即将结婚的信，又再次地让我体会到，对我来说，那是多么巨大的一个割舍。我想，我当时完全没有跟你结婚的念头。然而，从许多方面来说，我们（在精神上）根本老早就已经结了婚了。因此，你回国离我而去，我就整个崩溃了。”“现在的我已经被你挑起来了，如饥如渴不能自已。我想这可不是玩的，你已经把整个我都挑醒过来了。”韦莲司说，“我用我的生命对你说：‘相亲相爱，至死不渝’。”For better，for worse是西洋结婚典礼上的誓词，她是以胡适的妻子自视。

① 江勇振：《星星·月亮·太阳：胡适的情感世界》，新星出版社2012年版，第218—219页。

1927年的这一次美国行，胡适只给了韦莲司“一个吻”，直到1933年胡适第三次赴美，韦莲司的母亲已经去世，情感冲垮了伦理的高墙，他们才身心合一。这一年，胡适42岁，韦莲司48岁。复杂矛盾一直冲击着韦莲司的心，一方面她要承受来自社会道德的谴责，一方面她又相信她与胡适的爱是神圣的，是两个独立自主的个体对爱、对心灵交会的追求。

1941年12月17日，胡适有《无题》诗一首：

电报尾上他加了一个字，/我看了百分高兴。/树枝都像在跟着我发疯。/冻风吹来，我也不觉冷。/风啊，你尽管吹！/枯叶啊，你飞一个痛快！/我要细细想想他，/因为他那个字是“爱”！

胡适每年生日，都有韦莲司的书信、电报或者礼物。1941年是胡适五十大寿，韦莲司不可能没有表示。胡适诗中所说电报尾上的一个“爱”字，很可能是信件落款“with love”的中译。[①]

此后，随着胡适回国，“渐行渐远”，留给韦莲司的只有思恋。即使后来胡适任驻美大使、留美任教，因胡适还有瘦琴女士、罗慰慈以及哈德曼夫人等情人，他们之间又回复到绮色佳时期，更多成为心灵相通的友人。韦莲司一生未嫁，胡适对于她的意义是“除却巫山不是云”。她对胡适的爱是无私的，她说，“你是属于这整个世界的。你所需要的，是一个有智慧的我，一个能跟你合作，让你能够全心投入你所选择的人生大业，一个能对你作谏诤、能劝阻、提醒你，让你能全力以赴的我。如果我要你要得太多，就会让你失衡、烦乱甚至恣纵。”[②]韦莲司与自己的情感搏斗，终其一生，她为胡适修改讲稿，成立出版基金，整理书信，接纳他的家人甚至情人。其余时间里，是一种无望的苦恋及胡适隔山隔水的淡忘：

① 陈漱渝在《胡适特别爱写“本事诗”》（《民主》2013年第5期）一文中称此诗为罗慰慈所写，但未详述。

② 韦莲司致胡适，1927年4月18日。引自江勇振《星星·月亮·太阳：胡适的情感世界》，新星出版社2012年版，第225页。

"我唯一一个愿意嫁的男人，我却连想都不能想。"[①]——韦莲司始终是胡适"身体上干瘪的情人、思想上丰赡的友人"。韦莲司一生都在保护胡适的清誉，是他情人中为他牺牲最多最多的一个。

周质平认为，中国传统爱情故事的极致表现和最圆满境界，都体现在"有情人终成眷属"这一句话上。在这个传统下成长起来的男女，都有一个根深蒂固的爱情观：爱情是为婚姻服务的，爱情只是手段，婚姻才是目的。这种恋爱观是相当功利而且低俗的，恋爱只是为了谈成一桩买卖。韦莲司与胡适的恋爱故事却完全不在中国人的这个老套之中，他们在"有情人终成眷属"模式之外，别立了"虽不成眷属，而一往情深"的典型。在胡适与韦莲司五十年的交往中，只见深情，而没有恩义的牵绊。在现有的材料中，看不到韦莲司有"误我一生"之类的怨叹，尤其是她晚年善待江冬秀，而且在整理胡适书信上，更是做到了"死而后已"。这样的深情已远超出了恩情与情义的范畴，而达到了"衣带渐宽终不悔，为伊消得人憔悴"的境界。在这个境界中的恋人，所做的种种，与其说是为人的，不如说是为己的。在旁人看来，也许是所谓"牺牲"或"付出"，而在当事的本人，则是甘之如饴，不做不休。恋爱如果只是婚姻的前奏，那么结婚就是恋爱的完成，往往也就是爱情萎缩和死亡的开始。婚前的朝思暮盼，辗转反侧，到了婚后全被穿衣吃饭取代。胡适与韦莲司没有穿衣吃饭的问题，因此能始终维持着高度的"罗曼蒂克"。虽然聚少离多，共处的日子极其有限，但那份憧憬和企盼却终其一生而不少衰。[②]

二

在美留学时，胡适在给其母的信中多次提到韦氏一家如何善待他，及韦女士狂狷高洁之品行，引起江冬秀娘家的疑虑，谣传胡适已在美另娶。胡适在接到母

① 韦莲司致胡适，1937年10月26日。引自周质平《在爱慕与矜持之间 胡适与韦莲司》，华文出版社2013年版，第94页。

② 周质平：《胡适的情缘与晚境》，黄山书社2008年版，第167—169页。

亲的来信要求澄清后，于1915年10月3日写了一封八页的信，力辩谣言之无稽："儿久已认江氏之婚约为不可毁，为不必毁，为不当毁。儿久已自认为已聘未婚之人。儿久已认冬秀为儿未婚之妻。故儿在此邦与女子交际往来，无论其为华人、美人，皆先令彼等知儿为已聘未婚之男子。儿既不存择偶之心，人亦不疑我有觊觎之意。故有时竟以所交女友姓名事实告知吾母。正以此心无愧无怍，故能坦白如此耳。"[①]在此之时，胡适心情实极为矛盾，最终决定尽孝而不拂逆母意，遵道义而不负婚约，同时在家信中要求江冬秀读书识字、放足。

图2-4　江冬秀

1914年，任鸿隽帮胡适拍了一张"室中读书图"，胡适加洗了几张寄回家，其中一张给江冬秀，相片背后写了一首五言诗："万里远行役，轩车屡后期。传神入图画，凭汝寄相思。"[②]胡适对于屡次延后婚期有一些歉意。由此，想到去年收到家里寄来的全家福照片，和着"古诗十九首"的韵做了一首长诗。诗歌的后半段吟咏的是江冬秀，表达了画眉之乐的"梦幻曲"：

> 图左立冬秀，朴素真吾妇。轩车来何迟，劳君相待久。
> 十载远行役，遂令此意负。归来会有期，与君老畦亩。
> 筑室杨林桥，背山开户牖。辟园可十丈，种菜亦种韭。
> 我当授君读，君为我具酒。何须赵女瑟，勿用秦人缶。
> 此中有真趣，可以寿吾母。[③]

胡适对于他与江冬秀的婚姻一直有着矛盾的心理。他在《病中得冬秀书》中所表现的是隐忍与微笑，自嘲继而超脱：

① 《禀母亲（1915年10月3日）》，杜春和编《胡适家书》，河北人民出版社1996年版，第79页。
② 胡适：《胡适留学日记》（1），上海科学技术文献出版社2014年版，第249页。
③ 胡适：《胡适留学日记》（1），上海科学技术文献出版社2014年版，第250页。

病中得他书，不满八行纸。全无要紧话，颇使我欢喜。

我不认得他，他不认得我。我却纪念他，这是为什么？

岂不因我们，分定长相亲。由分生情意，所以非路人。

天边一游子，生不识故里。终有故乡情，其理亦如此。

岂不爱自由？此意无人晓。情愿不自由，便是自由了。”[①]

1917年11月21日，举行婚礼前夕，胡适致信韦莲司，吐露了自己对这个婚姻的看法：“我不能说我是怀着愉快的心情，企盼着我们的婚礼。我只是怀着强烈的好奇，走向一个重大实验——生活的实验！”[②]婚后不到两个月，胡适又写信给韦莲司：“我结婚已经7个多星期了，还没向你报告这件事！我高兴地告诉你我妻子和我都相当愉快，而且相信往后能相处的很好。”[③]在1918年5月2日写给胡近仁的信中，他坦白承认：“吾之就此婚事，全为吾母起见，故从不曾挑剔为难（若不为此，吾决不就此婚……）……今既婚矣，吾力求迁就，以博吾母欢心。”[④]

但胡适新婚燕尔还是充满喜悦和浪漫的，五首《新婚杂诗》[⑤]是他蜜月间最缠绵、亲密的写照：

十三年没见面的相思，如今完结。

把一桩桩伤心旧事，从头细说。

你莫说你对不住我，

① 《禀母亲（1917年1月17日）》，杜春和编《胡适家书》，河北人民出版社1996年版，第100—101页。

② 胡适致韦莲司，1917年11月21日。引自周质平《胡适的情缘与晚境》，黄山书社2008年版，第39页。

③ 胡适致韦莲司，1918年2月19日。引自周质平《胡适的情缘与晚境》，黄山书社2008年版，第39页。

④ 胡适：《致胡近仁》，耿云志、欧阳哲生编《胡适书信集》上册，北京大学出版社1996年版，第156页。

⑤ 胡适：《尝试集》，远流出版事业股份有限公司1986年版，第88—91页。

我也不说我对不住你，——

且牢牢记取这十二月三十夜的中天明月！①

胡适以明月为证，向江冬秀，也向世人宣告他回来履行十几年前定好的婚约了。

记得那年，你家办了嫁妆，我家备了新房，只不曾捉到我这个新郎！

这十年来，看了几朝帝王，看了多少兴亡，

锈了你嫁奁中的刀剪，改了你多少嫁衣新样，

更老了你和我人儿一双！——

只有那十年陈的爆竹，越陈偏越响！

江勇振认为此诗中的“爆竹”是双关语，一方面，胡适用来表示孝心，因为是母亲十几年前所备，“不忍不用之”；“另一方面，‘爆竹’的‘响’、‘烈’、火花与神魂荡漾，其所描述的是他新婚燕尔的欢愉。他与江冬秀固然是‘十年陈的爆竹’，但他们可是‘越陈偏越响’！”②

《杂诗》第五首是“新婚别”，一半在抒情，一半也是在叙事：

十几年的相思刚才完结，

没满月的夫妻又匆匆分别。

昨夜灯前絮语，全不管天上月圆月缺。

今宵别后，便觉得这窗前明月，格外清圆，格外亲切！

你该笑我，饱尝了作客情怀，别离滋味，还逃不了这个时节！

这首诗和1918年1月30日写的《生查子》“前度月来时，你我初相遇。相对

① 1917年12月30日，乃农历十一月十七日。

② 江勇振：《星星·月亮·太阳——胡适的情感世界》，新星出版社2012年版，第88页。

说相思，私祝常相聚。今夜月重来，照我荒洲渡。中夜睡醒时，独觅船家语。”都以月传情，表达他对江冬秀的思念。

胡适对江冬秀有着他的情与爱，但是另一方面他与江冬秀在学术、思想、人生、感情的体认上又存在着巨大的鸿沟，他们无法做到像与韦莲司那样知识上的唱和，不免时时有着不满足，从胡适这个时期所翻译的几首诗歌自能见出。

胡适完婚三个月以后（1918年3月1日）翻译了苏格兰女诗人Anne Lindsay的《老洛伯》。诗歌叙述“我”与吉姆相爱，吉姆渡海出外挣钱，“我”为了家庭嫁给了老洛伯。诗歌最后叙述吉姆回乡“我”的痛苦心情：

我如今坐也坐不下，那有心肠纺纱？
我又不敢想着他：
想着他须是一桩罪过。
我只得努力做一个好家婆，
我家老洛伯他并不曾待差了我。

胡适称《老洛伯》是“世界情诗之最哀者”，传达的是人生一件无可奈何的悲剧，一面是毫无爱情的“分定”之合，一面是与自己情投意合的人无缘，这其中有着切己之叹。

1918年底，胡适母亲逝世。不到三个月，胡适翻译了《关不住了！》：

我说“我把心收起，
像人家把门关了，
叫爱情生生的饿死，
也许不再和我为难了。”

但是五月的湿风，
时时从屋顶上吹来；

还有那街心的琴调
一阵阵的飞来。
一屋里都是太阳光，
这时候爱情有点醉了，
他说，“我是关不住的，
我要把你的心打碎了！”[①]

诗题为“Over the Roofs”（在屋顶上），又为“May wind”（五月风），但胡适没有按自己的习惯采用直译的方法，而是翻译成《关不住了！》。这种处理方式一方面传达了原诗的要旨，更重要的是表现出胡适意欲摆脱无奈婚姻的心态。

两天以后，胡适又翻译了菲茨杰拉德用英语翻译的《鲁拜集》第108首四行诗，题为《希望》。胡适将诗中“爱情”一词作了泛化处理，我们不妨将中英文抄录于下：

Ah! Love, could you and I with Him conspire
To grasp this Sorry Scheme of Things entire,
Would not we shatter it to bits and then
Remould it nearer to the Heart' s Desire?
要是天公换了卿和我，
该把这糊涂世界一齐都打破，
再磨再炼再调和，
好依着你我的安排，把世界重新造过。

从无奈到希望、反抗应该说是贯穿这段时间译诗的红线。一年以后，胡适还将张籍的《节妇吟》翻译成白话，刊登于1920年11月1日《新青年》第八卷第三

① 胡适：《尝试集》，远流出版事业股份有限公司1986年版，第107—108页。诗歌译于1919年2月26日。

号上：

图2-5　胡适与江冬秀

但我低头一想，
忍不住泪流脸上：
我虽知道你没有一毫私意，
但我总觉得有点对他不起。
我噙着呀泪把明珠还了，
——只恨我们相逢太晚了！

胡适娶了江冬秀，作了“旧道德的楷模”，[1]却并不会“陪着做一世的牺牲”。20世纪20年代的胡适，才三十出头，在学术界、文艺界的声望已是如日中天，一表人才的他，成为众多异性仰慕的对象。自诩颇能自持的胡适，仍不免于桃花，其中与曹诚英的恋情最为热烈缠绵。

三

1923年，胡适正当婚姻的“七年之痒”时，跌入与表妹曹诚英的轰轰烈烈恋爱中。

图2-6　曹诚英

曹诚英，乳名丽娟，字珮声，1902年生于绩溪，家住旺川，距胡适家的上庄只有两三里路。她的三姐细娟嫁给胡适的三哥。据说，胡适在当年的婚礼上，即对这位充当伴娘的表妹心头一惊——当时曹正当妙龄，体段婀娜，黑眸明净——但这只是后来人的想象。她大概在1918或1919年嫁给指腹为婚的胡冠英。1920年随胡冠英

① 唐德刚曾说：“在胡公有生之年，国人一提到‘胡适之的小脚太太’，似乎都认为胡博士委屈了；但是有几个人能体会到，他是中国传统的农业社会里，‘三从四德’的婚姻制度中，最后的一位‘福人’?!”参见《胡适杂忆》，远流出版事业股份有限公司2005年版，第287页。

到杭州读书。

根据曹诚英与胡适的通信来看，1923年之前两人之间没有特别的交往。1923年4月，胡适离开北京到上海养病，其间到杭州玩了几天，曹诚英、胡冠英和汪静之陪同一起游西湖。这次西湖之游是胡曹二人关系的转捩点。正在与胡冠英闹分居的曹诚英写信给胡适，称呼由"适兄""适哥"到"糜哥"。胡适往游烟霞洞，发现那儿僻静，不知是为了养病，还是方便与曹诚英来往，于是和管洞的居士谈好了价钱就搬进去住了，从6月23日到10月4日，有三个多月。曹诚英和胡适在烟霞洞共度了三个月的神仙生活。西子湖畔，孤山脚下，钱塘潮边，两人缱绻难分。

胡适为人极为谨慎，即使在日记、书信中也不会有缠绵、相思的字句，有时会在诗歌中曲折泄露。7月28日，农历六月十五，是胡适与曹诚英定情之日①，第二天早上和曹诚英、任百涛上西湖南高峰看日出，7月31日写《南高峰看日出》，前有小序点明看日出是7月29日。12月24日，胡适写《暂时的安慰》，开首几句是：

> 自从南高峰上那夜以后，
> 五个月不曾经验过这样神秘的境界了，
> 月光浸没着孤寂的我，
> 转温润了我孤寂的心；
> 凉透了的肌骨都震动了；
> 翠微山上无数森严的黑影，
> 方才还像狰狞的鬼兵，
> 此时都好像和善可亲了。②

---

① 江勇振据胡适1926年7月24日日记及下列几首诗考证得出。在日记中，胡适写道："今日为十五日，下午骤冷，有云，竟不见月光。几年来，每年六月十五夜的月是我最不能忘记的。今天待至10时，尚不见月，惆怅而卧。"

② 胡适《暂时的安慰》，《尝试后集》，远流出版事业股份有限公司1986年版，第106—107页。

在《藏晖室日记》中，胡适于离开烟霞洞前一晚的日记中凄婉地写道：

睡醒时，残月在天，正照着我头上，时已三点了。这是我在烟霞洞看月的末一次了。下弦的残月，光色本凄惨，何况我这三个月中在月光下过了我一生最快活的日子！今当离别，月又来照我。自此一别，不知何日再能继续这三个月的烟霞山月的“神仙生活”了！枕上看月徐徐移过屋角去，不禁黯然神伤。[①]

图2-7　胡适（左一）与曹诚英（左三）

胡适的朋友多知道他们的秘密，但都守口如瓶。徐志摩在8月初给胡适的信中说：“蒋复璁回来说起你在烟霞洞深处过神仙似的生活……此次你竟然入山如此之深，听说你养息的成绩不但医痊了你的足疾，并且腴满了你的颜面，先前瘦损如一瓢，如今润泽如光明的秋月，使你原来妩媚的谈笑，益发取得异样的风流。”[②]后又在日记里记道：“午后为适之拉去沧州别墅闲谈，看他的烟霞杂诗，问尚有匿而不宣者否，适之赧然曰有，然未敢宣，以有所顾忌”，“与适之谈，无所不至，谈书谈诗谈友情谈爱谈恋谈人生谈此谈彼；不觉夜之渐短。适之是转老回童的了，可喜！”[③]汪静之在他的《六美缘》里也有透露：“他们两人非常高兴，满脸欢喜的笑容，是初恋爱时的兴奋状态。适之师像年轻了十岁，像一个青年一样兴冲冲、轻飘飘，走路都带跳的样子……”[④]

① 胡适：《胡适日记全集》第四册，联经出版事业公司2004年版，第111页。

② 徐志摩致胡适，1923年8月8日，韩石山整理：《徐志摩给胡适的三十七封信》，《胡适研究》第三辑，安徽教育出版社2001年版，第453页。

③ 徐志摩：《徐志摩全集补编》第四册，上海书店出版社1994年版，第14、17页，分别为10月11日、13日日记。

④ 汪静之：《六美缘——诗因缘与爱因缘》，北京十月文艺出版社1996年版，第217页。

胡适终于在旧式婚姻外，闹了一场罗曼蒂克的恋爱。这次他真的很投入，是他一生里感情放得最深的一次，不像以后与其他几个人的关系。他在回京后写了几首情诗，除了上文所说的《暂时的安慰》，还有著名的《秘魔崖月夜》：

依旧是月圆时，
依旧是空山、静夜；
我独自踏月沉思，——
这凄凉如何能解！

翠微山上的一阵松涛，
惊破了空山的寂静。
山风吹乱了窗纸上的松痕，
吹不散我心头的人影。①

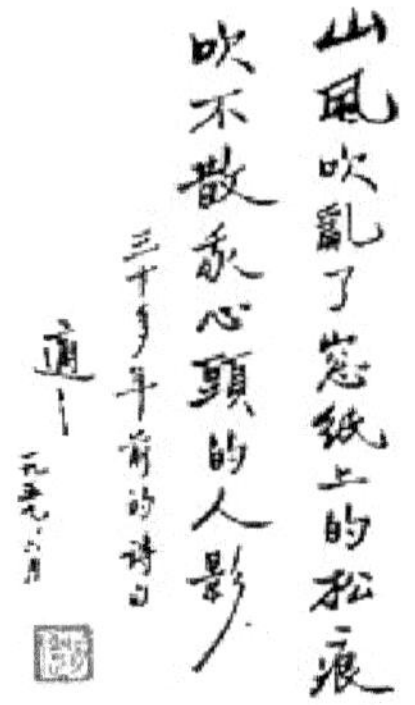

图2-8　胡适手迹

此外，胡适还作了《小诗》：

（坐也坐不下，
忘又忘不了。）
刚忘了昨儿的梦，
又分明看见梦里那一笑。②

这首小诗写于1924年1月15日，后面虽然有跋，说明读到赵元任《阿丽思漫游奇境记》译本第92页关于猫的一段描写而有感，实际上仍是胡氏障眼法。不到半个月，胡适又作《江城子》：

① 胡适：《秘魔崖月夜》，《尝试后集》，远流出版事业股份有限公司1986年版，第6页。
② 胡适：《小诗》，《尝试后集》，远流出版事业股份有限公司1986年版，第7页。

翠微山上乱松鸣。
月凄清，
伴人行；
正是黄昏，人影不分明。
几度半山回首望，——
天那角，
一孤星。

时时高唱破昏冥，
一声声，
有谁听？
我自高歌，我自遣哀情。
记得那回明月夜，
歌未歇，
有人迎。①

图2-9　胡适与曹诚英

被恋爱冲昏了头的胡适，回到北京家中，跟江冬秀提出离婚。他在《怨歌》的结尾激昂写道："拆掉那高墙，砍掉那松树，不爱花的莫栽花，不爱树的莫种树！"可是江冬秀以其罕见的果敢与泼辣强行终止了胡适和曹诚英的婚外情，一把菜刀让恋爱的激情化为一场空。

胡适后来还作过几首诗，心中恋恋难忘：

多谢你能来，/慰我心中寂寞，/伴我看山看月，/过神仙生活。/匆匆离别

① 胡适：《江城子》，《尝试后集》，远流出版事业股份有限公司1986年版，第8—9页。作于1924年1月27日。

便经年，/梦里总相忆。/人道应该忘了，/我如何忘得！[1]

不见也有不见的好处：/我倒可以见着她，/不怕有谁监着她，/在我脑海的深窈处；/我可以抱着她，亲她的脸；/虽然不见，抵得长相见。[2]

“忍了好几天的眼泪，/总没有哭的机会。/好容易没有人了，/我要哭他一个痛快。//“满心头的不如意，/都赶着泪珠儿跑了。/我又可以舒服几天，又可以陪着人们笑了。”[3]

也是微云，/也是微云过后月光明。/只不见去年的游伴，/也没有当日的心情。//

不愿勾起相思，/不敢出门看月。/偏偏月进窗来，/害我相思一夜。[4]

歌喉歇了，/韵在心头；/紫罗兰病了，/香气犹留。//

蔷薇谢后，/叶子还多；/铺叶成茵，/留给有情人坐。//

你去之后，/情思长在，/魂梦相依，/慰此孤单的爱。[5]

我指望一夜的大雨，/把天上的星和月都遮了；/我指望今夜喝的烂醉，/把记忆和相思都灭了。//人都静了，/夜已深了，/云也散干净了，——/仍旧是凄清的明月照我归去，——/而我的酒又早已全醒了。/酒已都醒，/如何消夜永？[6]

山下绿丛中，/瞥见飞檐一角，/惊起当年旧梦，/泪向心头落。//

---

① 胡适：《多谢》，《尝试后集》，远流出版事业股份有限公司1986年版，第12页。

② 胡适：《别离》，《尝试后集》，远流出版事业股份有限公司1986年版，第109页。作于1924年11月12日，诗后注：今早读完Hardy的The Hand of Ethelberta，其第二册第十三章有此诗，我读了觉得它好玩，遂译了出来。(此是John Donne的Absense的末章)。这也是心有所感，借译诗而发露心中情感。

③ 胡适：《一个人的话》，《尝试后集》，远流出版事业股份有限公司1986年版，第16页。作于1925年6月2日。

④ 胡适：《也是微云》，《尝试后集》，远流出版事业股份有限公司1986年版，第22页。诗后注“似是十四年（1925）稿”。

⑤ 胡适：《译薛莱的小诗》，《尝试后集》，远流出版事业股份有限公司1986年版，第112—113页。作于1925年7月11日。

⑥ 胡适：《八月四夜》，《尝试后集》，远流出版事业股份有限公司1986年版，第119页。1925年8月4日，改编周邦彦的词。

隔山遥唱旧时歌，/声苦没人懂。——/我不是高歌，/只是重温旧梦。[1]

不过，在经过了一段时间的相思、苦闷、低沉之后，时间消磨了胡适情感的浓度。正如他在《别赋》结尾所说：

三个月之后，
便不觉得别离的苦味了。
半年之后，
习惯完全征服了相思了。
"我现在是自由人了！
不再做情痴了！"[2]

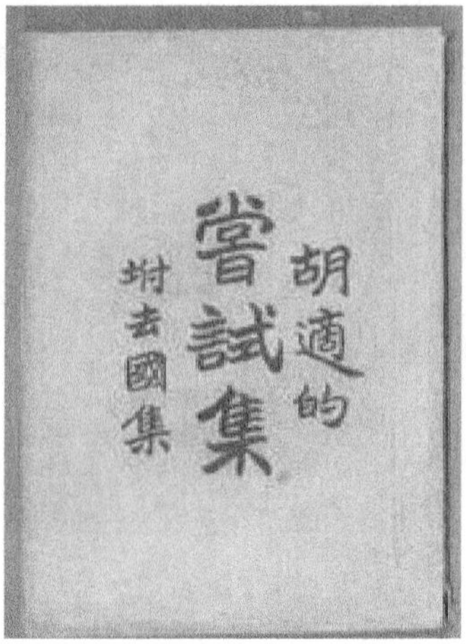

图2-10　胡适《尝试集》

曹诚英却一直为情所困。1943年她作了三首词，托人带给胡适，词作的情感浓烈与艺术才情远超胡适：

《虞美人》：鱼沉雁断经时久，未悉平安否？万千心事寄无门，此去若能相遇说他听：朱颜青鬓都消改，惟剩痴情在。廿年孤苦月华知，一似栖霞楼外数星时。

《女冠子》：三天两夜，梦里曾经相见。似当年，风趣毫无损，心情亦旧然。不知离别旧，甘苦不相连。犹向天边月，唤娟娟。

《临江仙》：阔别重洋天样远，音书断绝三年，梦魂无赖苦缠绵。芳踪何处是？羞探问人前。身体近来康健否？起居谁解相怜？归期何事旧迟延。也知人已老，无复昔娟娟。[3]

① 胡适：《旧梦》，《尝试后集》，远流出版事业股份有限公司1986年版，第26页。作于1927年7月4日。

② 胡适：《别赋》（一篇寓言），《尝试后集》，远流出版事业股份有限公司1986年版，第88—89页。后署"十二.一.一在北京协和医院"。

③ 陈学文：《胡适情诗手迹新发现》，《传记文学》2001年第5期。

四

江勇振在他的书中将胡适比作太阳，韦莲司、江冬秀、曹诚英是三个月亮，此外围绕胡适的还有为数众多的星星。据考证，这些星星有保持“肉体上的‘友谊’”、比胡适大6岁、通信仅次于韦莲司的瘦琴女士，“我是为了想你发疯”最后疯狂病死的朱毅农，提了一个提包说要搬到胡适家里来“做什么都可以”的C.N，“我现在什么都没有了，除了‘想象’与梦”的Zing-shan，“感觉到他脸颊依偎着我的脸颊，对我呢喃说他终于找到了‘家’”的比胡适小13岁却又把50岁的胡适领养的师娘罗慰慈，“我的亲哥、我的挚友；我无与伦比的情人、我的宝贝、我的卡萨诺瓦”“完全是因为还有昨晚高潮的意乱情迷可以回味”“今晚我很不柏拉图”的比胡适小4岁的护士、房东、情人哈德曼太太，此外还有白莎·何桑（Bertha Hosang，加拿大华侨）、陆小曼、陈衡哲以及李美步（Mabel Lee，华人，原名李彬华），等等，陆续出现在胡适的生命中。这其中胡适与“你笑着，紧贴着我，善舞的腰肢越来越轻了”、被江冬秀称为“哪路妖怪”的徐芳之间也有着极深的暧昧。

图2-11 徐芳

徐芳，1912年出生，江苏无锡人，是北大中文系的学生，1935年毕业。她和胡适有过一段恋情，她在寄给胡适的相片后面写着：“你看，她很远很远地跑来陪你，你喜欢她吗？”徐芳在1938年1月30日信里写道：“记得前年此时，我们同在上海找到了快乐。”1936年1月下旬，胡适人在上海。1月22日，他在日记里写道：“徐芳女士来谈，她写了几首新诗给我看，我最喜欢她的《车中》一首。”第二天，胡适就写了首《无题诗》：

寻遍了车中，

只不见他踪迹。

尽日清谈高会，

总空虚孤寂。

明知他是不曾来——

不曾来最好。

我也清闲自在，

免得为他烦恼。①

图2-12　徐芳寄给胡适的照片

这首诗写出了胡适矛盾的心态，既盼她来又怕她来。她不来，胡适寂寞；她来，胡适烦恼。后来，胡适还给了徐芳一颗相思豆，玩起了致命诱惑的游戏。5月12日，徐芳在给胡适的信里附上一首诗：

她要一首美丽的情歌，

那歌是

从他心里写出，

可以给她永久吟哦。

他不给。

她感到无限寂寞。

她说：

“明儿我唱一首给你，

你和也不和？”②

徐芳不可挽回地堕入情网，她向胡适发起猛烈的攻势。这首诗让胡适没有了回旋余地，于是他写了首《扔了》：

① 胡适：《无题诗》，《尝试后集》，远流出版事业股份有限公司1986年版，第161页。

② 徐芳：《无题》，《徐芳诗文集》，秀威资讯科技股份有限公司2006年版，第264页。

烦恼竟难逃——
还是爱他不爱？
两鬓疏疏白发，
担不了相思新债。
低声下气去求他，
求他扔了我。
他说：“我唱我的歌，
管你和也不和！”[①]

陷入爱河中的徐芳难以自拔，她又给胡适寄去一首诗，诗中，她把胡适比喻成“一轮明月”，要他“走下人寰，他却说人间太烦”。胡适回应了一首《无心肝的月亮》，诗前，胡适引用了明人小说中的诗句：“我本将心托明月，谁知明月照沟渠！”

无心肝的月亮照着沟渠，
也照着西山山顶。
他照着飘摇的杨柳条，
也照着瞌睡的“铺地锦”。
他不懂得你的喜欢，
他也听不见你的长叹。
孩子，他也不能为你逗留，
虽然有时候他也吻着你的媚眼。
孩子，你要可怜他，——
可怜他跳不出他的轨道。
你也应该学学他，

① 胡适：《尝试后集》，远流出版事业股份有限公司1986年版，第53页。

看他无牵无挂的多么好！[①]

图2-13　周质平：《胡适的情缘与晚境》

这首诗坦陈了自己的无奈，“可怜他跳不出他的轨道”。但最后一句却显露出胡适的老谋深算，他要徐芳以他为榜样，“看他无牵无挂多好！”胡适所追寻的原只是心跳的感觉，是浪漫爱情火花的闪现，他绝对不会允许这火花酿成火灾。因为寂寞，他忍不住寻觅红颜知己；因为烦恼，他一次次浅尝辄止，刚开头就煞尾。或许，他也有着凡人的情欲和虚荣，享受异性对他的崇拜与眷恋。

周质平说，在爱情上，胡适有追求，但他的追求不同于徐志摩。在徐志摩看来，恋爱是“生命的中心与精华：恋爱的成功是生命的成功，恋爱的失败，是生命的失败”（1925年8月14日《志摩日记》）。因此，在离婚再婚的过程中，徐志摩可以“甘冒世之不韪，竭全力以斗”（致梁启超）。胡适对徐志摩这种不顾一切为爱情婚姻奋斗的精神是同情的，甚至是佩服的，但他自己是不会那么做的。胡适对爱情的态度可以用佛经“应无所住”概括，“住”是一种“黏着”和“陷溺”。徐志摩谈恋爱唯恐自己黏着不够，陷溺不深，在他的诗文中处处表示自己是如何沉醉在爱情之中；而胡适谈恋爱则是唯恐自己黏着太密，陷溺太深。胡适有热切的心，但更有冷静的头脑。[②]

图2-14　江勇振：《星星·月亮·太阳——胡适的情感世界》

汤尔和曾赠诗胡适：“蔷花绿柳竞欢迎，一例倾心仰大名。若与随园生并世，不知多少女门生。缠头拼掷卖书钱，偶向人间作散仙。不料飞笺成铁证，两廓猪肉定无缘。”[③]诗作调笑胡适像袁枚一样有很多女

① 胡适：《尝试后集》，远流出版事业股份有限公司1986年版，第51—52页。写于1936年5月19日。

② 周质平：《胡适的情缘与晚境》，黄山书社2008年版，第221—223页。

③ 转引自云之（耿云志）《恋情与理性——读徐芳给胡适的信》，《百年潮》2002年第8期。

生崇拜，有些绯闻，难进孔庙。

胡适的几乎每首情诗都弥漫着月色，他的整个爱情故事似乎都笼罩在一片朦胧的月色中。只要胡适文字里有月光、月色，就可能见证一段风花雪月的情，或者是一个凄美的故事。月色给胡适的文字增了韵味，也让他的人生添了风致。不过，胡适一生虽贪恋月色如斯，但月中嫦娥却是换了一个又一个。

参考文献与阅读书目

周质平：《胡适的情缘与晚境》，黄山书社2008年版。

周质平：《胡适与韦莲司：深情五十年》，联经出版事业公司1998年版。

唐德刚：《胡适杂忆》，远流出版事业股份有限公司2005年版。

杜春和编：《胡适家书》，河北人民出版社1996年版。

胡适：《胡适留学日记》，岳麓书社2000年版。

江勇振：《星星·月亮·太阳：胡适的情感世界》，新星出版社2012年版。

胡适：《胡适文集》，北京大学出版社1998年版。

易竹贤、陈国恩：《图本胡适传》，长春出版社2011年版。

白吉庵：《胡适传》，红旗出版社2009年版。

沈卫威：《无地自由——胡适传》，安徽教育出版社2005年版。

罗志田：《再造文明之梦——胡适传》，社会科学文献出版社2015年版。

周海波：《亲情与爱情之间：胡适的女性世界》，河南人民出版社2003年版。

三、郭沫若：怎能禁制得不爱你

郭沫若，是现代著名的诗人、剧作家、古文字学家和历史学家。他1892年11月16日出生于四川乐山县沙湾镇一个地主兼营商业的家庭，号尚武，学名开贞，字鼎堂，笔名沫若，乃取故乡的沫水（大渡河）和若水（青衣江）合拢之意。

图3-1　郭沫若

郭沫若的诗歌创作，与他的日本妻子安娜有不解之缘。他说："因为在民国五年的夏秋之交，有和她的恋爱发生,我的作诗的欲望才认真地发生了出来。"[①]爱情的精神力量，唤醒了作家潜藏在体内的诗意和才能，青年郭沫若为安娜写了许多情诗，从此高歌猛进，一发而不可收。他的诗集《女神》《瓶》中有自己恋爱的记忆，小说《喀尔美姑娘》等则是借助梦境书写爱欲意识。

① 郭沫若：《我的作诗的经过》，《沫若文集》第11卷，人民文学出版社1959年版，第140页。

一

郭沫若的性爱意识萌生很早，在七八岁时就对三嫂产生爱恋，他在回忆文章中说，“很想去扪触那位嫂子的那粉红的柔嫩的手”。随着年龄的增长，“这时候又是性的烦闷非常猖獗的时候，自渎的行为差不多一天有两三次。”

除了对三嫂的爱恋，郭沫若还将年龄相仿的五嫂视为理想的性爱对象。“五嫂是王畏岩先生的次女，她长我不过一两个月的光景。王先生的家是在草堂寺附近的，当我在小学校的时候，每逢休假进城出城都要走他房子面前经过。那王师母是喜欢站在门口闲望的。有时候在她的后边立着一个发才覆额的姑娘，只露出半面来偷看外边，假使一看见有人经过，她便要立地躲开的。有时候也可以看见这个同样的姑娘站在门槽里面的旁边，微微把侧门移开一个缝穴来向外边偷看。”在郭沫若小学的第二学期，王家遣人来郭家谈亲，要论年龄当时只有郭沫若最相当，但只因郭沫若从小已订婚，恰逢郭沫若五哥刚死了未婚妻，于是王姑娘便与五哥订了婚，订婚两个礼拜郭沫若的未婚妻也死了，因此郭母常说：“一切的事情都是姻缘。假使王家的亲事再迟两个礼拜，叔嫂不就成了夫妇吗?”五嫂小巧的脸庞，晕红的双颊，微蹙的双眉，是引起了少年郭沫若的注意的。王姑娘到郭家仅一年便因患产后痨去世。当时郭沫若在成都读书，而王姑娘临终前却向空漠中大喊：“八弟！八弟！你回来了，啊，你回来了！”

后来，由一位远房的叔母做媒，聘订了苏溪场的张家姑娘张琼华（1890—1980）。郭沫若体谅母亲的爱惜之心，他在《黑猫》中说：

> 人是一个善于适应环境的动物。他总会有种种的幻想来安慰自己。在未订婚之前他的梦想。梦想的是几时当如米兰的王子在飓风中的荒岛上遇着一位绝世的王姬；又当如撒喀逊劫后的英雄在决斗场中得着花王的眷爱。这样高级的称心的姻缘就算得不到，或当出以偶然，如在山谷中遇着一株幽兰，原野中遇着一株百合，那也可以娱心适意。现在呢，婚事已经定了。怎么办

呢？拒绝罢，叔母是那样可以相信的人。她不是说过那苏溪场的姑娘人品好，在读书，又是天足吗？你还要苛求甚么？她说不定就是深谷中的一朵幽兰，或者是旷原里的一枝百合。母亲的信中还说：叔母认为姑娘的人品和三嫂不相上下。三嫂是家中最美的人，禁不住想到了年幼时在竹林下想去扪触三嫂手掌的那桩心事。是的，她或许就是理想中的人物，他们可以共同缔造出一座未来的美好花园。

可是，他“交订要的是白猫，拿回家来的却是黑猫”。1912年年假，张家催着结婚，农历正月十五，他们按照旧式婚礼仪式结合。经历了两天繁琐的婚礼，他在洞房揭开新娘盖头，眼前所见的“是一对露天的猩猩鼻孔”，他原先的婚姻理想被封建包办婚姻轰毁了。在完婚五天后，郭沫若离家。两人没有离异，以后68年里，张琼华孤独一人一直守在郭沫若老家。1939年郭沫若还乡时，向还在守活寡的张琼华鞠躬表示歉意。1980年张琼华病逝于乐山，没有留下子女。

1913年底，在大哥郭开文的资助下，郭沫若赴日本留学。在日本期间，他先后就读东京第一高等学校预科、冈山第六高等学校、九州帝国大学医科。1916年7月底的一天，郭沫若从冈山到东京看望身患重病的友人陈龙骥。8月1日，陈龙骥病逝。郭沫若在东京圣路加医院为挚友料理后事。他诚挚的痛不欲生的悲哀神情，使得在该医院工作的女护士佐藤富子姑娘，动心动容。她用极柔和婉美的声音，劝说郭沫若节哀和保重身体，并答应帮助郭沫若找到陈龙骥的X光透视的底片。郭沫若的眼睛蓦然一亮，这日本女郎青春焕发，眼睛传神，郭沫若感到在她的眉目之间有一种不可思议的洁光，便对她肃然生敬。他们之间的恋爱就这样传奇般地发生了。

佐藤富子，1895年4月5日出生。佐藤富子的祖父是北海道大学的创始人，首届校长。父亲原是北海道大学土木系毕业的工程师，后转而信仰基督教，当了牧师。母亲出身于日本士族家庭。虽谈不上富裕，但在那个时代能够让女儿接受中等教育并脱离农村走向都市，可以看出佐藤家族是开明和富有远见的。1914年佐藤富子从女子学校毕业后，家里给她操办婚姻，她只身由仙台逃到东京，在圣路加医院当护士。佐藤富子不仅给郭沫若寄去了陈龙骥的X光片，还写了一封长信安慰郭沫若。郭沫若读后，感受到一种苦涩的甜蜜，按捺不住内心的兴奋与感激，提笔用英文给佐藤富子写了回信，坦诚地向佐藤富子诉说了令他痛苦不堪的包办婚姻，说他到日本读书，便是选择了叛逃出走这一路径。从此，他们开始通信，相似的命运遭遇成为他们相爱的基础。1916年12月上旬，郭沫若到东京接富子来到冈山的“家”，两个恋人结合了。为了遮人耳目，郭沫若给佐藤富子取了个中国名字郭安娜。

图3-2　安娜（佐藤富子）

郭沫若与安娜的恋爱激发了他作诗的欲望，他为安娜献上一首首情诗，《女神》第三辑“爱神之什”中的几首爱情诗，“所收的《新月与白云》《死的诱惑》《别离》《维奴司》，都是先先后后为她而作的”，爱情成了他诗歌初创期的“酵母”。

月儿呀！你好像把镀金的镰刀。
你把这海上的松树斫倒了，

哦，我也被你斫倒了！
白云呀！你是不是解渴的凌冰？
我怎得把你吞下喉去，
解解我火一样的焦心？

《新月与白云》一诗，原是分别题为《新月》和《白云》的两首，收入《女神》时才合为一首。1921年1月11日，郭沫若在《儿童文学之管见》一文中，谈到《新月》原先是一首“五绝诗”，后来才把它改写为“同意义的一首新诗”，接着又写出白话新诗《白云》。诗的第一节是说大家都被美貌和善良的安娜所倾倒了，诗人也被安娜的娟美的容貌和善心所倾倒了。这显然与女神维纳斯使众神倾倒的神话意象不谋而合，是诗人与安娜初次见面之后才感悟到的。诗的第二节承上急转直下，写诗人渴望得到安娜的爱情，以滋润他那干涸已久的心田。“月儿”和“白云”，都是象征安娜。全诗言在此而意在彼，写得很含蓄，很耐人寻味。其写作时间当在1916年8月初[1]，是郭沫若最早的新诗作品。

我有一把小刀
倚在窗边向我笑。
她向我笑道：
沫若，你别用心焦！
你快来亲我的嘴儿，
我好替你除却许多烦恼。

窗外的青青海水
不住声地向我叫号。
她向我叫道：
沫若，你别用心焦！
你快来入我的怀儿，
我好替你除却许多烦恼。

《死的诱惑》这首诗，抒写诗人在热恋安娜初期的一段感情经历。或许是安娜把其恋爱遭到日本社会歧视和家庭反对的事告诉郭沫若，而郭沫若便在一种有可能失去爱情却又竭力不使失去时发出的呼叫。口说要死要自杀，心想永远得到爱。这首诗稍后于《新月与白云》。全诗情绪有点忧伤，而笔调却比较轻松，似乎是调侃的幽默口吻。

① 依据郭沫若与安娜的恋爱时间推测，这几首诗歌应该是作于1916年夏秋之交。郭沫若后来一说作于1918年，一说作于1919年。

我把你这张爱嘴，
比成着一个酒杯。
喝不尽的葡萄美酒，
会使我时常沈醉！
我把你这对乳头，
比成着两座坟墓。
我们俩睡在墓中，
血液儿化成甘露。

《Venus》这首诗，以神话中司美与恋爱的女神维纳斯作为题名，说明郭沫若是把初婚时的安娜当作美神和爱神来相敬和看待的。诗中所抒写的甜蜜，欢爱的情怀，说明这首诗当作于诗人与安娜欢度蜜月的1916年12月至1917年1月之间。这是诗人对经历许多波折之后、苦尽甘来的理想婚姻的讴吟。诗中既化用了我国古典诗歌“葡萄美酒夜光杯”和民间诗歌“生时共枕死同坟”的意象，又将外国神话“鲜血化成了红玫瑰”的情节，加以创造性的改造。忠贞不渝的欢爱情怀溢于言表，对于性爱的描写也显得颇有节制。

1917年3月，安娜考取了东京都市谷女子医学校，离开刚筑起来的爱巢去学医。郭沫若思念安娜，写了《别离》和《春愁》：

残月黄金梳，
我欲掇之赠彼姝。
彼姝不可见，
桥下流泉声如泫。
晓日月桂冠，
掇之欲上青天难。
青天犹可上，

生离令我情惆怅。

后来郭沫若又把《别离》改译为白话诗作，表现了对爱妻安娜刻骨思恋的衷肠。

是我意凄迷？
是天萧条耶？
如何春日光，
惨淡无明辉？
如何彼岸山，
低头不展眉？
周遭打岸声，
海兮妆语谁？
海语终难解，
空见白云飞。

《春愁》也是用浅显文言写成，抒写诗人送别爱妻安娜去学医之后难以抑制的思恋愁肠。题作《春愁》，一是表明离愁发生在春天，二是暗示这是青春时期的思恋之愁。

入校一个月后，安娜发现自己怀孕。5月，安娜呕吐得厉害，无法上课，郭沫若来把她接回冈山。12月，长子和夫出生。

1918年8月初，郭沫若升入九州帝国大学医科读书，带着安娜与和生从冈山迁到福冈，全家仅靠郭沫若的留学官费生活，经济拮据，只能栖身在一个一丈见方面积的小房间内。虽然郭沫若有着“到处随缘是我家，一篇秋水一杯茶。朔风欲打玻璃破，吹得炉燃亦可嘉”的乐观，终究难免有“回首中原叹路穷”的感慨。但他没有沉沦下去，这时间开始了文学创作，并在《时事新报》副刊《学灯》发表诗作。

郭沫若于1923年4月在九州帝国大学医学部毕业，随后，带着安娜和三个儿子回国，居住在上海。虽然郭沫若在文坛上已经很有名气，但靠卖文为生，一家五口仍然“过着奴隶加讨口子的生活”。郭沫若后来回忆道：“我的日本老婆自从回到上海以后，她便很少有开朗的日子，生活自然是和她所想象的‘幸福’完全背驰。”他们那时穷得连坐电车的钱都没有，安娜因此闹着要回日本。1924年2月中旬，母子四人乘船返回日本福冈。同年4月1日，郭沫若带着一腔凄凉的心绪也离开上海追随妻儿去了，他觉得在上海的一年真是一场迷梦。

1924年11月中旬，郭沫若携家眷又重返上海。他觉得“与其在异邦求生，终不如在故国比较安全一点”。次年4月和8月，他先后应聘为大厦大学讲师、学艺大学文科主任，有了固定收入，家庭经济出现了转机。1926年3月，经瞿秋白推荐，郭沫若离沪去广州，任广东大学（后改名中山大学）文科学长。不久，妻儿亦去广州。同年7月下旬，郭沫若投笔从戎，随军北伐。

二

1924年到1925年之间，是郭沫若所说的苦闷至极的时期，经济上拮据，事业上无着落，和安娜也正是“七年之痒”。送走安娜母子之后，郭沫若写了自传体小说“漂流三部曲”，包括《歧路》《炼狱》和《十字架》，主人公爱牟实际上就是他自己，晓芙则是安娜，小说描写了知识分子在物质上和精神上感受着贫困的苦闷心情。

这一时期郭沫若还写了《残春》《喀尔美萝姑娘》《叶罗提之墓》和《落叶》等小说，以虚构的故事抒写内心情感，表现在平淡生活中内心对异性的冲动向往。

在《残春》里，中国留学生“白羊”突然到“我”（爱牟）家说朋友“黎”在回国的船上试图自杀的消息，而且还建议一起去医院探病。“我”跟白羊一起到“门司”去找黎。他们到医院的时候，黎的病情已经好转了。“我”在医院里遇见了照顾黎的护士S。

只见一个少女露出了半面出来，我惊得发生战栗了。……啊，你看，你看，她的眼睛，啊，你看，那是不能用语言来形容得出的，那是不能用文字来形容得出的！她是那么莹黑，那么灵敏，那么柔媚呀！……我要在她的眼上，在她的脸上，在她的一切一切的肤体上，接遍整千整万的狂吻！

这令爱牟产生了欲望，那天晚上“我”在梦中与护士S幽会，幽会时护士S请“我”诊察她。在“我”要诊察S的那瞬间，白羊突然出现并告诉“我”，我的妻子精神病发作后把孩子杀死了。

主人公爱牟是有妇之夫，他与S护士的恋情自然不会有皆大欢喜的结局。由于这场恋爱从一开始就注定了结局，所以处于觉醒状态的主人公受到道德观念的制约一直将感情抑制在潜意识之下。这种人为的欲望压抑直接导致了梦中潜意识层面的活跃。在梦里，道德观念的监视和制约被解除，人的欲望便还原为原始自然状态。小说中爱牟在梦中与S护士幽会于笔立山，这一场面可以说是主人公昼间未能得到满足的欲望的宣泄。S护士诉说胸部不适，爱牟为她诊察时看见了她美丽的胴体，一种对美的占有欲因此而蠢动。在意识呈解放状态的梦幻空间里，昼间的罪恶意识也以另一种姿态凸显了出来。郭沫若对精神分析学说有一定的了解，他在《批评与梦》中说，精神分析学家们对梦所作的解释是“梦是昼间被抑制于潜在意识下的欲望或感情强烈的观念之复合体，现于睡眠时监视弛缓了的意识中的假装行列”，即俗语所说的“日有所思夜有所梦”。

正当爱牟和S护士肌肤相亲之时，同样有心于S护士的留学生白羊匆匆赶来，告知爱牟家中发生了母杀子的惨案。白天的爱牟已视白羊为情敌，梦里白羊在微妙时刻出现阻止爱牟和S护士的关系有实质性发展。在潜意识中，对爱牟来说，家庭、孩子、特别是妻子的存在成为他爱情自由的障碍。白昼间的罪恶感在梦中以遭受天罚的终结形式出现，“由贺君的发狂而影到妻的发狂，由晚霞如血而影到二儿流血，Sirens的联想而影到Medea的悲剧，由Medea的悲剧而形成梦的模型。”[①]作者在创作时由此及彼的奔放联想，最后让希腊神话中的人物美狄亚为报复丈夫抛弃自己而亲手杀死两个儿子的惨案作为自己寻求性爱自由的高昂代价。在此，可以看到作者在梦境里将理想与现实极端地对立起来的焦虑。而且，小说中也已流露出郭沫若渴望年轻貌美的女性、渴望追求崭新恋情的伤春之情。

《叶罗提之墓》是写一个叔嫂相爱而结局悲惨的故事。叶罗提从小跟堂嫂相爱，他念大学时听到嫂嫂难产而死，叶罗提也含着嫂嫂送给他的顶针殉情而亡。在作品里，叶罗提看到嫂嫂玫瑰般的手就激起了欲望。

> 有一次他往后园里去，看见他一位新婚的堂嫂，背着手立在竹林底下。……
>
> 嫂嫂很有几分慵倦的样子。——到底是思索什么呢？
>
> 他起了一个奇怪的欲望：他很想去扪触他嫂嫂的手，但又不敢去扪它。

小说是他在自传中所描述的青春期萌动及与五嫂之间的纯真感情两个情节结合而演绎成的青春“爱”之梦。

《落叶》是一篇书信小说，“我”回顾了洪师武爱情上的不幸遭遇和震撼人心的悲剧。原来洪师武赴日本之前在父母的包办之下完婚，但婚姻并不美满。当他到了日本之后“自暴自弃”地和一些女人发生过不少次性关系，不幸的是他在那个时期中得了一次软性下疳，而他自己也因行检不修深自疑虑，那些丧失医德的医生们又乘机敲诈为梅毒。从此他一蹶不振，乃至以自杀来结束痛苦的一生。但他的心理是矛盾的，就像一株枯萎的树干又萌芽了一支新的树枝，他觉得自己可以永远为社会服务，因此决心学医并无私地看护一位病友。不过这件事导致了第二次爱情的悲剧，在他看护C君的同时，与一位日本看护小姐菊子相认，但他以为自己的血液受了污染而不能再接受他人纯洁的爱情，所以他拒绝了菊子。菊子承受不起这一打击永远离开了日本，跑到南洋去了。在《落叶》里，作者没有提

① 郭沫若：《批评与梦》，《创造》1923年5月第2卷第1期。

到两人之间是如何激起了欲望，也没有提到何时勾起了欲望。菊子所写的41封信主要是写身边的杂事或追求洪师武的内容。我们只能在洪师武为C君看护奉献的过程中从一些端倪推测这篇文章表现欲望的一种机制。

《喀尔美萝姑娘》讲述了一个海外移民因迷失自我而不断找寻自我的象征性故事，刻画了一个已有家室的男人，在小巷深处偷窥一位异乡少女，继而对之施以爱和欲的想象，而其个体则在欲望的撞击下变得破碎和模糊。小说由第一人称“我”的叙述展开。“我”是就读于日本某大学的中国留学生，与妻子瑞华和两个孩子在异乡日本过着贫穷而平静的生活。自从听妻子说，附近街巷有一位“眼睛很美，睫毛很是浓密”的卖karumera（喀尔美萝，一种甜食）的姑娘那天起，“我”那平静的生活即刻掀起波澜。对姑娘出于好奇的“凝视”竟然让“我”坠落爱河，并一发不可收拾，以致对姑娘“起了一种不可遏制的淫欲”，总“想在她的脸上，她的眼上，她一切一切的肤体上，接遍整千整万的狂吻”。个人欲望世界的蓬勃与喧嚣令“我”难以自持。白天逃学后的“我”，徘徊在喀尔美萝姑娘周围，欲火中烧地凝视着她；而夜里睡在妻子身边，“抱着圣母的塑像驰骋着爱欲的梦想”。“我的自我的分裂，我的二重生活的表现”，便从此开始了。于是，“我”不得不在相当长的时间里扮演两种不同的角色。一是忠实的丈夫，一是移情的男人。作为丈夫，“我”像爱母亲一样爱着妻子瑞华；作为男人，“我”移情别恋，倾心爱慕一个陌生的少女。“我”竟然羡慕做医生的人，可以随心所欲地“扣触女人的肌肤，敲击女人的胸部，听取女人的心音，开发女人的秘库”，我甚至想象自己是一名医生，去“摸她的眼睛，摸她的两颊，摸她的颈子，摸她的乳房，摸她的腹部……”在此，小说尽情地袒露着来自“我”男性身体的骚动以及爱欲的膨胀，展示了一个有妇之夫对异性身体不可抑制的欲望，它隐秘而诡异，交织着越轨的快感与罪恶。正当“我”沉迷其中并欲罢不能时，卖糖人儿的姑娘不知哪一天突然搬走了，也不知道去了什么地方。“我”愈发地想念她，俨然一个不可救药的相思病患者，所见一切皆是她的幻象。“草场上的每茎嫩草都是她的睫毛，空气中一切的闪烁都是她的眼睛，……她是占领了我全部的灵魂。”在此，“我”内心的欲望及性幻想表露无遗。显然，这种性幻想是建立在作为欲望主体的位置上，即把"我"的欲望或者说性焦虑通过外在的身体表演给一个缺席的女性目光。

《喀尔美萝姑娘》叙述的是一个单恋的故事。在内心深处，"我"深知对喀尔美萝姑娘的爱恋与情欲是不道德的，既愧对妻子，又荒废了自己的学业。当"我"学无所成，对喀尔美萝姑娘的感情又欲罢不能时，"我"甚至想一死了之。后来是妻子的体贴与温柔挽救了"我"，但"我"最终还是不能在情欲中脱身，还总在喀尔美萝姑娘的幻影里追寻缥缈的情欲，甚至不惜赴死。在整个小说里，对情欲、爱欲的追求与对理性、意志的把握以及对爱情、生命的流连使主人公始终陷入矛盾的境地，爱欲与生命意识的流动造就了"我"、催促着"我"的成长，同时也迷惑了"我"，使"我"由对情欲的渴望到自身的矛盾彷徨直至在情与爱的萌动追索中不能自拔。妻子献身的爱与维护家庭的母爱完全属于一种与男女情爱截然不同的神圣而永恒的情感。比起那种神圣之爱（以妻子额头的"洁光"为象征）来，主人公梦寐以求的是自由奔放、有时甚至可能爱不成则转变成恨的惊心动魄的男女情爱。他羡慕那些未婚和没有子女的男人，感到自己像"是在茧中牢束着的蚕蛹"一样被婚姻和家庭禁锢了自由。

郭沫若的自叙小说并不像日本大正时期盛行的"私小说"那般刻意忠实于对作者私生活的"平面描写"和"客观描写"，而是以梦境这一形式编织的虚构时空，表现自己潜在的性意识。伴随着少年时代性意识的觉醒，郭沫若较早地开始思考性爱的问题了。郭沫若在自传《少年时代》中坦承："在我十岁前后，和外界的社会起了剧烈的变化一样，我身体的内部也起了剧烈的变化。我自己到现在都还在惊异：我不知道我为什么会有那样早期的性的觉醒。"①早期性意识的萌芽，使其从童年时代的自我与世界的混沌状态中脱离出来，这是主体生命意识的觉醒，也是其重新看待世界、思考爱情可能性的起点。现在，郭沫若在创作这批精神分析小说时，融进了自己的婚恋经历，并以弗洛伊德精神分析学作为理论背景，用象征、幻觉、意识流等手法去表现，把人物的现实生活与虚幻的梦境有机结合，挖掘人物的爱欲意识。

① 郭沫若：《少年时代》，人民文学出版社1979年版，第46页。

三

1925年初，郭沫若的情感生活中发生了一件事，事后他写成了组诗《瓶》和散文《孤山的梅花》。关于诗歌和散文的关联，研究者均注意到，但由于一直以来人们认为散文是纪实的，诗歌是虚构的，对此事件均采信其散文所述，直到后来有关当事人所忆，才发现郭沫若玩了文字游戏。

按照散文《孤山的梅花》所述，“我”正月14日收到一封寄自新登三溪口、落款姓名为余抱节的信，约他去杭州西湖赏月看梅，相约住钱塘旅馆，并表达了“得见一面虽死亦愿”的渴慕，还提到若回信就转杭州女校余猗筠小姐。信的字迹秀丽，措辞柔和，极像出自女性之手。“我”认为余抱节一定就是余猗筠本人：两者都姓“余”，“猗”者“倚”也，可训“抱”，“筠”者竹之青皮，其节也显，故“猗筠”就是“抱节”。“我”经历了激烈的思想斗争后，将实情告诉了夫人，夫人毫不犹豫地让他前去，不要辜负人家的一片好心。“我”定于正月十九日动身，然而因军阀混战，好事多磨，没有去成。又等了一个星期，在战事的惊惶中，我独自一人再次出发，坐上到杭州的三等车厢。坐在好像是病院的车上，“我”却畅想着两人相会，拿着梵诃琴，去孤山赏月的浪漫情形。等到了约定的旅馆，问有没有姓余的先生，说是没有，又打电话去女校，没有余猗筠其人；孤山的梅花呢，也还没有开，最后只得扫兴而回。

散文大量融进了经历此事过程中矛盾的真实心理：“我”接信后，短暂的陶醉和得意过去后，首先面临的是如何向夫人交待的问题，“我”采用“心中无冷病，哪怕鬼敲门”的心理策略，意外地获得夫人的信任；火车上污秽不堪，仿佛置身于一个大病院之中，“我”却畅想着和美丽姑娘的诗意约会；另一方面，“我”性格的理性的一面又起到决定性的作用，他的理性自我注视和嘲笑着另一个掉入情感陷阱的疯狂自我。散文弥漫着一种无形的幽默和自嘲。一种美好愿望的落空，和落空后的叹息与无奈。散文以中年心境打量这场注定以失败告终的恋情，首先是环境恶劣与内心浪漫想象之间的反差，如军阀踢足球似的混战，带来的民生艰往的情感历程，是一首纪实抒情长诗。郭沫若当年说“全是写实，并无多少想象成份”被人理解为感情的真实，而没有意识到事件的真实。为了让读者更清楚地了解事情真相，我们不妨较为详细地引用当事人徐亦定回忆：

> 1925年早春，他到杭州旅游（有没有其他的事我不知道），一个偶然的机会我们相识了。那天他与几个友人——有我的一个堂兄——去游西湖，那时我在杭州女师读书，还很年轻，他们都比我大，都叫我妹妹，他们叫我一起去玩，我就同他们一起去了。玩了好几处风景点，我现在还能想得起来有两处：一是保叔（俶）山，山虽不高，路很崎岖，有的地方还很陡，他很会爬山，一个人当先到了山顶塔山，我到半山腰就上不去，他又下来拉我上去；还有一处是灵峰探梅，梅花还没有开，他有点惋惜的样子。这是一个礼拜天。我们在学校住宿的外地学生要在晚自修以前回学校的，所以我游湖回来就同他们分开赶回学校去了。
>
> 过了几天，我意外地收到一封上海来的信，开头称呼妹妹，信尾具名是沫若二字，信不长，说了一些那天游湖的事情，有两首即兴的诗。讲礼貌当然要回信，说实话，我心里也喜欢他。我回他的信里告诉他西湖梅花已开，并折了一小枝红梅夹在信里寄去。这以后，他每星期有两封信给我，我大概收到他二三十封信。
>
> 我知道他有一个日本太太，已经儿女成行。我仔细思量，觉得如再发展下去，于我于他都不利，不如及早打住，以免造成不可收拾。我决定后就回他一封信，说我功课很忙，以后只怕没有时间给他写信，表示歉意。他还接连来了好几封信，我没有作复，他最后一封信要我把他寄给我的信退还他。这以后我们就没有再通信了。[①]

也就是说，爱情组诗《瓶》所叙事件，才是诗人亲历的实事。徐亦定回忆的

① 沈飞德：《郭沫若诗集〈瓶〉与一位女性——王映霞访谈录》，《档案与史学》2001年第2期。

事实，与《瓶》中记叙几乎完全一致，而散文《孤山的梅花》中的情节反而大都是虚构的。散文1925年正月三十（阳历2月22日）写出了主体部分，3月18日又追记。根据学者们考证，由于郭沫若在写于同年3月28日之《笑脱牙齿》一文中提及“在一礼拜前早已草就”，因此，3月18日写就的时间基本是准确的。散文写出后，郭沫若没有任何踌躇，马上于4月3日、4日、7日在《晨报副刊》连载此文。因此，写于诗歌之后的散文反而发表在先。作者在散文中，只是把这段经历作为故事的原型。在其基本元素的基础上进行虚构，由此敷衍成一个真真假假，假中有真，真中有假的故事。而且后来以“集外”为题，将其混在其中，编在自传性作品集《学生时代》的后面。文中提到捉弄他那封信，写信人是“余抱节”，转信人是“余猗筠”，这两个姓名正好分别是徐亦定和其兄徐葆炎名字的谐音，且“余抱节”含有“抱守节操”意思，（据王映霞讲，徐亦定还有一个名字叫徐逸庭，而徐亦定正是由其兄徐葆炎介绍给郭沫若认识的）。[①]

郭沫若在《论国内评坛及我对于创作的态度》中曾剖析自己的个性，他把自己描述成一个偏于主观的人，一个冲动性的人。冲动的时候，就像一匹奔马，冲动窒息时又好像一只死了的河豚。“冲动”构成郭沫若气质的主调，他觉得生活在情绪的高潮中是最有味的，所以他抱怨冷静，他的爱情是疯狂海洋般的爱情，他燃烧的情绪有如“着了火的枯原”，他爱的愿望是“要冷就冷如坚冰，要热你就热到沸腾”。郭沫若诗歌因为他固有鲜明的个性在审美趣向上区别其他诗人，由于冲动所以曲调热情奔放，由于敏感所以情绪在极短暂的时间里有两极化倾向：燃烧在爱的憧憬中时，情感是狂热的、炽烈的，如夏日炎炎的火焰；沉浸在爱的失落中时，情感是感伤的绝望的，如冬天飘洒的落叶，情绪波动瞬忽，升沉幅度巨大。

四

从北伐战争到南昌起义，郭沫若和女兵安琳在一起。安琳，本名彭漪兰，安

① 陈俐：《郭沫若的〈瓶〉与〈孤山的梅花〉互文关系再探》，《郭沫若学刊》2007年第1期。

徽芜湖人，北伐时在郭沫若领导的政治部工作。南昌起义后，在前往汕头的路上，安琳与郭沫若同行，并一路照顾郭沫若。两人出生入死，患难与共，郭沫若陷入了新的恋情中，“盐酸寮山中的生活是绝好的剧景。安琳哟，我是永远不能忘记你的。”他打算以自己和安琳的故事为蓝本，仿照邓南遮的剧本《角孔达》写一部作品，主题是革命与家庭。后来创作了小说《新的五月歌》。

1928年2月，李一氓等人为郭沫若流亡日本饯行，安琳出席。席间安琳与郭沫若的不自然神情，安娜以女人的本能捕捉到。回来安娜盘问情形，郭沫若把大概情形告诉了她。

安娜问：“你爱她吗?”

郭沫若说：“自然是爱的。我们是同志，又同过患难。”

“既然是爱，为什么不结婚呢?”安娜又问。

“唯其爱才不结婚。”

安娜说：“是我阻碍着你们罢了。”叹息了一会儿，她指着在草席上熟睡的三儿一女：“假如没有这许多儿女，我是随时可以让你自由的……”

对安琳的爱愈深，对安娜的愧越重，郭沫若陷入无尽的纠结苦恼中，想着安娜多年来的点点滴滴和身边4个孩子，他写下了《归来》，放弃这段爱情：

> 这是我的妻，她的爱情！
> 我的生命是她救起了的。
> 听说我在危笃时骂詈过她，
> 还数过她无数冤枉的罪名。
> 她来时有时竟不敢和我见面，
> 只坐在偏僻处，望着我伤神。
> 啊！我如今是清醒了，忏悔了：
> 你是我永远的唯一的爱人！

在《得了安息》中，郭沫若抒写安娜对他无微不至的爱胜过任何药物，使他能在四周满布危险的家中睡得十分安稳。诗中说："我的精神是这样的新鲜，如像那窗外的蔚蓝的宇宙。因这是爱的联系，骨肉的联系，这是宇宙中的自然的枢机!"

1928年2月24日，郭沫若因受国民党政府的通缉，化名吴诚，借往东京考察教育的南昌大学教授的身份，独自乘日本邮船"卢山丸"亡命日本，家眷另乘"上海丸"前往日本，约定在神户聚齐。亡命日本十年，郭沫若在日本宪警监视下潜心治史，先后出版了《中国古代社会研究》《甲骨文字研究》《殷周青铜器铭文研究》等著作，取得了辉煌成就，被学术界誉为中国马克思主义历史学的奠基者。

在艰难环境中矗起的这座学术丰碑，同样凝结着安娜艰辛的劳动。安娜把宅前的空地辟成菜园兼花园：蔷薇花旁长着紫苏，大莲花旁结着朝天椒和番茄，院角笼子里养着一群鸡……小小的庭园，是亡命者郭沫若安宁的天国，使这个家庭于贫困、忧愁中时见欢笑。

1937年卢沟桥事变发生后，郭沫若受到日本宪警更加严密的监视，他再也不愿在日本久留。7月25日凌晨4时半，郭沫若穿着和服，在书房为妻子及四儿一女各写了一张留白，便轻轻地踱进寝室。见安娜已醒，开着灯在枕上看书，他禁不住淌下了眼泪。揭开蚊帐，他在安娜额上深深一吻，作为20年患难夫妻的诀别之礼。其实，头一天晚上，经郭沫若暗示，安娜已经知道了丈夫的走意。她告诫他说："走是可以的，只是你的性格不定，最足担心。只要你是认真地在做人，我这里即使有点麻烦，也只好忍受了。"

郭沫若秘密归国抗战的消息，很快在日本传开，警方随即将安娜逮捕，将她在牢房里囚禁了20多天。日本当局借口安娜未脱离日本国籍，且有"间谍"之嫌，限制其自由。郭沫若闻听悲愤自责，写下七律《遥寄安娜》一诗："相隔仅差三日路，居然浑如万重天。怜卿无故遭笞挞，愧我违情绝救援。虽得一身离虎穴，奈何六口委骊渊。两全家国殊难事，此恨将教万事绵。"安娜是一位有气节的、刚强的女性，她不屈服于警方的任何压力。日本军部强令安娜让几个孩子都加入日本国籍，声称只有如此才能得到政府的保护。安娜以孩子是中国血统为由严词拒绝。安娜忍辱负重，独自挑起生活重担。她租了几亩地，种稻种菜，农忙时还给人打短工。有时她清早出去，跑50里山路，到山村采购柿子、石蒜、山楂、大豆，背着提着到镇上贩卖。冬天，因腌萝卜干卖，她的手天天浸在冷水和盐水中，手背肿裂。她还替人洗衣裳，到附近一家褓糊工场做工，在闷热的作坊里熬制褓糊……面对全家六口的生存危机，安娜以坚忍的意志挣扎、奋斗。她不仅让孩子有饭吃，而且让他们都受到了良好的教育。安娜祈盼着战争结束，等待着男人平安归来！一春又一秋，每天站在屋外的篱栅旁，望着那条通向远方的路。1947年《改造日报》记者陆立之先生曾到安娜的住处探望，家里一片凄凉：家徒四壁，根本没有半点能称为“家当”的东西，全家仅靠一点山芋充饥。

1948年8月25日起，香港《华商报》连续3个月连载了郭沫若的《抗战回忆录》，在国内外引起了强大反响。看到报章上郭沫若的名字，安娜激动地把孩子抱在怀里，不停地流着泪：“啊，啊，真是上帝保佑，你们的爸爸还活着，还活着……”此时安娜已经头发花白，满脸皱纹。为了回到中国丈夫身边，安娜向当局提出了与郭沫若结婚的申请，获得了批准，从此，她失去了日本国籍。她说：“我一直把中国看成是自己的故乡。”安娜经台湾飞往香港，突然出现在郭沫若面前。安娜热泪盈眶，她有许多话不知该从何说起；然而面对眼前站着的一位年轻的女子（于立群）和大大小小五个孩子，她凄然无语。郭沫若说：“造成这样的结果是日本军阀的罪过！”

图3-3　郭沫若、安娜与孩子

因郭沫若已与于立群结婚，安娜选择与郭沫若离婚。自1952年起，安娜的生活由中共中央统战部管理照顾，按月给她送去生活津贴，她很感激政府与朋友对她的关照。1978年春，郭沫若病危，安娜得知后，不忘夫妻之情，以85岁高龄，从大连来到北京探望郭沫若。1983年，安娜被推选为全国政协委员。1994年8月

15日，安娜在上海逝世，享年百岁，结束了她波澜起伏的一生①。

五

1937年郭沫若离开日本之前，与《大公报》记者于立忱有过交往。于立忱（1912—1937），原名佩琛，原籍广西贺县，是民初要人岑春煊的外甥女，随父在天津求学，后为《大公报》记者，约1934年被报社派驻东京。到东京即与早已相识的郭沫若来往，过从甚密。1936年，郭沫若与郁达夫去看望于立忱，席间于立忱作《咏风筝》："碧落何来五色禽，长空万里任浮沉。只因半缕轻丝系，辜负乘风一片心。"郭沫若和于立忱一首："横空欲纵有遭擒，挂角高瓴月影沉。安得姮娥宫里去，碧海晴天话素心。"从唱和诗来看，于立忱的七绝隐含着忧戚哀怨，颇有些古代佳人自悲命薄的味道，郭沫若的和诗则似乎表现出了作者内心深处的某种愿望。

1937年3月，因从事反日宣传受《大公报》控告，于立忱被迫返沪，5月在上海突然自缢身死，临死的遗言是："如此社会，如此国家，如此自身，无能为力矣！"关于于立忱之死，有两种说法。郭开鑫在《只因半缕轻丝系，辜负乘风一片心——郭沫若与于立忱》②一文中认为是因张季鸾的纠缠，以死拒之。而谢冰莹在《郭沫若的情人于立忱之死》中讲述了一段"自知的秘密"：于立忱怀孕，郭沫若不愿与安娜离婚，于立忱被迫堕胎，深感"自作孽"，对

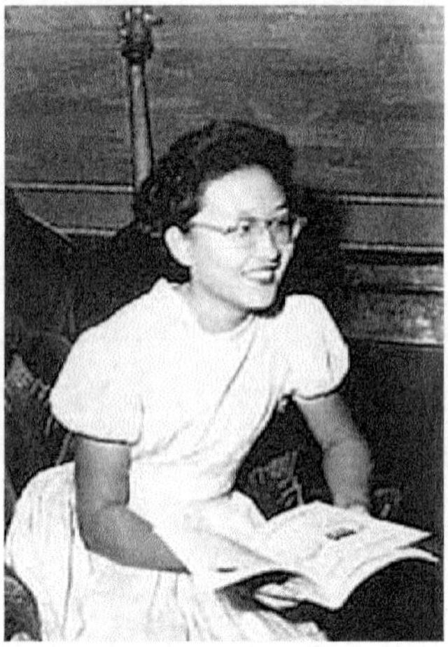

图3-4　于立忱

① 郭沫若与安娜生有五个子女：长子郭和夫是中国科学院的化学家，原中科院大连化学物理所所长。次子郭博是建筑家和摄影家，退休前为上海民用设计院总工程师。三子郭复生（亦叫佛生）是中国科学院动物所工程师。女儿郭淑瑀，后来与林爱信结婚，生一女林丛。林丛后留学日本，入日本籍，改名藤田梨那，任日本国士馆大学文学部中国文学教授，参与创立日本郭沫若研究会。四子郭志鸿是中央音乐学院客座教授。几个子女全部成才，俱是安娜的功劳与牺牲付出。

② 杨天选编：《众人眼中的郭沫若》，鹭江出版社1993年版；原载《沙湾文史》第2期（1986年）。

不起父母、国家、朋友，而最终自杀[1]。

1937年11月，郭沫若在上海凭吊于立忱墓，写诗《上海沦陷后弔于立忱墓》："愤悱难任甘一死，黄泉碧落竟何之？高怀自使鸾皇渺，远视终教鹭燕欺。尊酒敢逾金石誓？文章今有去来辞。盱衡自古哀兵胜，漫道苍茫鼓角悲。"

回到上海后，郭沫若遇到了于立忱的胞妹于立群（1916—1979）。郭沫若说：

> 七月我也回到上海，经过林林诸位的介绍，我认识了立群，顿时感到惊异。仅仅二十来往岁，在戏剧电影界已经能够自立的人，对一般时髦的气息，却丝毫也没有感染着。两条小辫子，一身蓝布衫，一个被阳光晒得半黑的面孔，差不多就和乡下姑娘那样。[2]

郭沫若把对于立忱的爱转移到于立群身上，1938年1月，郭沫若与于立群同居，并于1939年夏补办婚礼。于立群被称为郭沫若的"抗战夫人"。同居次月，于立群即作嵌字对联一副，嘱郭沫若为之书写。其联云：立德立言乃是立功之本，群有群享须从群治得来。一联中三次嵌入"立群"的名字。如果没有于立群，也许郭沫若就离开祖国，避居南洋去做一名战火中的商人。1937年12月，郭沫若已化名为"白圭"，办好了护照。以郭沫若的诗人气质，心性不定，纵能做成一介商人，其结局也会是郁达夫式的殒没。

图3-5　于立群

1945年6月，郭沫若应邀访问苏联，在飞机上想到在日本的孩子，还有重庆的孩子，吟诗一首：

① 谢冰莹：《郭沫若的情人于立忱之死》，《传记文学》1984年第6期，。
② 郭沫若：《洪波曲》，《郭沫若选集》第2卷，四川人民出版社1982年版，第107页。

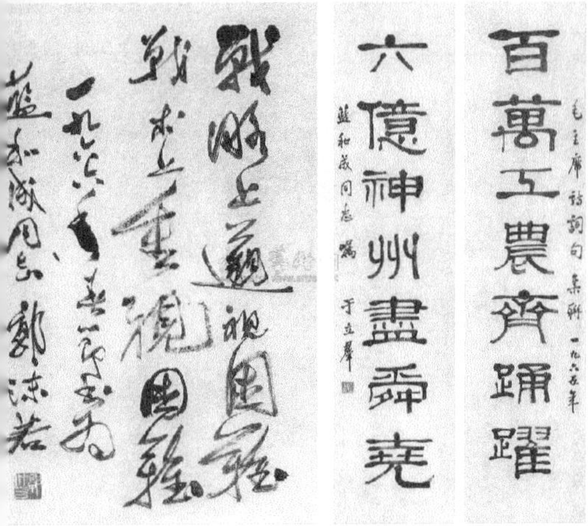

图3-6　于立群的书法

生别常恻恻，恻恻至何时。孤鸿翔天末，天末浮云低。北山有网罗，雏稚不能飞。南山无乐土，难得一枝栖。哀鸣不相闻，冷雨湿毛衣。

在苏联托尔斯泰故居，想到于立群车站送别的情景，遂以于立群的口吻作诗一首，诗歌表现了两人之间的依恋情感：

送郎送到九龙坡，郎将飞往莫斯科，我欲拥抱奈人多。
适彼乐土爰得所，纵不归来亦较可，可怜留下一个我。
握手告别说什么，只道少饮莫蹉跎，牙关紧咬舌头锁。
铁门掩闭一刹那，风起扬砂机如梭，纵欲攀援可奈何？
仰天有云兮云有波，山有树兮树有柯，我如木鸡回旧窝。
忽闻儿女语伊哦，要我飞去寻爹爹，顿教眼泪自滂沱。

于立群是个很有才干的人，家学渊源很深，她不仅能写出较好的旧体诗词，而且擅长书法，颜体字也写得很好，她能悬肘走笔写出端庄雄伟的正楷和遒劲郁勃的行书。于立群自幼练颜体大字，“颜字的严肃性可能起规范作用，使一个人的生活也严肃了起来。”郭沫若书法以潇洒豪放而凝重自然为特点，这里边有于立群书法风格的影响。郭沫若在《洪波曲》中有述。安娜曾批评郭沫若“性格不定，最足耽心”，而于立群以写颜字的严毅风韵，正对郭沫若的性格起着规

图3-7　郭沫若、于立群与子女

范稳定作用。

于立群也从伦常人情角度对郭沫若后半生的政治人格和学术品位起了升华作用，不仅洗去了鲁迅所骂“上海滩上的才子加流氓”的阴影，更升华出德高望重、慈颜宽和的一代文坛领袖“郭老”的光辉。

1978年6月12日，郭沫若去世。1979年3月，常经受精神和病痛折磨的于立群自缢于北京故居。两人共生有四男二女[①]。

参考文献与阅读书目

郭沫若：《郭沫若全集·文学编》，人民文学出版社1982年版。

黄侯兴：《郭沫若正传》，江苏文艺出版社2010年版。

郭沫若：《沫若自传》，东方出版社2010年版。

黄曼君等：《图本郭沫若传》，长春出版社2015年版。

桑逢康：《郭沫若和他的三位夫人》，海南出版社2001年版。

旸天选编：《众人眼中的郭沫若》，鹭江出版社1993年版。

① 长子郭汉英毕业于清华大学工程物理系，中国科学院理论物理所研究员。次子郭世英肄业北大哲学系，1968年被北京农业大学的红卫兵抓去刑讯逼供，不久从四楼坠下而死，自杀他杀至今成谜。三子郭民英肄业中央音乐学院，1967年参加中国人民解放军海军，无预兆突然自杀，成谜。长女郭庶英毕业于中国科学技术大学生物物理系。次女郭平英毕业于中国人民大学国际政治系，中国社会科学院历史所副所长兼郭沫若纪念馆馆长。四子郭建英毕业于清华大学本科，北京大学硕士，著名指挥，音乐翻译评论和音乐活动家。

四、郁达夫：我所要求的就是异性的爱情

郁达夫，是一个真性情的作家，他的小说，因有大量的性爱心理的描写而惊世骇俗。在生活上，他任情适性，留下了不少风流韵闻，不算与他有过感情纠葛的女性，一生有过三次婚姻。这些情感经历大多被其写入了小说或者散文。他亦用旧体诗词抒写了恋爱的甜蜜、分离相思之苦、情伤和毁家之痛。他的丰富复杂的内心世界也由此得到充分展现，坦露出独特的人性内涵。

图 4–1　郁达夫

一

郁达夫，名文，小名荫生，字达夫，1896年12月7日出生于浙江富阳。在生理上和心理上，他都属于那种“早熟”的孩子。当他十三岁还在富阳高等小学堂读书期间，性意识就开始萌动。同学中有很多年龄稍大的热衷于谈论异性和追逐异性，郁达夫因为年龄小，胆子也小，开始没有加入这些男学生之列，但心中并非毫无所动，在女同学面前，他也开始了怦然心动。他后来回忆说，有一位和他住得很近的姓赵的女同学，平时相遇时，总会对郁达夫微笑一下，点一点头。这

本来是极平常的事，可郁达夫却会因此而“感得同犯了大罪被人发觉了的样子，和她见面一次，马上要变得头昏耳热，胸腔里的一颗心突突地总有半个钟头好跳。”[①]医学研究表明，在儿童时代就可能有性的兴奋和冲动。从年龄上来看，男孩子一般在四五岁左右，女孩子一般在七八岁左右，即会有性的感觉。精神分析学派甚至认为人在婴儿时期和儿童时期即可能有“欲”（libido）的表示。当然，这里所说无论是“兴奋”和“冲动”，也无论是“欲”或“情绪”，基本上都是处在无意识或潜意识之中，最多也不过处在朦胧状态。

毕业前夕，高等小学堂举行毕业典礼，典礼后又在大厅上大摆欢送宴席。因为多喝了几杯酒，郁达夫抑制不住欢欣和冲动，踏着月光，出了校门，“自然而然地”向那位姓赵的女同学家里走去。赵家其他人都上街去了，只有那位女孩子一个人在家练字。郁达夫轻轻地走到那个女孩身后，一使劲把点着的洋灯吹灭，他自己都没想到为什么会这样做。“月光如潮水似地浸满了这一座朝南的大厅，她于一声高叫之后，马上就把头朝了转来。我在月光里看见了她那张大理石似的嫩脸，和黑水晶似的眼睛，觉得怎么也熬忍不住了，顺势就伸出了两只手去，捏住了她的手臂。两人的中间，她也不发一语，我也并无一言，她是扭转了身坐着，我是向她立着的。她只微笑着看看我看看月亮，我也只微笑着看看她看看中庭的空处，虽然此外的动作，轻薄的邪念，明显的表示，一点儿也没有，但不晓怎样一股满足、深沉、陶醉的感觉，竟同四周的月光一样，包满了我的全身。”[②]这是他情窦初开的时候。及至后来赵家少女订婚，他还深深懊丧自己失去了良机，在《自述诗十八首》的第八、九、十中有述：

左家娇女字莲仙，费我闲情赋百篇。三月富春城下路，杨花如雪雪如烟。十三岁秋遇某某。

① 郁达夫：《水样的春愁——自传之四》，《郁达夫文集》第3卷，花城出版社1982年版，第380页。

② 郁达夫：《水样的春愁——自传之四》，《郁达夫文集》第3卷，花城出版社1982年版，第382页。

一失足成千古恨，昔人诗句意何深！广平自赋梅花后，碧海青天夜夜心。
罗敷陌上，相见已迟。与某某遇后，不交一言。
二女明妆不可求，红儿体态也风流。杏花又逐东风嫁，添我情怀万斛愁。
是岁秋又遇某氏姊妹及某氏，英皇嫁后，樊素亦与春归矣。[①]

图4-2 青年郁达夫

1913年，郁达夫随大哥郁华到日本留学。1914年夏季，郁达夫进入东京第一高等学校。同时和郁达夫进入一高的中国留学生还有郭沫若、张资平等。

郁达夫在日本留学时的个人生活也有着丰富曲折的经历。如他自己所说："学校的功课很宽，每天于读小说之暇，大半就在咖啡馆里找女孩子喝酒。"[②]那时日本的风气，在两性关系问题上，不像中国国内加着种种禁锢。当时在东京的上流社会，对于性解放的观念，也早已为人们所接受。特别是在上流社会，尤其是知识阶层和学生之中，似乎更习以为常。与此同时，易卜生的问题剧，爱伦凯的恋爱婚姻，自然主义派文人的暴露论，富于刺激性的社会主义两性观……一时竟如潮水似的涌现。在这样的文化冲击下，清冷孤独、感情脆弱、主意不坚的青年郁达夫便成了这洪潮上的泡沫，不免在这大潮中涡旋、淹没、消沉。他自己说，在他"独自一个在东京住定以后，于旅舍寒灯的底下，或街头漫步的时候，最恼乱我的心灵的，是男女两性间的种种牵引，以及国际地位落后的大悲哀。"[③]

无论在东京还是在名古屋，郁达夫在这里都感到十分孤独。用他自己的话说，是"因为二十岁的青春，正在我的体内发育、伸张，所以性的苦闷，也昂进

① 詹亚园：《郁达夫诗词笺注》，上海古籍出版社2013年版，第180—182页。

② 郁达夫：《五六年来创作生活的回顾——〈过去集〉代序》，《郁达夫文集》第7卷，花城出版社1982年版，第179页。

③ 郁达夫：《雪夜——自传之一章》，《郁达夫文集》第4卷，花城出版社1982年版，第94页。

到了不可抑止的地步”。[1]正如他后来在《沉沦》中所言：

> 知识我也不要，名誉我也不要，我只要一个能安慰我体谅我的“心”。一副白热的心肠！……
>
> 我所要求的就是爱情！
>
> 若有一个美人，能理解我的苦楚，她要我死，我也肯的。
>
> 若有一个妇人，无论她是美是丑，能真心真意的爱我，我也愿意为她死的。
>
> 我所要求的就是异性的爱情！
>
> 苍天呀苍天，我并不要知识，我并不要名誉，我也不要那些无用的金钱，你若能赐我一个伊甸园内的“伊扶”，使她的肉体与心灵全归我有，我就心满意足了。

在名古屋上学时，郁达夫寄住在一个离学校不远的人家里。主人家有一个正处在妙龄的女儿，名叫后藤隆子。她的脸蛋长长的，眼睛又大又亮，笑起来脸上露出两个酒窝，虽说不上如花似玉，却也十分惹人疼爱。更令郁达夫印象深刻的是，她十七八岁的年龄，身材发育得十分丰满，远远地就能闻到她青春的气息。隆子每天笑着为郁达夫送饭和铺床叠被。每当这个时候，郁达夫总是正襟危坐，目不斜视，然而他表面上虽然态度冷淡，内心里却燃烧着浓烈的情火。有一天，郁达夫正在自己房间里读一本英国作家吉辛的小说解闷，忽然听到楼下有哗哗的水声。他说不清为什么突然感到好奇，立刻放下书本，连拖鞋也不穿，就轻手轻脚走下了楼梯。水声是从浴室里传出来的，是人在沐浴。此时，郁达夫突然意识到，主人家都早早外出了，只有隆子姑娘在家。这一定是她在洗澡。郁达夫清楚地知道厕所和浴室之间有一扇带玻璃窗的薄壁相隔，透过玻璃窗可以看到浴室里的情形。厕所的门虚掩着，只要轻轻推开门，就可以进到里面。裸露着的异性的胴体对一个年轻人具有怎样的诱惑力，这是能想象的。何况这又是一个他正暗恋

① 郁达夫：《雪夜——自传之一章》，《郁达夫文集》第4卷，花城出版社1982年版，第95页。

着的姑娘。在进退之间，郁达夫陷入了激烈的内心挣扎，青春期的萌动与剧烈的思想斗争都在猛烈地撞击着他的胸膛。这毕竟不是公共浴室。正在他犹疑再三的时候，慌乱中他碰响了不知什么东西，惊动了浴室中的女孩。郁达夫急忙屏住呼吸，三步两步急速跑回到楼上，躺在床上用被子把自己的脑袋蒙了个严严实实。这件极富戏剧性的“窥浴”事件，后来被写到了小说《沉沦》当中。事实上，郁达夫本人并没有如很多人以为的那样真的曾经有过“窥浴”的行为。即便是面对如此巨大的诱惑，他还是最终受阻于头脑里根深蒂固的中国式的男女观念。在不同的文化传统和观念冲突中，在青春期莽撞的情感与理智的冲突中，郁达夫体验到了青春的激情与苦闷、人生的矛盾与无奈……这些无疑给他留下了深刻的印象，日后成为他文学作品创作的生活和感情素材。

郁达夫和后藤隆儿有过一段时间的交往，曾作《赠隆儿二首并附记》：

> 几年沦落滞西京，千古文章未得名。人事萧条春梦后，梅花五月又逢君。
>
> 我意怜君君不识，满襟红泪奈卿何。烟花本是无情物，莫倚箜篌夜半歌。
>
> 右二绝为隆儿作也。隆儿小家女，相逢道左，一往情深，动于中不觉发于外，谓之君子之思服可，谓之旷夫之狂言亦可。要之，出乎情性，止乎礼义，如天外杨花，一番风过便清清洁洁，化作浮萍，无根无蒂，不即不离，所谓兜率宫中文箫梦影者，非耶？[①]

青春的冲动毕竟是猛烈的，有时候甚至难为理智所束缚。就在窥浴事件后的这一年寒假前夕，关西一带接连下了两天大雪。郁达夫一个人住在被厚雪封锁的乡间，觉得怎样也忍耐不住孤寂，就在一个飞雪狂舞的午后，独自踏上东海道开往东京去的客车。这一夜，他在一个不知名的小站下车，住进一个普通的妓馆，找了一个“肥白高壮的花魁卖妇”，度过了一个荒唐的夜晚。第二天恢复清醒之后，他痛悔着自己的行为，虽然是因为苦闷无处发泄，但毕竟有悖于自己的人生

① 詹亚园：《郁达夫诗词笺注》，上海古籍出版社2013年版，第124—126页。

理想和做人准则。这个时候，敏感的青年郁达夫是在一种非常极端的状态下，体验着青春的苦闷和人生无奈的挣扎。这件事情，同样也被郁达夫写到了《沉沦》中，而且被写成了是将主人公推向绝望自尽的结局的直接动力。由此可见，这件事对郁达夫造成了怎样深刻沉痛的影响。

图4-3 郁达夫在日本

郁达夫还曾写诗给自己染病期间看护自己的护士：

露滴红蔷十字娇，为侬甘度可怜宵。不留后约非无意，只恐相思瘦损腰。[①]

郁达夫在日本还有一位女友篆田梅野，她是名古屋大松旅舍的侍女。郁达夫偕留日学生陪同浙江教育视察团参观名古屋各中小学，宿于该店，遂与她相识。作者另有小说《两夜巢》记其事。郁达夫为其写有三首诗：

淡云微月恼方回，花雾层层障不开。好是春风沉醉夜，半楼帘影锁寒梅。（《赠梅儿》）

淡云微月旧时盟，犹忆南楼昨夜筝。侬未成名君未嫁，伤心苦语感罗生。（《留别梅儿》）

莫对菱花怨老奴，老奴情岂负罗敷，一春燕燕花间泣，几夜真真梦里呼。苏武此身原属汉，阿蛮无计更离胡。金钗合有重逢日，留取冰心镇玉壶。（《留别梅浓》）[②]

名古屋的四年，是苦闷的四年，同时也是为后来的文学创作进行蕴蓄的四年。那些独特的经历后来被写入郁达夫早期的小说当中，经过一番艺术的锤炼和

① 詹亚园：《郁达夫诗词笺注》，上海古籍出版社2013年版，第212页。

② 詹亚园：《郁达夫诗词笺注》，上海古籍出版社2013年版，第224、228、233页。

严肃的思考，这些素材在相当大的程度上被赋予了积极的价值。可以说，名古屋时期是郁达夫小说创作阶段开始之前的一个十分重要的生活体验的酝酿时期。

二

1917年，即郁达夫日本留学的第四年，他接到家里的通知，回去处理自己的亲事。郁达夫家与原配夫人孙荃家原是老亲，平时走动颇勤。两家老人在未经与当事人商量的情况下就决定了儿女的“终身大事”。这原是那个时代的通例，“从来如此”，并没有人觉得对于年轻人有什么不尊重或是伤害。1917年8月，郁达夫回到阔别四年的家乡，名义上是处理婚事，但又并非拜堂结婚，而是一次类似“订婚”的程序。此前，郁达夫也曾试图拒绝或是拖延这桩婚事。在杭州、日本求学这些年，对于爱情，他已经形成了自己的审美和判断。他追求的是年轻美丽、志同道合的女性，希望对方具有与他相似的思想和爱好。这原也是人们对爱情的最普遍的向往和追求。

孙荃（1897—1978），原名兰坡，字潜媞，虽未正式上学，但也上过女塾，读了些旧书，能写旧体诗词，在当地也称得上是位才女。初次见面时，郁达夫无话找话地问对方的芳名时，孙荃回答说：“贱名兰坡，字潜媞。”这落落大方的回答给郁达夫留下了初步的印象。他不由感兴趣地追问：“出自何典？”对方答曰：“诗《雅·采绿》：‘终朝采蓝，不盈一襜。’又诗曰‘好人媞媞’。”这流畅的回答令郁达夫多少有些满意。因为面前这个女子虽然貌不惊人，却也知书达理，有内秀。在他心底深处，可能多少对她起了一点爱惜和尊敬之意。当下他像吟诗一般笑着说道：“坡上生蓼蓝，好貌如媞媞。”对方随即答说：“岂敢如此比？取字潜媞，并非金屋藏娇，仅取其安舒之意耳。三少爷不闻《尔雅·释训》曰：‘恀恀，媞媞，安也’乎?”见到女方如此端庄通达，应答

图4-4　郁达夫与孙荃

自如，郁达夫心生好感，原本是母命难违，很不情愿，可是在一番交谈之后内心里也就接受了孙荃。

孙荃之名乃郁达夫所取，郁达夫有《赠名》诗："赠君名号报君知，两字兰荃出楚辞。别有伤心深意在，离人芳草最相思。"这个想法出自《楚辞》，因为"荃"与"荪"同，似石菖蒲而叶无脊，是香草，且与孙姓相谐复，用来比喻孙家小姐，当是非常合适。孙荃对这个名字应该也是很满意的，一直用到终老。

郁达夫的第一次婚姻虽然是旧式的包办婚姻，走下来则不完全是没有感情的表面夫妻，他是真的产生了一定感情，后来与孙荃一起生儿育女，维持了一段较长的家庭生活。郁达夫对孙荃的诗情也很赞赏，有一次回信点评曰："文字清简，已能压倒前清老秀才矣！"他还曾试着把孙荃的两首小诗夹在自己诗作内寄出发表，几可乱真。从他当时写的几首寄孙荃的诗看，他对孙荃还是有一定感情的。如在见面别后，"夜月明，成诗若干首，寄未婚妻某者也"：

许侬赤手拜云英，未嫁罗敷别有情。解识将离无限恨，阳关只唱第三声。
梦隔蓬山路已通，不须惆怅怨东风。他年来领湖州牧，会向君王说小红。
杨柳梢头月正圆，摇鞭重写定情篇。此身未许缘亲老，请守清闺再五年。
立马江浔泪不干，长亭诀别本来难。怜君亦是多情种，瘦似南朝李易安。
一纸家书抵万金，少陵此语感人深。天边鸿雁池中鲤，切莫临风惜尔音。[①]

又以望夫石典故表明对孙荃的极度相思：

故里逢君月正弯，别来夜夜梦青山。相思倘化夫妻石，汝在江南我玉关。[②]

还有"梦醒枕上作"而寄孙荃的五首，谓自己为离愁所苦，夜不能眠，并谓

① 詹亚园：《郁达夫诗词笺注》，上海古籍出版社2013年版，第148—151页。
② 詹亚园：《郁达夫诗词笺注》，上海古籍出版社2013年版，第155页。

绝不相负：

与君十载湖亭约，骊唱声中两度逢。昨夜標梅天外落，离人无寐泣晨钟。昨夜星辰昨夜风，一番花信一番空。相思清泪知多少，染得罗衾尔许红。莫对空床怨腐儒，腐儒情岂负罗敷。问谁甘作瞿塘贾，为少藏娇一亩庐。别凤离鸾古有之，苏家文锦谢家词。要知天上双栖乐，不及黄姑渺隔时。万一青春不可留，自甘潦倒作情囚。儿郎亦是多情种，颇羡尚书燕子楼。①

1920年7月，郁达夫在和孙荃订婚整三年之后，终于在孙家及自己母亲的一再催促下，于暑假期间回国正式和孙荃结婚。婚礼的确是简略到不能再简略，一切都没有铺张，这在当时那样的小城镇，实在是破天荒的新事。二人在新婚的日子里，相处是比较好的。这可以以他们当时的诗词唱和为证。在燕尔新婚期，孙荃写了一首闺中诗：

深闺静坐觉魂销，梅影横窗气寂寥。无奈长夜孤梦冷，书灯空照可怜宵。

郁达夫也有应和之作，效李商隐无题诗作《春闺两首》：

梦来啼笑醒来羞，红似相思绿似愁。中酒情怀春作恶，落花庭院月如钩。妙年碧玉瓜初破，子夜铜屏影欲流。懒卷珠帘听燕语，泥他风度太温柔。

豆蔻花开碧树枝，可怜春浅费相思。柳梢月暗猜来约，笼里鸡鸣是去时。锦样文章怀宋玉，梦中鸾凤恼西施。明知此乐人人有，总觉儿家事最奇。②

这年8月，郁达夫返回日本继续学习。新婚乍别，别有一番滋味。郁达夫又以诗词《寄内五首》倾诉别后悲情。其二、五曰：

① 詹亚园：《郁达夫诗词笺注》，上海古籍出版社2013年版，第263—266页。
② 詹亚园：《郁达夫诗词笺注》，上海古籍出版社2013年版，第272、273页。

昔日曾谈别后心，谈时涕泣已难禁。当时只道难离别，别后谁知恨更深。

死后神魂如有验，何妨同死化鸳鸯。百年人世多风雨，不及泉台岁月长。[①]

与许多包办婚姻中的女性一样，孙荃的一生是痛苦而寂寞的。郁达夫是一个敏感热情同时又常常颓唐忧郁的知识分子，七年的婚姻生活，足以让孙荃领教郁达夫的复杂性格。在一起生活，其中的所有酸甜苦辣、喜怒哀乐，也都只有孙荃自己知道。同时，孙荃也是郁达夫在其文学作品中真实描写过的人物。在小说《茑萝行》中，郁达夫几乎不加任何虚构地写出了他与孙荃之间的故事。由于情真意切，这篇介于散文与小说之间的作品，成为郁达夫作品中最动人的篇章。在《茑萝行》里，郁达夫称孙荃为"不幸的妇人"。他痛切地说："我的女人！我的不能爱而又不得不爱的女人！我终觉得对你不起！"他也不断地剖示着自己的内心情感，告诉孙荃：我平时虽则常常虐待你，但我的心中却在哀怜你的，却在痛爱你的；不过我在社会上受来的种种苦楚，压迫，侮辱，若不向你发泄，教我更向谁去发泄呢！啊啊，我的最爱的女人，你若知道我这一层隐衷，你就该饶恕我了。[②]

郁达夫从日本毕业获得了经济学学士学位。本来，他曾打算毕业后再入东京帝大文学部继续深造，但最终未能如愿，不久就匆匆回国。他寻了几处职位，都失败了。后来在光明甫校长的邀请下到安庆教书，却又遭到一些人的忌恨和流言排挤，心情很糟糕，每每在这样的时候回到家中，看见妻子懒懒地在床上躺着，郁达夫就会无名火起，有时竟会破口大骂："你去死！你死了我方有出头的日子。我辛辛苦苦，是为什么人在这里做牛马的呀。要只有我一个人，我何处不可去，我何苦要在这死地方做苦工呢！只知道在家里坐食的你这行尸，你究竟是为了什么目的生存在这世上的呀？……"每在发过脾气之后，郁达夫也会自责，觉得自己在社会上虽是一个懦弱的受难者，在家庭内却是一个凶恶的暴君。在社会上受的虐待、欺凌、侮辱，却要一一回家来向自己的妻子发泄，实在也太不应该。因

① 詹亚园：《郁达夫诗词笺注》，上海古籍出版社2013年版，第286、287页。

② 郁达夫：《茑萝行》，《郁达夫文集》第1卷，花城出版社1982年版，第214页。

此，他又会到妻子面前认罪。这时，他就用柔和的声气，细细地把自己生气的原因——社会对自己的虐待一一讲给妻子听。而孙荃听了丈夫的诉说，不但没有一丝委屈，反为丈夫抱不平，竟又哀哀地为丈夫痛哭。到后来，竟是夫妻两人相持对泣而已。但痛苦和打击总是不断地袭来，令郁达夫欲平静而不得。他变得越来越暴躁，对孙荃发脾气也渐渐变成一日一次甚至一日数次的家常便饭。就在这样的忧患不安的气氛中，孙荃生下了一个不足月的男孩龙儿，郁达夫称之为“悲哀的继承者”。龙儿在五岁时得脑膜炎而夭折，郁达夫非常悲伤，曾写有散文《一个人在途上》，在亲子之爱的描写中浸透着悲怀难遣的感伤。

郁达夫生性风流，在安庆时与妓女海棠交往，到北京后又与妓女银弟厮混，孙荃对此都默默忍受。1927年郁达夫与王映霞在上海同居，这对孙荃的打击不可想象。“在长夜漫漫中，她只得断荤茹素，成了虔诚的佛教徒。”孙荃遂与郁达夫分居，此后，孙荃携子女回富阳郁家与郁母同住，与儿女们相依为命，守斋吃素，诵佛念经。郁达夫与孙荃育有两女两男，长子龙儿夭亡，次子郁天民，幼名阿熊。长女郁黎民，小女儿郁正民。

三

一九二六年年底，郁达夫迁回上海，“闲居了半年，看了些愈来愈险的军阀的阴谋，尝了些叛我而去的朋友亲信的苦味，本来是应该一沉到底，不去做和尚，也该沉大江的了。可是这前后却得到了一种外来的助力，把我的灵魂，把我的肉体，全部都救度了。”①这“外来的助力”，指的就是和王映霞的结识。郁、王的结合，看来只是生活问题，但在郁达夫的生活中，确乎对其思想、创作有着一定的影响。以结合的初期来说，郁达夫就明显地从新的爱情生活中得到了鼓舞和力量。如他在1927年3月7日的日记中就写道：“她激励我，要我做一番事业，她劝我把逃往外国去的心思丢了。她更劝我去革命。”而在《〈寒灰集〉题辞》中更

① 郁达夫：《〈鸡肋集〉题辞》，《郁达夫文集》第7卷，花城出版社1983年版，第172页。

说："寒灰的复燃，要借吹嘘的大力。这大力的出处，大约是在我的朋友王映霞的身上。"①

郁达夫初识王映霞，是1927年新年刚过，郁达夫开始在上海忙碌开了的时候，他在同乡兼留日同学孙百刚家中见到了王映霞。王映霞（1908—2000），籍贯杭州，本姓金，小名金锁，学名金宝琴，后过继给外祖父，杭州著名文人王二南做孙女，易名为王旭，号映霞。她从小聪慧伶俐，1923年投考著名的浙江省立女子师范学校时，成绩名列前茅。1926年毕业的王映霞来到温州十中教书，在那里认识了孙百刚。孙的父亲和王二南素有交谊，因此孙氏夫妇一直很关照她。

图4-5　王映霞

郁达夫初次见到王映霞就留下了深刻印象，可谓一见钟情。王映霞亭亭玉立的身材、健美的体态和活泼的性格一下子吸引住了郁达夫。她没有旧式女子的拘谨忸怩，对人热情率直，处处显示出她作为一位聪明伶俐有文化有教养的女子的动人之处。初次见面，郁达夫就表现得特别兴奋。他自己都没有想到会从初识的王映霞那里得到灵动、引起遐想。待他独自回到寓所，王映霞的音容笑貌，无时无刻不闪动在眼前。他自己暗想，没有想到人过三十，快要步入中年人的行列了，居然第一次体会到一见钟情的美妙感受。他立即把自己的心情和感受写进了日记。此时的郁达夫不是没有考虑到孙荃和孩子们，但是对于一个像郁达夫这样的人来说，他要的不是形式上的家庭和妻子，更不是仅能满足生理需要的异性伴

① 郁达夫：《〈寒灰集〉题辞》，《郁达夫文集》第7卷，花城出版社1983年版，第169页。

侣，他渴望的是一次真正的恋爱。这种爱，不仅要寄托于一个美丽的女性，更要建立在相同的情趣和趣味的沟通之上。或者说，只有王映霞这样一个受到过新文化的教育的人，才能真正成为郁达夫的知音。郁达夫感到，在他沙漠一样的人生之旅中，终于出现了一片绿洲，这是他生平第一次真正的热恋，也许以后不会再有。

图4-6 郁达夫与王映霞

在王映霞眼里，近距离接触到读过其小说的著名作家，也是非常兴奋。经过了一段很长时间的约会交往，追求迎拒，以及感情上的犹疑、矛盾而理解，王映霞终于接受了郁达夫。1927年6月5日晚上，他们在杭州聚丰园举行订婚仪式，现场红烛高照，笑语盈盈，鹤发童颜的王二南先生是这次订婚仪式的主婚人，郁达夫方面有二兄郁养吾出席。郁达夫异常兴奋，诗思如泉，尤其是在与王映霞甫订婚数日就前往嘉兴后，他的相思之苦和对王映霞的由衷感激也从他的笔端倾泻而出：

客里光阴，黄梅天气，孤灯照断深宵。记春游当日，尽湖上逍遥。自车向离亭别后，冷吟闲醉，多少无聊！况此际征帆待发，大海船招。相思已苦，更愁予身世萧条。恨司马家贫，江郎才尽，李广难朝。却喜君心坚洁，情深处，够我魂销。叫真真画里,商量供幅生绡。（《扬州慢·寄映霞》）[①]

① 詹亚园：《郁达夫诗词笺注》，上海古籍出版社2013年版，第594—595页。

1928年1月，郁达夫在上海南京路东亚酒楼宴请宾客，正式宣布结婚。此时，郁达夫33岁，王映霞未满22岁。郁达夫和王映霞的结合，毫无疑问令郁达夫的情感生活得到了极大的满足。他曾忘情地称自己和王映霞是“富春江上神仙侣”。郁达夫和王映霞生活在一起后，在王映霞的照顾下，郁达夫的身体很快好了起来。他的肺病和黄疸病都渐渐痊愈了。王映霞在饮食起居上料理得很是周到。她是一个大家千金，原本就养成了良好的生活习惯，加上后来曾在上海和嘉兴独立生活了相当一段时间，所以很快就成了持家的好主妇。

但是，与王映霞相反，郁达夫却是一个自幼个性孤僻、性格独特的人。后来又因留学压抑、求职碰壁等原因，一直没有让自己的精神和性格真正开朗起来。他自己也曾经清醒地认识到这个弱点，说自己“在异乡漂泊了十年，差不多我的性格都变了……”，环境给郁达夫造成了一种苦闷的、颓废的性格，不习惯于有规律的家庭生活。年轻的王映霞渴求的是一种安宁稳定的家庭生活，而郁达夫偏偏有时会想要逃离这种“安宁”，制造一些“麻烦”。这样的矛盾，在婚前当然未曾显露出来，但组成了家庭之后，性格上的问题却往往会酝酿出夫妻间的冲突。比如两人就常常因为饮酒之类的事情发生争执。王映霞希望郁达夫戒酒，而性格原本放荡不羁的郁达夫，见到酒时哪里管得住自己？发生争执，郁达夫就无声无息地出走一次，或近或远，一般不久自己也就会回来。天长日久，次数一多，王映霞也就习以为常了。但是，在王映霞眼中，他的这种行径已成为他们家庭矛盾的症结。据王映霞自己说：

> 为了爱面子，在朋友面前我不敢声张出来，爱与恨的复杂的感情充满了我的心，我曾动过多次可怕的幻想；但等到他安然地又回到家中的时候，便立即消失了。我原谅他的病态，珍惜他的不健康的身体，另外，还感佩着他的才华。于是只能言归于好。[①]

① 王映霞：《我与郁达夫》，广西教育出版社1992年版，第43页。

图4-7　郁达夫及其手书联

比郁达夫的坏脾气更伤害王映霞的，是他与孙荃的关系。对于这个关系，平时两人都小心地回避着，但这仍成了他们之间的浓重的阴影。这阴影如同一道无形的墙，横亘在他们夫妻之间，隔离着他们彼此的心灵。客观地说，这一切的感情伤害并不能都归咎于郁达夫，事实上，他的心才是最为痛苦的。与孙荃的婚姻，并未带来双方幸福，而郁达夫要追求自身幸福，打破婚姻的枷锁，又不得不付出极为高昂的代价。在世俗的，他不仅不被理解，甚而被误解为一个薄情寡义的人，抛妻弃子、不负责任！从王映霞的立场上看，郁达夫脚踩两只船，也是个对爱情不忠实的丈夫。而郁达夫自己又深感自己的情感要求得不到真正地理解和满足。郁达夫背负着一个沉重的十字架，他小心地保护着两个女人的心灵与感情，却在事实上对两颗心灵都造成了伤害。但是，他所受到的伤害没有得到理解，他的付出也得不到补偿与回报。

1933年初，郁达夫、王映霞做出了一个重大的决定：举家移居杭州。后来他们买了一片菜园，在这块土地上，郁达夫和王映霞建造了一座属于自己的房屋。他们按照自己的喜爱设计了房屋的构造。郁达夫想要两间独立的书房，王霞则喜欢三间平屋，最后决定，在墙外建一座三开间，墙内则是两间书室，此外再加所谓猫狗小舍和儿童游戏室，以及浴室下房等必要，郁达夫为这座房子起了一个非常优雅非常清高的名字："风雨茅庐"。

郁达夫希望在茅庐中能躲避风雨烦嚣，可是当真正的风雨来临时，小小茅庐又如何能抵挡得住？日本侵华，战火燃及，兵荒马乱，时局动荡，郁达夫由于国事家事，心头郁闷焦虑，情绪失常，有时难免在家里发脾气，甚至与王映霞吵架。终于在一次争吵之后，王映霞离家出走了。当郁达夫办事回来，迎接他的是三个惊慌失措的孩子和满屋的凌乱景象。郁达夫转身冲出家门，盲目地跑到车站和码头，焦急地然而也是无望地到处寻找。疲倦地回到家里，郁达夫发现屋子的一角有一件洗染未干的纱衫，这是王映霞的贴身用物。郁达夫随手把它捡了起来。纱衫里面好像裹着什么东西，郁达夫下意识地把衣服一抖，竟有三封书信从里面掉了出来。这三封信并非王映霞留给他的，而是许绍棣写给王映霞的。“情书!”郁达夫未及细看，就已经气得头昏眼花了。他立即提起毛笔，愤然在那件纱衫上题了“下堂妾王氏改嫁前之遗留品”几个大字。第二天一早，郁达夫跑到汉口的《大公报》社，要求登出一则《寻人启事》。他拿出昨晚拟好的启事交到报社。启事是这样写的：

王映霞女士鉴：

乱世男女离合，本属寻常，汝与某君之关系，及携去之细软衣饰现银典项契据等，都不成问题，唯汝母及小孩等想念甚殷，乞告以住址。

郁达夫谨启

事态因为《大公报》上这则《寻人启事》而变得更加严重。王映霞认为郁达夫是故意要她难堪，要求郁达夫必须在报纸上登一份公开的道歉启事。经过不断的磋商和彼此妥协，郁达夫最终同意在《大公报》上刊登了道歉启事：

达夫因神经失常，语言不合，致逼走妻王映霞女士，并登报招寻启事中曾误指女士与某君关系，及携带细软等等。事后寻思，复经朋友解说，始知出于误会，兹特登报声明，并致歉意。

郁达夫这两则启事的刊登，令郁达夫和王映霞的家庭矛盾在社会上完全公开化了。一时间，“郁王家庭纠葛”成为人们议论纷纷的话题。无疑，郁达夫和王映霞的这场纠纷，也是导致他们最终婚姻破裂的原因之一。

1939年初，香港《大风》旬刊计划出版周年纪念，应编辑陆丹林之约，郁达夫从自己1936年到1938年间的诗词中选出19首诗和一阕词，加注编成了令人震惊的《毁家诗纪》。这些诗词和注文，几乎是毫无保留地暴露了他与王映霞婚变的内幕，而且涉及他对许绍棣的疑心和忌恨，加之郁达夫写作时渗入的浓烈情感，该诗文的发表，在爱面子重名誉的王映霞心中，无疑会造成更沉重的打击。而且，这样一来，王映霞企图保全面子的努力即成徒劳。郁达夫也许没有想到，这是再一次对王映霞名誉和感情的重大伤害，而且这一次伤害的程度是远远超出以往任何一次的。王映霞无意中看到从香港寄来的《大风》周年特刊，一个人在卧室里坐了很久，从下午一直坐到了深夜。对郁达夫的新仇旧怨一齐涌上她的心头，那一股想要复仇的烈火重又燃烧起来，而且比以往任何时候都更为炽烈。“我不能保持沉默，因为沉默就等于默认。”她恨恨地对自己说，“我也要写，把我心中要说的话、要诉的苦，都统统写出来，让大家认识郁达夫是什么样的一个人！”她实在没有后退和忍让的余地了。她写给《大风》旬刊几封信以《答辩书简》之名公开发表。不出所料，《毁家诗纪》和王映霞的《答辩书简》相继公开发表后，在海外文坛上引起了一场轩然大波。郁达夫夫妇又成了众人瞩目和议论的焦点。王映霞终于向郁达夫正式提出无条件离婚。1940年3月，郁达夫和王映霞在离婚协议书上签了字，结束了他们长达12年的婚姻关系。同时，也结束了他们既相互扶持又相互怨愤的爱情之路。

自从和王映霞协议离婚后，郁达夫就一直感到心里憋屈。待到王映霞真的回国，郁达夫有一阵更是感到心里空落落的。王映霞走后，他曾作七律二首，以记写自己当时的心情。诗曰：

自剔银灯照酒卮，旗亭风月惹相思。忍抛白首名山约，来谱黄衫小玉词。南国固多红豆子，沈园差似习家池。山公大醉高阳夜，可是伤春为柳枝。

愁怀端赖曲生开，厚地高天酒一杯。未必有情难遣此，本来无物却沾埃。杨枝上马成驰骋，桃叶横江去不回。醉死何须人荷锸，笑他刘阮是庸才。

后来，他还作了一首寄王映霞的七律，就更是明证：

大堤杨柳记依依，此去离多会自稀。秋雨茂陵人独宿，凯风棘野雉双飞。纵无七子为哀社，犹有三春各恋晖。愁听灯前谈笑语，阿娘真个几时归？[1]

这首诗，既表现了感慨，也表现了悔恨。所谓“三春”有双重意思：一是化用孟郊《游子吟》诗中“谁言寸草心，报得三春晖”之意；一是他和王映霞生的三个孩子的小名——阳春、殿春、建春，也就是郁飞、郁云和郁荀（四子郁亮耀春夭亡）。

四

自1938年12月到新加坡，郁达夫再也没有回国，在南洋度过了人生最后阶段。与王映霞离婚后，郁达夫先后与李筱瑛、何丽有两位女子生活在一起。

李筱英[2]，原籍福州，曾就读暨南大学，中英文俱佳，在英军情报部工作，是新加坡电台国语播音员。二十五六岁的李筱英和那时许多进步的知识青年一样，崇仰左派思想，爱谈革命理论，据她自己说又爱好戏剧，结识了不少上海左派文人。李筱英过去在国内就拜读过郁达夫的作品，对郁达夫十分钦佩。郁达夫到达南洋后，又多次听过郁达夫在华侨集会上的讲演，对郁达夫的爱国热诚和口才，更佩服得五体投地。当时英国政府情报部为了联络本地华侨，拟办一份《华侨周报》，还没有物色到合适人选，李筱英就想到推荐郁达夫去主其事。郁达夫觉得这是一件好事，立即慨然应允，并且主动提出为了抗日，不要编务费。两个人因为工作需要，交往渐多，感情也渐渐亲密起来。李筱英结过婚，因和丈夫感情不和而分居。这段时间以来，她从报纸上大略知道一些郁达夫家庭的变故，对郁达夫产生了一些同情，甚或还有点“同病相怜”之感。他们在一起工作不久后，两个人的感情很快加深，距离很快缩短。李筱英就直接向郁达夫提出搬到郁达夫的住处来。对此，郁达夫没有拒绝。李筱英没有把自己当作房客，而是清楚明确地把

① 詹亚园：《郁达夫诗词笺注》，上海古籍出版社2013年版，第515—517页。

② 李筱英，郁飞《杂忆父亲郁达夫在星洲的三年》中称为李小瑛，曾华鹏、范伯群合著的《郁达夫评传》中称为李晓音。

自己定位为主妇的角色。她不但把一些家务活统统揽了起来，还十分注意和郁飞搞好关系。

自从和李筱英认识，特别是两个人在一起生活后，郁达夫不但在生活上过得比前一段有规律，有生气，精神上也更振作。正如他的友人所说，郁达夫有一颗努力向善和上进的灵魂，但必须时时有爱情和友情给以抚恤和鼓励。本来，爱情作为一种美好的感情，是滋润生活的阳光和雨露，是人生羁旅中不可或缺的因素，更何况郁达夫是一介有血有肉极富感情的文人，他更需要爱，也更知道爱的意义和力量。

随着局势的发展，情况越来越严重，情报部已经准备好了撤退。李筱英也要随情报部一齐撤退至爪哇。因为《华侨周报》是临时附属刊物，主编不在情报部正式编制之内，所以郁达夫不能随同李筱英一道撤离，而且避难到了保东村。郁达夫这时期“日成一诗以自遣”，今存有《乱离杂诗》12首[①]，前几首即全为怀念李筱英作。

其一

又见名城作战场，势危累卵溃南疆。空梁王谢迷飞燕，海市蜃楼咒夕阳。纵欲穷荒求玉杵，可能苦渴得琼浆？石壕村与长生殿，一例钗分惹恨长。

其二

望断南天尺素书，巴城消息近何如。乱离鱼雁双藏影，道阻河梁再卜居。镇日临流怀祖逖，中宵舞剑学专诸。终期舸载夷光去，鬓影烟波共一庐。

其三

夜雨江村草木欣，端居无事又思君。似闻岛上烽烟急，只恐城门玉石焚。誓记钗环当日语，香余绣被隔年薰。蓬山咫尺南溟路，哀乐都因一水分。

其五

① 胡愈之的《郁达夫的流亡和失踪》中称诗存11首，另一首发现较晚，载于1967年4月11日新加坡《南洋文摘》第八卷第四期。浙江文艺出版社1987年出版《郁达夫诗词集》时将其插入为第四首，而原第四首等依次后移。詹亚园《郁达夫诗词笺注》亦按此序。此处即依其版。

谣诼纷纭语迭新，南荒末劫事疑真。从知灞上终儿戏，坐使咸阳失要津。月正圆时伤破镜，雨淋铃夜忆归秦。兼旬别似三秋隔，频掷金钱卜远人。

其六

久客愁看燕子飞，呢喃语软泄春机。明知世乱天难问，终觉离多会渐稀。简札浮沉殷羡使，泪痕斑驳谢庄衣。解忧纵有兰陵酒，浅醉何由梦洛妃？

其七

却喜长空播玉音，灵犀一点此传心。凤凰浪迹成凡鸟，精卫临渊是怨禽。满地月明思故国，穷途裘敝感黄金。茫茫大难愁来日，剩把微情付苦吟。

其八

犹记高楼诀别词，叮咛别后少相思。酒能损肺休多饮，事决临机莫过迟。漫学东方耽戏谑，好呼南八是男儿。此情可待成追忆，愁绝萧郎鬓渐丝。①

胡愈之后来就说："从他的《乱离杂诗》中，我们可以知道他是把燃烧着的热情寄托在这位年轻的小姐（指李筱瑛）身上，正如但丁之于比德丽斯一般，达夫是拿她作为形象，以表现他的伟大的理想和爱。"②在保东村避难时，郁达夫每隔两三天必定去附近的市镇听巴城的广播，这一方面是出于对战局的关心，另一方面也是为了想要听听李筱瑛的声音。"却喜长空播玉音，灵犀一点此传心"，郁达夫虽然已过中年，但激情不减，仍葆有年轻人对爱的渴求。

1942年2月4日清晨，郁达夫和新加坡"华侨抗敌委员会"的一批文化人一起，在炮火纷飞中悄悄撤离了新加坡，渡过了马六甲海峡，撤退到了荷属的苏门答腊。为了不引起日本宪兵部的注意，他们深入到巴爷公务（Paakoem Boeh），郁达夫化身为酒商赵廉。毕竟是身处虎穴狼窝，随时都有暴露真正身份的危险。为了更好地隐蔽，朋友们都劝郁达夫尽快组织一个家庭，以便让敌人更少些怀疑。

① 詹亚园：《郁达夫诗词笺注》，上海古籍出版社2013年版，第563—572页。

② 胡愈之：《郁达夫的流亡和失踪》，《郁达夫研究资料（上）》，天津人民出版社1982年版，第89页。

这样，一位相貌普通、为人质朴，会讲印尼话，能料理家务的广东姑娘就成了郁达夫的第三任妻子。姑娘原名何如转，1921年出生在广东台山县江联区东碧村的一个贫苦农民家里。她排行第三，上有哥哥、姐姐，下有两个弟弟和两个妹妹。1931年，即她10岁时，因为家中贫困潦倒，外祖父忍痛把她送给一位陈姓人家，从此改名陈莲有。此后，小姑娘被陈家带到印尼，成年后在一个制作饼干的工厂工作。由于从小家境贫困，没有机会上学，陈莲有只会讲广东台山方言和印尼语。和郁达夫结婚时，她年仅20岁，因为容貌一般，郁达夫就半开玩笑地给她取了一个新名字——何丽有，意思是“何丽之有”。1943年9月15日，郁达夫和何丽有正式在巴东结婚。结婚的地点选在巴东盆洛街荣生旅馆。婚前郁达夫自拟了一张结婚证书。

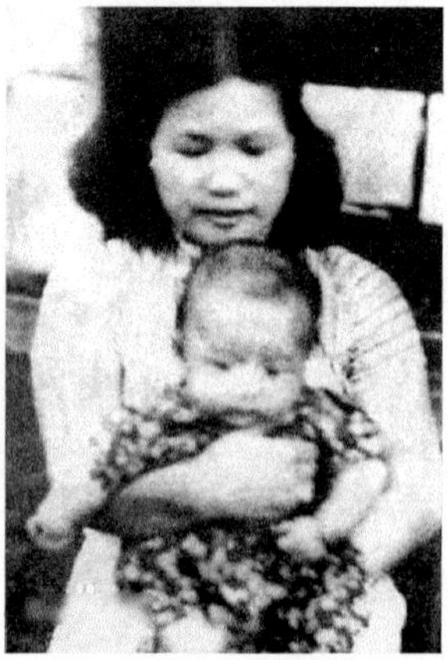
图4-8　何丽有

新婚之夜，一种怀旧感新的情绪涌上郁达夫的心头。他乘着微醉的兴头，写下了四首七律。诗曰：

洞房红烛礼张仙，碧玉风情胜小怜。惜别文通犹有恨，哀时庾信岂忘年。催妆何必题中馈，编集还应列外篇。一自苏卿羁海上，鸾胶原易续心弦。

玉镜台边笑老奴，何年归去长西湖？都因世乱飘鸾凤，岂为行迟泥鹧鸪。故国三千来满子，瓜期二八聘罗敷。从今好敛风云笔，试写滕王蛱蝶图。

赘秦原不为身谋，揽辔犹思定十州。谁信风流张敞笔，曾鸣悲愤谢翱楼。弯弓有待山南虎，拔箭宁惭带上钩。何日西施随范蠡，五湖烟水洗恩仇。

老去看花意尚勤，巴东景物似湖濆。酒从雨月庄中贯，香爱观音殿里薰。水调歌头初按拍，摩诃池上却逢君。年年记取清秋节，双桨临风接紫云。①

① 詹亚园：《郁达夫诗词笺注》，上海古籍出版社2013年版，第579—583页。

郁达夫在诗中自比张仙、庾信、苏武、范蠡，把何丽有比为罗敷、西施。诗作念故国之邈远，写做新郎的感触，抒情言志，都极为感人。

1945年8月29日，晚8时许，郁达夫正在家中与几位朋友聊天，忽然有一个土著青年把郁达夫叫出去讲了几句话，郁达夫随即回到客厅，与朋友打个招呼就出去了，衣服都未来得及换，穿着睡衣和木屐消失在茫茫夜幕中，从此便再也没有回来。据日本学者铃木正夫的调查①，日本宪兵知道了郁达夫的身份，因怕他在战后审判庭上作证，残忍地将他掐杀于荒野，终年49岁。何丽有和郁达夫生有儿子郁大雅（亚），女儿美兰。

五

郁达夫是一个真性情的人，生活中敏感冲动，情感起伏变化很大，时而热烈，时而颓废，易受外部事务的影响，也常给与他生活在一起的家人情感上的伤害。他是一个情绪型作家，在小说中无遮无掩地倾泻着个体生命情绪的汹涌激流，传达出生命历程中心灵的搏斗。他的小说在当时引起巨大非议，也是因着他在小说中袒露出的人物“性的苦闷”与情欲描写。

在郁达夫看来，“种种的情欲中间，最强而有力，直接摇动我们的内部生命的，是爱欲之情。诸本能之中，对我们的生命最危险而同时又最重要的，是性的本能。”②他还认为，以性欲与死为材料的作品，“其偏爱价值比一般其他的作品更大”。③他对性欲的描写、表现是为了展现人的情绪内涵乃至生命本质。

郁达夫在小说创作中大量描写性欲、性心理和变态性行为，如《沉沦》《茫茫

---

① 铃木正夫前后花了二十多年时间，三次下南洋调查，查阅档案，寻访当时和郁达夫接触的日本宪兵，终于弄清了郁达夫被害的真相。1985年9月在浙江富阳召开的“著名作家郁达夫烈士殉难四十周年纪念学术讨论会”，铃木以《郁达夫被害真相》为题向大会作详细报告，后又出版专著《苏门答腊的郁达夫》，详尽地介绍了郁达夫被害情况。

② 郁达夫：《戏剧论》，吴秀明主编《郁达夫全集》第10卷，浙江大学出版社2007年版，第242页。

③ 郁达夫：《文艺赏鉴上之偏爱价值》，吴秀明主编《郁达夫全集》第10卷，浙江大学出版社2007年版，第82页。

夜》《秋柳》《迷羊》《银灰色的死》《她是一个弱女子》等。郁达夫很早的性意识觉醒以及长时期的性压抑，使得他的神经更加孤寂纤敏，强化了他的情绪型性格，致使其在创作中不断地诉说着个人的性压抑、性苦闷，如果没有性，也就没有了郁达夫小说。通常的，小说情节描述人物的性欲渴求和失落、感伤、忧郁、悲悯直至产生畸变的性心理、性行为，是揭示人物心理、刻画人物性格的手段。而郁达夫的小说不是塑造人物形象、表现人物性格，而是在表达情绪，其性欲描写是作家生命意志受阻后进行情绪宣泄的突破口，表现了作家丰富的情感需求与实际生活之间的尖锐冲突，体现了人的正常情感得不到满足的生命体验。

《沉沦》描写一个留学青年的病态心理：性的苦闷，灵肉冲突。郁达夫细腻真切、委婉动人地写出主人公异乎寻常的性渴求，同时又以夸张的笔墨写人物以“手淫”“窥浴”“偷听”男女野合调情作为慰藉性饥渴的补偿，人物几至于陷入“性的苦闷”而不可自拔。小说不是叙事，而是侧重于写人的心灵搏斗与抗争，描写主人公自责自惭的心路历程。整个小说以情绪流变为线索，忧郁、感伤、孤冷、自甘堕落、自责、忏悔，情绪的流变以“性”为出发点，又超越了“性”本身。性心理描写意在折射情绪，而夸张的性心理渲染则大大加浓了情绪的含量，读者从那几乎无所顾忌的情绪宣泄中，能体验人生的况味。

图4-9　郁达夫《沉沦》

性欲描写表现“性的苦闷”仅仅是一种外在形态，“性的苦闷”更深刻的内涵是在表现“生的苦闷”，而且它常常是同“生的苦闷”相交织而呈示出来，并使情绪内涵趋于深化。《茫茫夜》便展现“性的苦闷”与“生的苦闷”。回国后，受制于生存环境，他必须为谋生而疲于奔命。小说中于质夫的消沉堕落，酗酒妇人，透露出的是郁达夫的一腔悲愤之情，“茫茫夜”中痛苦的呻吟。

《迷羊》是抒写纵欲无度的“忏悔录”。创作《迷羊》时，郁达夫虽与王映霞相恋，其情绪波动仍然剧烈如常。性格气质中的抑郁在王映霞面前时时转化为自卑冷漠，乃至责骂挚爱的心上人。这种变态因素在王介成身上得到了充分的体现。王介成愁眉不展忧郁很深的样子分明隐含着郁达夫的“愁思”。他的纵欲无度正是作者忧郁情绪无由化解而致畸变行为，暗示出作者在热恋中焦灼与期盼的矛盾情绪。

《银灰色的死》主要是主人公心理活动的抒情性描写，其中突出的是“他”的性心理表现。“他”是一个已婚的留日学生，妻子不久前的病故使他精神恍惚，痛苦万分，只得在追求异性的刺激中摆脱自己。“他”去寻找一家酒店的当炉女子静儿，可是静儿不久后又将出嫁，这消息使他更为痛苦。他与静儿既非情人又无婚约，但静儿的出嫁无疑使他脆弱的心灵受到了致命的一击，他卖去心爱的书换得几元钱，买了香水等作为送贺静儿出嫁的礼物，然后在极度的醉态中去与毫不相识的女学生纠缠，最后终于脑溢血暴死于街头。

郁达夫在小说创作中描写性欲时，还描写了情欲，即在表现异性之间交往时着力于本能与情感的冲突并以后者战胜前者。他在情欲描写中着意表现人间美好、高尚的情感。郁达夫写性欲很“丑陋”，而写情欲则很美。性欲和情欲分属两个不同层面的心理欲求。性欲作为人的生物本能的生理表现，是由原始生命力支配下产生的自然欲望，同时又是人的社会性情感的生物基础；而情欲是在这个基础上的升华，它既能满足个体的精神需要又为社会规范所承认。郁达夫描写情欲，有一个共同的特点，即先让人物在性欲冲动下进入一种情绪亢奋状态，随之在某个（些）外部媒介刺激作用下陷于灵魂搏斗，即所谓“灵肉冲突”，最后以升华了的情欲取代（战胜）性欲而告终。情欲是由动物性本能升华出来的社会性情感，不仅能给人以高尚的人格陶冶，还能在一定程度上满足人的审美需要。

《春风沉醉的晚上》写“我”和女工陈二妹由陌生、疑惧到关心、同情再到相濡相知，灵与肉的搏杀是以现实氛围中理念的情怀替代本能的冲动而告终。“我”在性欲冲动时，小说中用了“我的理性命令我”这样的字句。这在郁达夫小说中是不多见的。很显然，郁达夫是以善良的人性来驾驭这场“灵肉冲突”的。

在《迟桂花》中，郁达夫借大自然净化心灵，他赋予大自然（翁家山）“使人性发现，使名利心减淡，使人格净化”的陶冶作用。翁则生一家三人闲适清静，过着世外桃源式的生活，尤其是翁家妹妹翁莲，简直是大自然的宠儿：“康健和自然的美点”集于一身，朴素纯真的天性又如“一个永久的小孩子的天性”。郁先生——小说中的“我”初到翁家山，闻到桂花香气就起了性欲冲动，整个的情绪被调动起来了。在游山时，他再次为翁莲的风情所迷倒。在“满含着一种说不出的撩人的桂花香气里”，郁达夫把“性欲净化”写到了极致。翁莲是大自然的精灵，不存丝毫俗念，是她洁白无邪的心灵把“我”从迷醉中唤醒，将俗念洗涤一净。他在俗世中所受到的“性”的压抑和“生的苦闷”，生物性的粗鄙欲望，被优美恬静的大自然净化升华了，人物皈依大自然，真正做到人与万物调和、人与宇宙合一的一种谐和。可以说，《春风沉醉的晚上》《迟桂花》都描写了情欲对性欲的胜利，而郁达夫小说的性欲、情欲描写至《迟桂花》达到了一个壮丽的高峰。

参考文献与阅读书目

吴秀明主编：《郁达夫全集》，浙江大学出版社2007年版。

张洁宇：《图本郁达夫传》，长春出版社2015年版。

张洁宇、张恩和：《风雨情囚：郁达夫的女性世界》，河南人民出版社2003年版。

詹亚园：《郁达夫诗词笺注》，上海古籍出版社2013年版。

袁庆丰：《郁达夫传：欲将沉醉换悲凉》，中国传媒大学出版社2010年版。

罗以民：《天涯孤舟：郁达夫传》，杭州出版社2004年版。

许凤才：《郁达夫与王映霞》，人民出版社2012年版。

黄世中：《情多处处有悲欢：民国才子诗人的情感心态》，浙江大学出版社2016年版。

五、徐志摩：寻找唯一之灵魂伴侣

徐志摩在1923年致梁启超的信中说：我将于茫茫人海中访我唯一之灵魂伴侣，得之，我幸。不得，我命。如此而已。胡适在《追悼志摩》中也谈到，徐志摩有着爱、美、自由的单纯信仰观。他的两次轰轰烈烈的恋爱，震惊了多少"凡俗"的中国人。纵观徐志摩的诗作不难发现，他的创作与生活中充满了女性的身影；他一直在用他灵动飘逸的文笔寻找灵魂唯一之伴侣。随着对话者的变化，其文学创作也潮涨潮落，情绪倏忽多变。本篇即论及徐志摩与张幼仪、林徽因、陆小曼等人的情感纠葛与文学抒写。

图5-1　徐志摩

一

徐志摩与张幼仪是现代中国第一对"文明离婚"的夫妻。

张幼仪（1900—1988），名嘉玢（张家以"嘉国邦明"行辈），小名幼仪。1900年出生于江苏宝山，比徐志摩小4岁，世居真如，后移嘉定。祖父为清朝知县，父亲张润之，名祖泽，是当时上海宝山县巨富。张祖泽有八子四女，张幼仪排行第八，为其次女。她的二哥张君劢（嘉森），是中国现代史上颇有影响的政治家和哲学家，民社党创立者。

图5-2　张幼仪

1912年7月，江苏都督程德全在苏州创立“江苏省立第二女子师范学校”，12岁的张幼仪在二哥张君劢和四哥张嘉璈的帮助下到该校读书。但三年后，尚未结业的张幼仪就被接回家成亲了。据《小脚与西服》中所说，相命婆给她大姐算命，认为要到25岁后才能出阁，所以张幼仪成为最早定亲的女儿。替她做媒的正是她的四哥张嘉璈，当时任浙江都督朱瑞的秘书，在巡视学校时他发现杭州一中有一位才华横溢的学生，这就是徐志摩。徐志摩的《论小说与社会之关系》文章将梁启超的文笔模仿得惟妙惟肖，而且书法也透出不凡的才气，张嘉璈极为欣赏。徐家当时已是江南富商，和有着庞大的政治经济地位的张家联姻，对徐志摩的父亲来说是求之不得的，徐父申如定下了二人的婚约。于是15岁的张幼仪就辍学嫁到浙江做了少奶奶。

徐志摩对张幼仪并无感情，由于是包办婚姻，从婚前到婚后，徐志摩都很鄙弃张幼仪。第一次见到张的照片时，便嘴角往下一撇，用嫌弃的口吻说：“乡下土包子！”[①]婚后徐志摩更从没有正看张幼仪一眼。除了履行最基本的婚姻义务之外，对她不理不睬。就连履行婚姻义务这种事，他也只是遵从父母抱孙子的愿望罢了。徐志摩对张幼仪的漠视，源于对封建礼教的厌恶。张幼仪深受旧式中国礼教的束缚，个性沉默坚毅，举止端庄，料理家务、养育孩子、照顾公婆，打理财务都甚为得力。但是这些优点，在张扬独立自我的

图5-3　徐志摩与张幼仪

① 张邦梅：《小脚与西服——张幼仪与徐志摩的家变》，智库股份有限公司1996年版，第69页。

诗人眼里就是没有见识，呆板乏味。张幼仪并没有怎么“裹小脚”，但她说，在徐志摩眼里，她就是个“小脚”。

1918年张幼仪生长子徐积锴（阿欢），不久徐志摩就留洋去了。1920年徐志摩收到张君劢的信，被迫不耐烦地把张幼仪接到他身边，张幼仪回忆当时徐志摩的态度，“我斜倚着尾甲板，不耐烦地等着上岸，然后看到徐志摩站在东张西望的人群里。就在这时候，我的心凉了一大截。他穿着一件瘦长的黑色毛大衣，脖子上围了条白丝巾。虽然我从没看过他穿西装的样子。可是我晓得那是他。他的态度我一眼就看得出来，不会搞错的，因为他是那堆接船的人当中唯一露出不想到那儿表情的人。”[①]此时的徐志摩与林徽因坠入情网，不久徐志摩就提出离婚。为了提出这个要求，徐志摩请了一位女朋友明小姐来家吃饭，故意安排她穿着毛料海军裙装，下面穿着绣花鞋，露出小脚。徐志摩问张幼仪对明小姐有何意见，张幼仪说“小脚和西服不搭调”，徐志摩尖叫着说：“我就知道，所以我才想离婚。”[②]这时张幼仪已怀孕两月，徐志摩要求把孩子打掉。那年月打胎是危险的，张幼仪说，听说有人因为打胎死掉的。徐志摩冷冰冰地说，还有人因为坐火车死掉的呢，难道你看到人家不坐火车了吗？徐志摩要马上离婚，见张幼仪不答应，便一走了之，将张幼仪一人撇在沙士顿。产期临近，无奈之际，张幼仪给二哥张君劢写信求救，来到巴黎，后来又去了柏林，生下孩子。徐志摩明知张幼仪的去向，却没有理睬。只是在要办理离婚手续的时候，才找到柏林，逼着她签下了离婚协议。这是中国史上依据《民法》的第一桩西式文明离婚案。签好离婚协议后，徐志摩跟着她去医院看了小彼得，“把脸贴在窗玻璃上，看得神魂颠倒”，“他始终没问我要怎么养他，他要怎么活下去。”[③]

张幼仪在回忆当时离婚的情景说，徐志摩与她离婚，得到当时许多文化人的支持。就在他们签字离婚的那天，徐志摩显得非常快活。他的身边围着金岳霖、吴经熊等四人，绕着徐志摩走来走去，一副要保护他的样子。当张幼仪签完字

① 张邦梅：《小脚与西服——张幼仪与徐志摩的家变》，智库股份有限公司1996年版，第108页。
② 张邦梅：《小脚与西服——张幼仪与徐志摩的家变》，智库股份有限公司1996年版，第137页。
③ 张邦梅：《小脚与西服——张幼仪与徐志摩的家变》，智库股份有限公司1996年版，第163页。

后，徐志摩抑制不住激动地说："太好了，太好了。你晓得，我们一定要这样做，中国一定要摆脱旧习气，我们非离婚不可。"围在徐志摩身边的四个人还向他们道贺，都想握住徐志摩的手。徐志摩欢天喜地、乐不可支地说："你张幼仪不想离婚，可是不得不离。因为我们一定要做给别人看，非开离婚先例不可。"[①]在当时，离婚带着反传统争自由的时尚感。[②]徐志摩还在《新浙江》的副刊上发表诗作《笑解烦恼结——送幼仪》，称"忠孝节义"维系"四千年史髅不绝"，"四万万生灵，心死神灭"，扭成了这烦恼结；但是"莫焦急，万事在人为，只消耐心/共解烦恼结。/虽严密，是结，总有丝缕可觅，/莫怨手指儿酸、眼珠儿倦，/可不是抬头已见，快努力！//如何！毕竟解散，烦恼难结，烦恼苦结。/来，如今放开容颜喜笑，握手相劳；/此去清风白日，自由道风景好。/听身后一片声欢，争道解散了结儿，/消除了烦恼！"

离婚后，张幼仪入裴斯塔洛齐学院攻读幼儿教育。1925年彼得3岁死于腹膜炎。1926年夏张幼仪被八弟张禹九接回上海，不久她又带长子阿欢去北京读书，直到张母去世，她携子回沪。这时张嘉璈已经是中国银行副总裁，并主持上海各国银行事务，而徐申如也把海格路125号（华山路范园）送给张幼仪，使她在上海衣食无忧。

张幼仪把自己的人生一分为二，"去德国前"和"去德国后"。去德国前，她大概是什么都怕，怕离婚，怕做错事，怕得不到丈夫的爱，委曲求全，可每每受到伤害；去德国后，她遭遇了人生的最沉重的怆痛，与丈夫离婚，心爱的儿子死在他乡，人生最晦暗时光，如一张大网，铺天盖地笼罩着她，一切都跌至谷底。伤痛让人清醒，就在这时候，她忽然明白，人生任何事情，原来都要依靠自己。别人的怜悯，搏不来美好的未来。离婚丧子之痛，让张幼仪一夜长大，羞怯少

① 张邦梅：《小脚与西服——张幼仪与徐志摩的家变》，智库股份有限公司1996年版，第162页。

② 赵元任的夫人杨步伟在《杂记赵家》中就谈到当时的流行风尚："那时还有一个风行的事，就是大家鼓励离婚，几个人无事干帮这个离婚，帮那个离婚，首当其冲的是陈翰笙和他太太顾淑型以及徐志摩和他太太张幼仪，张其时还正有身孕呢。"很有趣的是，这些人也打上了赵、杨的主意。有一天罗家伦来赵家，说有人看见赵元任和他的母亲在街上行走。杨步伟大赵元任三岁，一听就知道罗的用意，当即笑骂道："你不要来挑拨，我的岁数，人人知道的。"见杨步伟《杂记赵家》（中国文联出版社1999年版，第218页）。从这个叙述来看，徐志摩的离婚事件就带有一种悲喜剧色彩。

女，转身成为铿锵玫瑰，就算风雨交加，她无所畏惧，很快开创出真正属于自己的精彩。张幼仪先是在东吴大学教德语，后来在张嘉璈的支持下出任上海女子商业银行副总裁。与此同时，八弟张禹九与徐志摩等四人在静安寺路开了一家云裳服装公司，张幼仪又出任该公司总经理，这使她的经营能力得到了极大发挥。1934年，二哥张君劢主持成立了国家社会党，她又应邀管理该党财务。抗战爆发后她又囤积军用染料，大发了一笔横财。1953年，张幼仪在香港与邻居中医苏纪之结婚。1972年苏医生病死，张幼仪赴美，1988年病死于纽约。

图5-4　在上海任银行行长和服装公司总裁的张幼仪

有人问张幼仪爱不爱徐志摩，她答道："你晓得，我没办法回答这个问题。我对这个问题很迷惑，因为每个人总告诉我，我为徐志摩做了这么多事，我一定是爱他的。可是，我没办法说什么叫爱，我这辈子从没跟什么人说过'我爱你'。如果照顾徐志摩和他家人叫作爱的话，那我大概是爱他的吧。在他一生当中遇到的几个女人里面，说不定我最爱他。"①

在离婚之后，徐志摩对张幼仪的坚强、勇敢有了新的认识，他终于正视她了。后来对张幼仪是否心怀愧疚呢？不得而知。徐志摩后来写了一篇《我的彼得》，对见过一面的儿子有着浓浓的悔意和悼念：

①张邦梅：《小脚与西服——张幼仪与徐志摩的家变》，智库股份有限公司1996年版，第233—234页。

彼得，可爱的小彼得，我“算是”你的父亲，但想起我做父亲的往迹，我心头便涌起了不少的感想；我的话你是永远听不着了，但我想借这悼念你的机会，稍稍疏泄我的积愫，在这不自然的世界上，与我境遇相似或更不如的当不在少数，因此我想说的话或许还有人听，竟许有人同情。就是你妈，彼得，她也何尝有一天接近过快乐与幸福，但她在她同样不幸的境遇中证明她的智断，她的忍耐，尤其是她的勇敢与胆量；所以至少她，我敢相信，可以懂得我话里意味的深浅，也只有她，我敢说，最有资格指证或相诠释——在她有机会时——我的情感的真际。但我的情愫！是怨，是恨，是忏悔，是怅惘？对着这不完全，不如意的人生，谁没有怨，谁没有恨，谁没有怅惘？除了天生颟顸的，谁不曾在他生命的经途中——葛德说的——和着悲哀吞他的饭，谁不曾拥着半夜的孤衾饮泣？我们应得感谢上苍的是他不可度量的心裁，不但在生物的境界中他创造了不可计数的种类，就这悲哀的人生也是因人差异，各各不同，——同是一个碎心，却没有同样的碎痕，同是一滴眼泪，却难寻同样的泪晶。

图5-5 张邦梅《小脚与西服》

彼得我爱，我说过我是你的父亲。但我最后见你的时候你才不满四月，这次我再来欧洲你已经早一个星期回去，我见着的只你的遗像，那太可爱，与你一撮的遗灰，那太可惨。……我，你的父亲，觉着，心里有一个尖锐的刺痛。这才初次明白曾经有一点血肉从我自己的生命里分出，这才觉着父性的爱像泉眼似的在性灵里汩汩的流出；只可惜是迟了，这慈爱的甘液不能救活已经萎折了的鲜花，只能在他纪念日的周遭永远无声的流转。

彼得，我说我要借这机会稍稍爬梳我年来的郁积；但那也不见得容易；要说的话仿佛就在口边，但你要它们的时候，它们又不在口边；像是长在大块岩石底下的嫩草，你得有力量翻起那岩石才能把它不伤损的连根起出——谁知道那根长的多深？是恨，是怨，是忏悔，是怅惘？许是恨，许是怨，许是忏悔，许是怅惘。荆棘刺入了行路人的胫踝，他才知道这路的难走；但为什么有荆棘？是它们自己长着，还是有人存心种着的？也许是你自己种下的？至少你不能完全抱怨荆棘：一则因为这道是你自愿才来走的；再则因为那刺伤是你自己的脚踏上了荆棘的结果，不是荆棘自动来刺你。——但又谁知道？因此我有时想，彼得像你倒真是聪明：你来时是一团活泼，光亮的天真，你去时也还是一个光亮，活泼的灵魂；你来人间真像是短期的作客，你知道的是慈母的爱，阳光的和暖与花草的美丽，你离开了妈的怀抱，你回到了天父的怀抱，我想他听你欣欣的回报这番作客——只尝甜浆，不吞苦水——的经验，他上年纪的脸上一定满布着笑容——你的小脚踝上不曾碰着过无情的荆棘，你穿来的白衣不曾沾着一斑的泥污。

但我们，比你住久的，彼得，却不是来作客；我们是遭放逐，无形的解差永远在后背催逼着我们赶道：为什么受罪，前途是哪里，我们始终不曾明白，我们明白的只是底下流血的胫踝这无恩的长路，这时候想回头已经太迟，想中止也不可能真的羡慕，彼得，像你那谪期的简净。

在这道上遭受的，彼得，还不止是难，不止是苦，最难堪是逐步相追的嘲讽，身影似的不可解脱。我既是你的父亲，彼得，比方说，为什么我不能在你的生前，日子虽短，给你应得的慈爱，为什么要到这时候，你已经去了不再回来，我才觉着骨肉的关连？并且假如我这番不到欧洲，假如我在万里外接到你的死耗我怕我只能看作水面上的云影，来时自来，去时自去：正如你生前我不知欣喜，你在时我不知爱惜，你去时也不能过分动我的情感。我自分不是无情，不是寡恩，为什么我对自身的血肉，反是这般不近情的冷漠？彼得，我问为什么，这问后身便是无限的隐痛；我不能怨，我不能恨，更无从悔，我只是怅惘，我只能问！明知是自苦的揶揄，但我只能忍受。而况揶揄还不止此，我自身的父母，何尝不赤心的爱我；但他们的爱却正是造成我痛苦的原因：我自己也何尝不笃爱我的亲亲，但我不仅不能尽我的责任，不仅不曾给他们想望的快乐，我，他们的独子，也不免加添他们的烦愁，造作他们的痛苦，这又是为什么？在这里，我也是一般的不能恨，不能怨，更无从悔，我只是怅惘——我只能问。昨天我是个孩子，今天已是壮年：昨天腮边还带着圆润的笑涡，今天头上已见星星的白发；光阴带走的往迹，再也不容追赎，留下在我们心头的只是些揶揄的鬼影；我们在这道上偶尔停步回想的时候，只能投一个虚圈的"假使当初"，解嘲已往的一切。但已往的教训，即使有，也不能给我们利益，因为前途还是不减启程时的渺茫，我们还是不能选择自由的途径——到那天我们无形的解差喝住的时候，唯一的权利，我猜想，也只是再丢一个虚圈更大的"假使"这全程的寂寞，那就是止境了。

二

图5-6　青年林徽因

徐志摩与张幼仪离婚是为了能和林徽因结婚，林徽因是徐志摩生命中最重要的女性。

林徽因（1904—1955），原名林徽音，出自《诗·大雅·思齐》"大姒嗣徽音，则百斯男"，后为了区别于作家林微音（《城南旧事》作者），改为现名。林徽因的祖父林孝恂，进士出身，历官浙江金华、孝丰等地。父林长民毕业于日本早稻田大学，擅诗文，工书法，曾任北洋政府司法总长等职；写作著名的《与妻书》的林觉民是其叔叔。林徽因在建筑学和文学创作上都显露出惊人的才华，在20世纪30年代就享有"一代才女"的美誉。

1920年，林徽因随父游历欧洲，在此间结识了当时正在英国留学的徐志摩。徐志摩立刻就被林徽因出众的才华与美丽所吸引，激发了他的诗歌才情，为她写了很多情诗。徐志摩在后来的《猛虎集序》中提道：

在二十四岁以前我对于诗的兴味远不如对于相对论或民约论的兴味。我父亲送我出洋留学是要我将来进"金融界"的，我自己最高的野心是想做一个中国的Hamilton！在二十四岁以前，诗，不论新旧，于我是完全没有相干。我这样一个人如果真会成功一个诗人——哪还有什么话说？

但生命的把戏是不可思议的！我们都是受支配的善良的生灵，哪件事我们作得了主？整十年前我吹着了一阵奇异的风，也许照着了什么奇异的月色，从此起我的思想就倾向于分行的抒写。一份深刻的忧郁占定了我；这忧郁，我信，竟于渐渐的潜化了我的气质。

图5-7 泰戈尔与徐志摩、林徽因

陆耀东就认为，“奇异的风”“奇异的月色”是隐语，绝不只是指自然界的风月[①]。林徽因打开了徐志摩此前关闭的心怀，他的诗情从此一发不可收拾。徐志摩说：“我的诗情真有些像是山洪暴发，不分方向的乱冲。……生命受了一种伟大力量的震撼，什么半成熟的未成熟的意念都在指顾间散作缤纷的花雨。”这“伟大力量”显然指情爱的力量。他又接着说，“在短期内写了很多，但几乎全部都是见不得人面的”诗[②]。由于情爱的作用，使徐志摩的人生志向发生根本转变，并且，由于情爱的作用，促使他把心中的那种情欲发酵为诗情发泄出来。

徐志摩在一首很多诗集不收的《情死（Liebstch）》中写道：

玫瑰，压倒群芳的红玫瑰，昨夜的雷雨，原来是你发出的信号——真娇贵的丽质！

你的颜色，是我视觉的醇醉；我想走近你，但我又不敢。

青年！几滴白露在你额上，在晨光中吐艳。

你颊上的笑容，定是天上带来的，可惜世界太庸俗，不能供给他们常住的机会。

你的美是你的运命！

① 陆耀东：《徐志摩评传》，陕西人民出版社1986年版，第31页。

② 徐志摩：《猛虎集序》，韩石山编《徐志摩作品新编》，人民文学出版社2009年版，第372页。

我走近来了。你迷醉的色香又征服了一个灵魂——我是你的俘虏！
你在那里微笑！我在这里发抖，
你已经登了生命的峰极。你向你足下望——一个无底的深潭！
你站在潭边，我站在你的背后，——我，你的俘虏。
我在这里微笑！你在那里发抖。
丽质是命运的命运。
我已经将你禽捉在手内！我爱你玫瑰！
色，香，肉体，灵魂，美。迷力——尽在我掌握之中。
我在这里发抖，你——笑。
玫瑰！我顾不得你玉碎香销，我爱你！
花瓣，花萼，花蕊，花刺，你，我——多么痛快啊！
尽胶结在一起。一片狼藉的猩红，两手模糊的鲜血
玫瑰！我爱你！

这首诗是1922年6月写于康桥。适值徐志摩刚刚与张幼仪离婚，孤身一人在英国，思念已经回国的林徽因。诗歌回忆了玫瑰芳馨、相悦如诗的恋情场景，其中的性爱描写触目惊心，“那位艳压群芳、初承云雨的处子美人绝不可能是张幼仪，也不可能是后来的陆小曼（徐回国后才认识王赓、陆小曼夫妇），亦不可能是其他女性（徐的情感世界带绝对的唯美色彩），只会是林徽因。”[①]

为了实现自己与林徽因在剑桥许下的承诺，1922年8月，徐志摩在学业未竟的情况下匆匆回国。待他赶回北京时，得知林徽因已是名花有主，与梁思成婚事“已有成言”。他伤心至极，使之短期内对林有所不满。然真爱消弭了怨恨，他与林仍有往来。《月下待杜鹃不来》就记录了他与林约会而林未赴约的伤感：

① 陆红颖：《不是无端悲怨深——徐志摩、林徽因情诗发微》，《文学评论》2009年第4期。这篇论文以古典文学研究的考证方法，将徐林二人的诗作双向研究以整合，确证了二人的英伦之恋，并有大胆的结论。

看一回凝静的桥影，
数一数螺钿的波纹，
我倚暖了石栏的青苔，
青苔凉透了我的心坎；
月儿，你休学新娘羞，
把锦被掩盖你光艳首，
你昨宵也在此勾留，
可听她允许今夜来否？
听远村寺塔的钟声，
像梦里的轻涛吐复收，
省心海念潮的涨歇，
依稀漂泊踉跄的孤舟；
水粼粼，夜冥冥，思悠悠，
何处是我恋的多情友？
风飕飕，柳飘飘，榆钱斗斗，
令人长忆伤春的歌喉。[①]

发表于1923年4月的《月夜听琴》：“休道她的芳心忍，/她为你也曾吞声，/休道她淡漠，冰心里/满蕴着热恋的火星。//记否她临别的神情，/满眼的温柔和酸辛，/你握着她颤动的手—/一把恋爱的神经？”“她”的“吞声”饮泣预示了爱的无望，诗歌所忆应是林徽因离英前两人的分别情形。同样抒写送别的还有《在那山道旁》。虽然有两部林徽因传记都延用传说，林氏父女回国时没有告诉徐志摩，但从诗中看，两人在行前有过悄悄告别。“她”（林徽因）温柔、酸辛的眼神流露出多情和无奈，相握的颤动的手传递了情绪的激动不宁。诗歌反映出他们“心心相印”，却有着“可怜不自由的灵魂”的无奈。他为之痛苦却并未放弃，明知不可为

① 徐志摩：《志摩的诗》，人民文学出版社1990年版，第90—91页。

偏要为之。这期间，徐志摩的诗歌创作，有相当多的篇幅，诸如《你是谁呀?》《悲思》等，都抒写他与林的感情纠葛。《听槐格讷（Wagner）乐剧》表达男女间的性爱扰人心烦，倾诉了他此时正处于爱而无果的郁结。《小诗》《清风吹断春朝梦》表达对林的眷念。《一个祈祷》写他呜咽似的回忆，写他的反省、自责和矛盾，写他无处不在的悲思，甚至在爱而弥深、百无他法、卑躬屈膝地祈祷：

这颗赤裸裸的心，请收了吧，我的爱神！
因为除了你更无人，给他温慰与生命，
否则，你就将他磨成齑粉，散入西天云，
但他精诚的颜色，却永远点染你春朝的
新思，秋夜的梦境；怜悯吧，我的爱神！

虽然徐志摩苦恋林徽因，但林氏已是心有所属。1924年6月，林徽因和梁思成在梁启超的安排下，同时赴美攻读建筑学。林徽因和梁思成的结合在当时可以说是新旧相兼，既有西式的自由恋爱，又属于父母之命，双方郎才女貌，门第相当。后来，徐志摩遇到陆小曼，慢慢走出了林徽因的心影。对此，他写下了《偶然》：

我是天空里的一片云，
偶尔投影在你的波心——
你不必讶异，
更无须欢喜——
在转瞬间消灭了踪影。
你我相逢在黑夜的海上，
你有你的，我有我的，方向；
你记得也好，
最好你忘掉，

在这交会时互放的光亮！①

林徽因和梁思成到美国留学，两人间时有闹气，也许这时林徽因想起徐志摩的热恋来。1927年，胡适到美国后与林徽因有过一次深切的交谈，其中可能牵扯到一些林徽因与徐志摩的人事，所以林徽因在3月5日写给胡适的信中这样说："请你告诉志摩我这三年来寂寞受够了，失望也愈多了。现在到能在寂寞与失望中得到自慰和满足。告诉他我绝对的不怪他，只有盼他原谅我从前种种的不了解。但是路远隔膜误会是所不免的，他也该原谅我。我昨天把他的旧信一一翻阅了。旧的志摩我现在真真透彻的明白了，但是过去，现在不必重提了我只求永远纪念着。"②

图5-8　林徽因

徐志摩和林徽因在婚后仍然保持着良好的朋友关系。1931年3月初，林徽因查出肺病后到香山疗养，徐志摩多次去香山探望。1931年4月起，林徽因连续创作了《谁爱这不息的变幻》《那一晚》《深夜里听到乐声》《激昂》《仍然》《笑》《深夜里听到乐声》《情愿》《一首桃花》，均是情诗，并且是对徐早年情诗的应答。对于林徽因突然创作诗歌的原因与动力，陆红颖认为，香山之会，他们重新有了密切的接触和交流，"按常规，徐、林各有婚姻，旧情应永埋心间，即使徐仍追求，以林的理智，也会封存情感。但林已27岁，对爱情的本质已有清晰体认，

① 此诗写于1926年5月，初载同年5月27日《晨报副刊·诗镌》第9期。
② 梁从诫编：《林徽因文集·文学卷》，百花文艺出版社1999年版，第318—319页。

真正感到人生中错过的志摩对于她的生命意义，重新燃起对理想之爱的渴望。”[①]《仍然》可以看作是对徐志摩《偶然》的应答之作，也是她自己心迹的坦陈：

你舒伸得象一湖水向着晴空里
白云，又象是一流冷涧，澄清
许我循着林岸穷究你的泉源：
我却仍然怀抱着百般的疑心
对你的每一个映影！
你展开象个千瓣的花朵！
鲜妍是你的每一瓣，更有芳沁，
那温存袭人的花气，伴着晚凉：
我说花儿，这正是春的捉弄人，
来偷取人们的痴情！
你又学叶叶的书篇随风吹展，
揭示你的每一个深思；每一角心境，
你的眼睛望着我，不断的在说话：
我却仍然没有回答，一片的沉静
永远守住我的魂灵。

三

徐志摩天生一股不顾一切、带有激烈的燃烧性的热情。这热情一经激发，便不管天高地厚，人死我亡，势非至于将宇宙都烧成赤地不可。在林徽因之后，徐志摩又和陆小曼产生了浓烈的情感，发而为诗，使其诗情又一次勃发。在1925年8月22日所写的书信体日记中，徐志摩写道：“眉，我的诗魂的滋养全得靠你，你

① 陆红颖：《不是无端悲怨深——徐志摩、林徽因情诗发微》，《文学评论》2009年第4期。

得抱着我的诗魂像抱着亲孩子似的，他冷了你得给他穿，他饿了你得喂他食——有你的爱他就不愁饿不愁冻，有你的爱他就有命。”

图5-9　陆小曼

陆小曼（1903—1965），江苏常州人，出生于晚清举人家庭。父亲陆定是晚清举人，曾入日本早稻田大学读书，后来又到民国政府财政部任职，是中华储蓄银行的主要创办人。陆小曼的母亲吴曼华也是名门之后。陆小曼自小接受新式教育，多才多艺，擅长绘画，师从刘海粟等名师，还熟谙戏剧、昆曲，也能演皮黄，写得一手好文章。19岁时，在家人的安排下，陆小曼与毕业于美国西点军校的王赓订婚，然后又在一个月之内“闪婚”。徐志摩与王赓同为梁启超弟子，于是常到王家。王赓忙于工作，无暇陪同陆小曼，于是请徐志摩有时间多陪陪陆小曼，不想，这为他们感情的发作提供了条件。

他们的爱情从徐志摩与陆小曼的第一次见面便给两人以惊喜，两人都在自己的作品中以无比欣喜的语言描画了这次相遇。陆小曼写道：“如同在黑暗里见到一线光明，遂死的人又兑了一口气，生命从此转了一个方面。”徐志摩在他的诗作《春的投生》里这样写道他的感受：“桃花早已开上你的脸，我更敏锐的消受你的媚，吞咽你的连珠的笑；你不觉得我的手臂更迫切的要求你的腰身，我的呼吸投射到你的身上，如同万千的飞萤投向光焰？这些，还有别的许多说不尽的，和着鸟雀们的热情的回荡，都在手携着手的赞美着春的投生。”他抒写了自己为这样一个被称为第一美人动情的一霎。

陆小曼与徐志摩冒天下之大不韪的恋情还是激起四面楚歌。在重压之下，徐志摩也产生过逃避的念头，他选择前往欧洲游学，他想借此平息心头炽热的爱。然而，距离与时间的分隔，一点都没有减少他对陆小曼的思念之情。于是，当他在巴黎得知陆小曼病重，便毅然踏上了归程。其间，他悲愤地写下《这是一个懦怯的世界》：

这是一个懦怯的世界：

容不得恋爱，容不得恋爱！
披散你的满头发，
赤露你的一双脚；
跟着我来，我的恋爱，
抛弃这个世界
殉我们的恋爱！

图5-10　王赓

徐志摩把如痴如醉的柔情化作美丽的诗篇，在《翡冷翠的一夜》里，记下了他和陆小曼的这段情史："就比如黑暗的前途见了光彩，/你是我的先生，我爱，我的恩人，/你教给我什么是生命，什么是爱，/你惊醒我的昏迷，偿还我的天真。/……我晕了，抱着我，/爱，就让我在这儿清静的园内，/闭着眼，死在你的胸前，多美！"诗人赤裸裸地表白："爱，我气都喘不过来了，/别亲我了；我受不住这烈火似的话，/这阵子我的灵魂就像火砖上的/熟铁，在爱的锤子下，砸，砸，火花/四散的飞洒……"全诗字里行间闪烁着爱的火焰，血管里滚沸着热血，爱得大胆，爱得疯狂，爱，成了他们的唯一。徐志摩把这种神秘的爱视作头顶上的一颗明星，有着不灭的光辉。他望着天空呼唤："但愿你为我多放光明，隔着夜，/隔着天，通着恋爱的灵犀一点……"此时，诗人的一颗爱心，与天上的星月齐辉，光照人间。诗歌情真意切，是诗人与陆小曼热恋初欢生活的真实写照。

沉浸在爱的蜜糖里，徐志摩的诗句一扫对林徽因追求无望的忧虑与感伤，呈现出欢快的色彩。"多谢天！我的心又一度的跳荡，/这天蓝与海青与明洁的阳光/驱净了梅雨时期无欢的踪迹，/也散放了我心头的网罗与纽结"（《多谢天！我的心又一度的跳荡》）。他用雪花的快乐来抒写自己的幸福与欢快："我一定认清我的方向"，"不去那冷寞的幽谷，/不去那凄清的山麓，/也不上荒街去惆怅"，而是要"认明了那清幽的住处"，"啊，她身上有朱砂梅的清香！"我"溶入了她柔波似的心胸！"（《雪花的快乐》）与陆小曼相爱的障碍，激发浪漫诗人的痴情。他在《我有一个恋爱》中向世人真诚地表达了他对陆小曼的执着爱情。

在《起造一座墙》中，他宣称："你我千万不可亵渎那一个字，/别忘了在上帝跟前起的誓。/我不仅要你最柔软的柔情，/蕉衣似的永远裹着我的心；/我要你的爱有纯钢似的强，/在这流动的生里起造一座墙；/任凭秋风吹尽满园的黄叶，/任凭白蚁蛀烂千年的画壁；/就使有一天霹雳震翻了宇宙，/——也震不翻你我‘爱墙’内的自由!”

徐志摩还借翻译阿瑟·塞蒙斯（Arthur Symons，徐译为沙孟士）的《我要你》表达对陆小曼的热恋：

我不能没有你，你是我的，这多久
是我唯一的奴隶，我唯一的女后。
我不能没有你：你早经变成了
我自身的血肉，比我的更切要。
我要你！随你开口闭口，笑或是嗔，
只要你来伴着我一个小小的时辰，
让我亲吻你，你的手，你的发，你的口，
让我在我的手腕上感觉你的指头。
我不能没有你，世上多的是男子们，
他们爱，说一声再会，转身又是昏沉：
我只是知道我要你，我要的就只你，
就为的是我要你。只要你能知道依稀
我怎样的要你！假如你一天知道
我心头要你的饿慌，要你的火烧！

在这场轰动北平文化界的情爱中，陆小曼承受的压力要大得多，加上生性柔弱，一时几乎走向绝境。徐志摩利用书信和诗歌，激发她的反抗，支持她去勇敢斗争。在《决断》中，徐志摩直接呼唤陆小曼：“我的爱：/再不可迟疑；/误不得/这唯一的时机”，“要恋爱，要自由，要解脱”，“就得跑”，“险——/不用说，总得冒，/不拼命，/哪件事拿得着？”“走罢，甜，/前途不是暗昧”。这种燃烧起来的爱火，使徐志摩不自禁地想到了情死：“龙龙，你已经激动了我的痴情，我说出来你不要怕，我有时真想拉你一同情死去，去到绝对死的寂灭里去实现完全的爱，去到普通的黑暗里去寻求唯一的光明。”

除了这时期的大量爱情诗，徐志摩和陆小曼之间还有一些日记和书信，这就是1936年陆小曼为了纪念徐志摩40诞辰和离世5周年而整理出版的《爱眉小札》。《爱眉小札》体现了徐志摩的一种理想化人生观，即生活的全部就是爱、自由和美，他所追求的是一种永恒的、神圣的、完满的、不可替代的感情。他以强大的生命热情坚持自己的理想和追求。与同时期的鲁迅许广平《两地书》相比，《爱眉小札》是那样的浓烈、炽热、奔放，肆意抒写着相爱的人的情感，以及与世俗的勇敢地斗争。

图5-11 《爱眉小札》

徐志摩与陆小曼历经磨难，最终缔结情缘。1926年8月14日（阴历七月初七日），他们在北海公园喜结良缘。新婚之初，徐志摩身心愉悦，他写下了蜜月日记《眉轩琐语》，洋溢着新婚燕尔的甜蜜。此时的诗歌创作浮现着他们恩爱的身影：《鲤跳》一诗真实地记载了他俩郊外漫步的情景，活现出一位灵动的女性身影；诗人从望月想起了“我爱”（《望月》），从新催妆曲“又想起那时候，他热烈的拖搂”（《新催妆曲》）；徐志摩“趁月光清水似流，赶回家/去亲你唯一的她！”陆小曼娇嗔地回答：“他要来抱，我就让他抱”，“但每回我让他亲——我的唇，爱，亲的是你的吻”（《两地相思》）；还有记录闺房之乐的《别拧我，疼》。

图5-12　徐志摩与陆小曼

可是幸福的生活并未久长，由于性格、生活方式的差异，夫妇多有龃龉；经济拮据，徐志摩奔波京沪之间，在多校兼课，身心疲惫。后陆小曼又吸食鸦片，与翁瑞午有暧昧关系，这一切使徐志摩非常痛苦，他的诗作数量下降，情绪也非常灰暗。《猛虎集》中的《枉然》《生活》《残春》《残破》《活该》等就哀叹"生命的瓶子里的鲜花变了样"；他在"残破的天地"以"残破的音调"抒写"残破"的思想、意识；"热情已变死灰"，"爱是痴，恨也是傻；谁点得清恒河的沙"，"不论你梦有多么圆，周围是黑暗没有边"。而《"我不知道风是在哪一个方向吹"》可以说是徐志摩、陆小曼情爱的心路历程的写照：

我不知道风/是在哪一个方向吹——/我是在梦中，/在梦的轻波里依洄。
我不知道风/是在哪一个方向吹——/我是在梦中，/她的温存，我的迷醉。
我不知道风/是在哪一个方向吹——/我是在梦中，/甜美是梦里的光辉。
我不知道风/是在哪一个方向吹——/我是在梦中，/她的负心，我的伤悲。
我不知道风/是在哪一个方向吹——/我是在梦中，/在梦的悲哀里心碎！
我不知道风/是在哪一个方向吹——/我是在梦中，/黯淡是梦里的光辉。

徐志摩在梦幻里彷徨，遇到可人的她，体验到她迷醉的温存，那时候，所有的记忆只有甜蜜。到后来，她负心了，只留下毫无光泽的回忆，于是，他迷失了感觉的方向，再也弄不清"风是向哪一个方向吹"，他的创作也就自然陷入迷惘。

科学研究表明，恋爱会使人体内荷尔蒙分泌大量增加，从而表现出超常的创造力。但这种影响也并不会一直持续下去，因为恋爱中的陶醉状态，源于大脑中一种叫PEA[①]的物质，其作用时间有限，激情维持的时间不超过30个月，然后或归于平淡，或分道扬镳。徐志摩的情形正好如此。他创作的高潮有两个时期：一是与林徽因相恋时期，一是与陆小曼相恋时期。爱恋林徽因，使徐志摩展开歌喉，勃发诗情，“倾向于分行的抒写”，开始了爱情诗的创作，爱情使他的浪漫才情爆发；而从1924年秋到1928年，徐志摩与陆小曼两人的情爱达到了最高潮，由此带来徐志摩生理、心理上一系列变化，他的精力因此表现出超常的旺盛。在那段时期，他思如泉涌，创作产量达到最高。后来，激动期过去了，再也得不到情爱的良性刺激和补偿，他的创作失去了源泉，他的文学生涯也就到了末途。

情爱是徐志摩创作的全部灵感和源泉，是徐志摩创作的原动力。情爱生活为他的文学创作提供了创作素材。他全部的文学创作的内容证明了这一点，就他的诗来说，全部的诗作100多篇，大部分都是情爱题材的。并且，这一内容直接决定着他的艺术成就的高低和受欢迎的程度。徐志摩是个有着单纯的爱、美与自由理想的青年，他遇难时也才36岁。可以说，他的文学创作基本上是一个青年期的创作，有着青年期的人所共同具有的冲动、热情、冒险以及对情爱的原欲上的追求。正如他自己所说，他以爱为自己的创作提供灵感和养分：“我没有别的方法，我就有爱；没有别的天才，就是爱；没有别的能力，只是爱；没有别的动力，只是爱。”[②]李欧梵在《中国现代作家的浪漫一代》中这样写道：“林纾证明了爱，苏曼殊在爱中漂流，郁达夫创造了他的爱的想象，而徐志摩则体现了爱本身。”徐志摩是一个行动主义者，他单纯，做出很多外人看来很疯狂的事情，他是个不合时宜的人，无法让当时的人接受。他藐视规则，总在追逐，努力获取一种更美好的东西。

① PEA，爱情荷尔蒙的一种成分，phenylethylamine，中文名苯基乙胺，其实是一种兴奋剂，让人感到极度兴奋、有精力、有信心和勇气。

② 徐志摩：《爱眉小札》，同心出版社2011年版，第19页。

参考文献与阅读书目

徐志摩:《徐志摩诗全集》,新世界出版社2014年版。

韩石山编:《徐志摩作品新编》,人民文学出版社2009年版。

徐志摩:《爱眉小札》,同心出版社2011年版。

梁从诫编:《林徽因文集:文学卷》,百花文艺出版社1999年版。

张邦梅:《小脚与西服——张幼仪与徐志摩的家变》,智库股份有限公司1996年版。

韩石山:《徐志摩图传》,广东教育出版社2005年版。

姜涛:《图本徐志摩传》,长春出版社2012年版。

宋炳辉:《徐志摩传》,复旦大学出版社2011年版。

六、田汉：自有心肝呕纯爱

田汉原名寿昌，1898年3月12日出生在湖南长沙一个小山村。6岁那年，父亲去世，母亲易克勤带着3个孩子艰难求生。田汉曾在《三叶集》中提到，自己最爱的人有3位：一位是母亲，一位是他的舅父兼岳父易象，另一位就是自己的妻子易漱瑜。田汉是一位剧作家，中国现代戏剧的三大奠基人之一，《义勇军进行曲》的词作者，同时他又是一位性格优柔寡断的文人，他与几位女性的情感纠葛在其戏剧创作中有着可见的痕迹。

图6–1　田汉

一

田汉的结发妻子是其青梅竹马的表妹易漱瑜，比田汉小五岁。他们两人之间的爱情故事经过田汉的渲染，成为轰轰烈烈的爱情佳话。借用田汉的自传体小说《上海》中的说法："克翰的许多文章中，几乎没有一篇不可以寻到'淑玉'的名字。在当时的青年读者脑中，'克翰与淑玉'的意义，几乎等于'罗密欧与朱丽叶'。"这里的"克翰"就是田汉，"淑玉"就是易漱瑜。

田汉家境贫寒，仰赖舅父易象的帮助。易象，名梅臣，号梅园，是一位民主主义革命家，早年曾追随孙中山投身民主革命运动，在日本加入孙中山组织的中华革命党，后又与李大钊等人组织过“神州学会”。他对田汉的才华非常赏识。由于田汉幼年丧父，易象便成了父亲一样的人，不但为其到日本留学提供便利，而且指导他“读书做人”，“耳提面命，唯恐其不成材”。

1916年，从长沙师范毕业的田汉随舅父前往日本，进入东京高等师范读书。在此之前，易象曾商议过田汉与易漱瑜的亲事，虽然舅妈陈氏嫌弃田家，但在易象的主持下这桩亲上加亲的事情还是初步敲定，易象与田汉之间就成了舅甥加翁婿的关系。

1919年7月，田汉回国，听闻表舅说易漱瑜的母亲打算趁着易漱瑜假期回去要把她许给陈姓乡绅的儿子，于是田汉就带着易漱瑜跑到了上海，寻求易象的支持。易象于是出资，让易漱瑜也去日本。10月，他们共赴日本。在很长时间内，两人保持pure love的浪漫关系。郁达夫曾调侃田汉是“睡在你的未婚妻身上读《圣经》”。关于两人这时期的生活，易漱瑜曾写过《半年来居东京的实感》，田汉修改后擅自发表在少年中国学会的《少年世界》第一卷第八期。两人这时就靠着田汉的每月五十六元官费生活，非常简朴。易漱瑜更立下“誓将事学问，努力为圣贤。归来告家人，生女亦何嫌?”的宏愿。随田汉出游时，没有衣服的易漱瑜常“女扮男装”。

这时期的田汉因对“爱”与“美”的理想与追求，写下了许多情诗，抒发了对“灵肉调和”的向往与追寻。田汉感到与易漱瑜之间还没有达到这种“灵肉调和”程度，所以他与易漱瑜并没有马上结合，而是通过各种形式的交流和培养，逐渐加深他们之间精神的谐和，“灵”的相融。在这期间，田汉结识了易漱瑜的两个女友，白薇和康景昭。他们经常在一起朗读英文版的《娜拉》。他们同情娜拉的不幸遭遇，更为娜拉不愿做玩偶的反抗而感动。共同的文学爱好，对戏剧艺术的痴迷，白薇逐渐对田汉产生了爱意，但这只是一个小插曲，不久白薇便别田汉而去。田汉后来写了《湖上的悲剧》，剧中女主人公就是白薇。随着接触的频繁，了解的加深，田汉从易漱瑜另一个女友康景昭身上，逐渐感觉到了“灵”的相融，但后来康景昭也离日回国。田汉时感忧伤，专门写下了《镰仓别康景昭女士》一诗，抒发了惜别之情和相约重逢之意。诗歌情寓于景，欲说还休："相聚才几时，姊就要归去。寂寞矶头水，晚来无一语。"1929年，田汉南来广州，还曾专门去寻访过这位"康姊"。此时易漱瑜已亡故四年，康景昭也早已成家，但田汉对康景昭依然旧情难泯，他写下了长短句《桃源忆故人——寻康姊不见》，下阕云："荔枝湾畔芳村尾，两处断垣犹峙，何地可寻昭姊？直欲相思死！"当得知康景昭正身陷牢狱之灾时，田汉不禁停杯投箸，叹道："盛景当前，盛宴难再，酒痕飞溅。只伤心狱底，有人此际，泪痕洗面。"（《水龙吟·白鹅潭纪游》）不仅如此，他还代康景昭填有《一斛珠》词，以康景昭的口吻自诉身世和悲哀，如非知己，谅不可为也。

1920年9—10月间，田汉创作了《梵峨璘与蔷薇》。"梵峨璘"是Violin的音译，象征艺术；"蔷薇"即玫瑰，象征爱情。这部剧作的情节和人物塑造都包容了田汉那个时期的生活与爱情体验。特别是从主人公秦信芳、柳翠最初的爱情不能"灵肉一致"，到最后在别人的帮助下终于走向"灵肉调和"的理想情感世界，可以说正是当时田汉恋爱生活的折射。秦柳两人"灵肉调和"的喜剧性的结局，是当时田汉追求的爱情理想。

图6-2　青年田汉

《梵峨嶙与蔷薇》上演十多天之后，田汉又创作了《灵光》。剧中所表现的顾梅丽、朱秋屏两个女性与张德芬之间的感情纠葛，也渗透着当时田汉与易漱瑜、白薇和康景昭三个女性之间那种微妙的情感波澜。作者把爱情给予他沉重的心理负荷转化为一种心灵的抗争，把当时情感世界里的复杂感受在作品中作了真实而大胆地展现。但剧本的主题被拔高，着重渲染爱国情愫。最终，张德芬消除了未婚妻顾梅丽对自己的误解，再次向顾梅丽表白了自己忠贞不渝的爱情，并决定两人一起回国办医院，搞创作，去为拯救"依然在泪川里宛转哀啼，在凄凉之境里流离颠沛着"的人民做点事情。

1920年12月25日，易象在长沙策划驱逐谭延闿的运动成功后被军阀赵恒惕杀害。年底田汉与易漱瑜两人正式同居。由于没有了易象的资助，田汉又脱离东京高等师范学校而失去官费，易漱瑜没有考入东京女子高等师范学校也没有官费，两人生活没有来源，只能靠稿费和借贷度日，生活极端贫困。在这时创作的独幕剧《乡愁》中，表现了孙梅（田汉）与伊静言（易漱瑜）之间因经济拮据而发生的争执。孙梅整天忙于自己的事业，对所爱的人缺少体贴和关怀，因而引起伊静言的不满。孙梅有苦难言，他并不是不关心爱人，只是事业的压力太大，求名心切，把时间和精力都用在对书和艺术的追求上，无暇顾及爱情的温暖。面对妻子的埋怨，感到自己无心地伤害了爱人，原本愤怒的情感一下子转为自省自责。这也是创造社作家在自叙传中勇将自身的缺陷公之于众的“忏悔人格”的再现。

1922年9月，他们再也无法在日本生存，于是回国。少年中国学会的左舜生为田汉在中华书局编辑所的新文化部谋得一个差事，月薪100元。他们把家安在上海，并生下儿子海男（因在上海出生而得名）。

1924年1月两人联合创办了《南国》半月刊，宣称“欲在沉闷的中国新文坛鼓动一种清新芳烈的艺术空气”。刊名取自王维的名诗《相思》中的“红豆生南国”，这也是田汉发表自己戏剧作品的园地。1924年，田汉在上面发表了《获虎之夜》。此剧不仅是田汉早期剧作的代表作，也是现代文学第一个十年话剧创作的一部杰作。剧本描写了一对向往自由幸福、争取合理权利的青年男女形象。女主人公莲姑，敢于追求个性解放和婚姻自主。面对父亲强加给她的婚姻，她喊出了：“我把我自己许了黄大哥”，“世界上没有人能拆开我们的手”。这正是当年易漱瑜大胆反抗母亲包办婚姻的言行举止在莲姑身上的投影。男主人公黄大傻由于身世凄苦，命运坎坷，性格软弱，伤感苦闷情绪较浓，但他对爱情的追求，也是十分执着的，在伤感苦闷之中仍包含一颗火热的心。这种性格又或多或少的打上了田汉性格的烙印。

正当田汉努力创作、尽心拼搏的时候，易漱瑜却积劳成疾，一病不起。易漱瑜早在日本时就已种下病根，产后又落下气喘病，为了省钱没有延请西医治疗，由一位江湖中医看治，最后病情恶化，于1924年腊月二十三日，不幸早逝。

图6-3　易漱瑜

易漱瑜不幸病逝，给田汉带来了沉重的打击，使他陷入了深深的悲痛之中。每当思念往事，忆及从童年时期的青梅竹马、两小无猜，到青年时期冲破家庭束缚双双出走；从东渡日本相濡以沫，到为实现南国梦而密切配合，他浸着泪水抒写对妻子悼念的诗文，来寄托对亡妻的哀思。田汉于哀痛中曾写下悼亡诗十首。田汉的悼亡诗，既有潘岳《悼亡诗》的缠绵悱恻，也有元稹《遣悲怀》的朴素哀婉，还有苏轼《江城子》的凄清梦境，余哀绵绵。其一云：

两闻危笃殊难信，细雨寒风奔到门；
掀帐挑灯看瘦骨，含悲忍泪嘱遗言。
生平一点心头热，死后尤存体上温；
应是珠泪还我尽，可怜枯眼尚留痕。

这首诗除尾联里隐用了《红楼梦》中宝黛的爱情悲剧之外，整首诗纯乎白描写实。易漱瑜去世那天，田汉正有事去长沙城里，他接到易漱瑜危笃的信，由省城急速回乡，跋涉七八十里路，于黄昏时分回到外祖父家。一入易漱瑜的病室，只见易漱瑜已是病骨支离，欲哭无泪，她不让田汉离开，要田汉送她的终。听了易漱瑜的话，田汉心如刀割，但他仍确信离那“不幸”的距离还远。然而，残酷的现实又一次打破了他的“确信”，易漱瑜就在那天晚上卧在他的怀里长睡不醒了。这首诗所描写的正是易漱瑜与田汉死别时的情景和田汉的悲痛心情。

田汉忆及和易漱瑜的去国流浪，以及归国后一同创办《南国半月刊》的艰难：

历尽艰辛愿尚乖，双双忍见旧时鞋。
随将沧海无边月，踏遍樱花第几街？
南通旅况不可忆，西子游踪难去怀。
待到一身人事尽，猖狂乞食到天涯！

按田汉《从悲哀的国里来》一文中所说，这是“悼亡诗之九”。诗中所写是田汉与易漱瑜在日本留学和1924年他们在上海自费创办《南国》半月刊时，为缓解疲劳，他们应朋友之邀去杭州西湖游玩，以及易漱瑜病后，田汉送她回故乡途径南通时的经历。田汉在回忆《南国》半月刊时说：“南国半月刊第一次与社会相见，是我还住在哈同路民厚里某号的事。那时吾妻易漱瑜女士还健在，我们只等由印刷所把印好的整张的几大捆地搬回来，一家人便忙着折叠，忙着贴邮花。那种忙中的乐趣，至今不能忘记。”而现在，人去屋空，睹物思人，怎能不悲伤！

再看《梦中怀漱瑜》：

是耶非耶谁能保，梦中忽得君诗稿：
倦鸟欣能返故林，小羊姑让眠青草。
平生好静兼好洁，红尘不若青山好。
只怜尚有同心人，从此忧伤以终老。

这首诗载于田汉的《从悲哀的国里来》一文中的第二节《梦里的故乡》中。文中在谈到易漱瑜的死时说：“她虽然不曾如她自己和我的愿，多做得一些事业，多过得几天畅快的日子，但她总算归了故土了。最难得的是她死时睡的床，便是她生时所睡的床。更难得她葬在她二姑妈，即我二姨妈旁边，也可以不寂寞了。我有一晚梦见读她寄我的诗，醒来也做一首。”

久未潇湘听夜雨，凄清何必打芭蕉？

滴来檐下愁如雨，洒向心头怒似潮。

梦寐不成空辗转，寂寥难慰欲号啕。

披衣起坐迟天晓，谁念春寒袭袍？

这首记梦诗虽属七律，但有白话诗的天然风神。从中可见田汉旧体诗词的不事雕饰、清新自然、恍若口占，大有李太白之遗风。而在直白的语言和素朴的意象背后，因有诗人的真情蕴藉流转，故而余韵绵长，免却了“元轻白俗”之弊。田汉哀悼亡妻的诗，实是献祭给死者亡灵的情诗。

田汉《致陈通伯先生书》一文中也有一首悼亡诗，载于《南国特刊》（附刊于《醒狮周报》）第9号（载1925年10月24日《醒狮周报》）：

关于漱瑜之死，先生希望我有特别的文学（字）去写她。我也正是这样想。漱瑜死的时候我曾做过十首诗悼她。最后一首说：

爷葬枫林女枫子，两山霜叶一般红。

深情此日埋黄土，浩气当年化白虹；

自有心肝呕纯爱，可无血泪滴孤忠！

从今十载磨词笔，文字当为举世雄。

诗中的“爷”指易象，“女”指易漱瑜，死后葬在故乡的枫子冲头。这首诗既是田汉对亲人的悼念，又是他自我心声的表露！“从今十载磨词笔，文字当为举世雄”，正是田汉在失去亲人的悲伤中树立起来的信心。他曾说：“此后我只想好好地做点事业，把舅父的‘爱乡爱国’的梦实现起来。我对于我政治的才能是没有把握的，我还是从文学美术方面去发展我自己罢。我不能把舅父和淑玉（即易漱瑜）从死神手里夺转来，但我一定要使他们由我的艺术复活。”表明他决心在悲痛中重新振作，去成就未竟的文学事业以告慰亡妻的魂灵了。

在《南国特刊》第19号（载1926年1月2日《醒狮周报》）上，田汉在该刊上发表了易漱瑜写的小说《黑马》，他写了一篇500字的《跋》附于小说之后。

《跋》中说：

> 阴历十二月二十日又是她的周年忌了。我想趁此将她遗作逐渐发表，以为纪念。我去年所作悼亡诗有云：“叔道交春占勿药，（去年冬她卧病长沙时，她的叔父替她测字，说她的病交春可好。）病中频问：‘几时春？春来侬满廿一岁，病好真为两世人’。（漱瑜正月初十生，拟痊愈后于此日治筵庆其再生。）葬玉埋香偏不免，上天入地总无因。箧中侥幸存遗稿，十万珠玑认化身。”

诗中所写，正是田汉送易漱瑜回到湖南家乡养病时的情景。

除上面的六首完整的诗外，还有一首不完整的诗，即田汉写入散文《月光》中的两句诗：“可怜一样团圆月，半照孤坟半照人。”《月光》是田汉1926年在上海写的。易漱瑜去世后，田汉很长一段时间沉浸在悲伤之中，直到1925年“五卅”运动爆发后，他的思想才发生了变化，他曾说：“这一事件发生时，我恰在湖南教书，那时学生界以及全湘革命民众的愤慨激昂的情绪，震撼了我的艺术之宫，粉碎了我的感伤。”为了实现自己“从今十载磨词笔，文字当为举世雄”的决心，田汉与三弟田洪一起回到了上海，投入到新文学运动中去。《月光》就是他在1926年的中秋节之夜写的，通篇都是回忆“前年”和“去年”他与妻子易漱瑜在中秋节之夜的往事。然而，今非昔比，人物两非，想到伤心处，他禁不住又念起悼念妻子的诗。可是，“他还没有念完这两句诗（即‘可怜一样团圆月，半照孤坟半照人’），便痛哭得在床上打滚了。”

在这篇散文的结尾，田汉说：他以后不敢再在月光底下回忆，不敢再于佳节良辰喝酒，不敢再惹起他的旧痛；他的年纪还不大，还想忍着痛苦做些事，这也是她所希望于他的，他现在与惠特曼同样要求着“赫耀而沉默的太阳”！他与惠特曼同样唱着“大道之歌”：“从此以后，我不再呜咽了，不再因循了，我什么也不要，我只勇猛的，满足的，登我的大道！”这里所说的“大道”，用田汉的话说就是重理“旧业”——文学创作。通过创作，一方面使舅父与妻子的精神复活，一方面实现自己的理想——做中国未来的易卜生。

田汉在妻子死后三年写了《苏州夜话》，剧本主要表现了主人公刘叔康失落爱人之后的孤寂，企盼爱的慰藉而受到挫折的苦闷，以及对往昔情感的追悔及愧疚之情。剧中妻子的悲剧虽然与军阀战争有着直接的联系，但也与主人公自身有一定的关联。当年，他对妻子关心不够，没能很好地担当起保护妻女的责任，因此，他感到痛悔不已，产生了深深自责和内疚。这正是田汉在妻子易漱瑜死后，围绕着他的心灵阴影。

田汉早期未完成的剧作《黄花岗》也寄托着田汉对亡妻易漱瑜的思念之情。

《黄花岗》原打算写五幕，写完两幕。第一幕分为两场，第一场为“福建闽县后街林觉民家”，主要出场人物有林觉民，其妻陈意映，友人刘元栋等。林觉民刚从日本归来，他的异常举动及伤感情绪让妻子陈意映忧虑不安，他和刘元栋关于“义举”的谈话又被陈意映听到一些。最终，陈意映从刘元栋那里知道了他们要在广州起事的消息。第二场场景移为“冯超攘的卑陋之家”，主要出场人物为冯超攘及其妻冯夫人、其父冯翁，及第一场中的林觉民和刘元栋。林、刘二人邀冯参加起义，见其家庭贫病如此于心不忍，但冯翁的一席话坚定了他们革命的信念。第二幕为“3月27晚”，“香港滨江某公离”内。包括林、刘、冯在内的一群革命党人痛骂贪得无厌的外国侵略者及其走狗腐败无能的满清政府，并为起义做最后的准备。

就大致情节而言，《黄花岗》是一部很规整的历史剧，写出了七十二烈士“知其不可为而为的精神”，他们甘愿流出“最贤者的血”，“同葬一丘”，“以警醒同胞迷蒙”，田汉并未改变黄花岗起义这一事件本身的历史样貌。但仔细阅读《黄花岗》剧本，不难发现一些细节或隐或显地泄露了剧作者写作时的个人感情。其中，最明显的莫过于弥漫全剧的深重的死亡意识，“死”成为剧中的一个典型词汇：

林觉民：“我死之后，我的灵魂也要伴着她（指陈意映—引者）。”

陈意映转述林觉民的话：“意映，你小心地望着这朵梅花，这朵花要是落了，他也就死了。”

陈意映：“……我决心和意洞共命运，你们什么时候动身到广州请千万带我同去。”

冯翁：“……大约是要听得你们成功的消息才死，就是万一不幸，听得他的儿子和朋友们为自由而死，他也瞑目。”

在《〈黄花岗〉小序》中，田汉写道，“我毕竟得哭她，得葬她，得为她以泪洗面”，剧中书写的“哭”“眼泪”“死”也正是他此时生活状态的真实写照。《黄花岗》剧中林觉民和陈意映的情意绵绵、生离死别的情景，对于刚刚失去爱妻的田汉可以说是感同身受，他完全能体会出那种撕心裂肺的痛楚。从剧中浓重的死亡气息，爱妻决意为丈夫殉情的冲动，在某种程度上也可以看出易漱瑜去世后他的心灰意懒。易漱瑜对于田汉的意义，正与陈意映对于林觉民的意义相当，甚至比他们之间的感情还要深厚。田汉在剧本中写下“意映卿卿如晤：我现在写这封信来和你告最后的别了。我写这封信的时候，还是阳间的一个人，可是等到你看这封信的时候，我已经是阴间的一个鬼了。我写这封信时眼泪和笔墨同时落下来……”自然想到易漱瑜“已经是阴间的一个鬼了”。田汉在描写黄花岗这一历史事件时，把林觉民和陈意映之间的感情戏抒写得如此缠绵悱恻，不可能只是忠实地记述历史，必定是把自己失去爱妻的个人体验融入了正在创作的这部史剧当中。《黄花岗》的创作，还寄托着田汉对舅父易象的缅怀之情。剧本对林觉民、刘元栋、冯超骧等革命志士知其不可为而为、慷慨赴义的牺牲精神的刻画，未尝没有舅父易象的英姿。[①]

二

易漱瑜在临终前，将自己的同窗好友黄大琳介绍给田汉，希望他们能结婚，

① 田野：《〈黄花岗〉：田汉“未完成的杰作”——解析田汉早期的寄情之作》，《戏剧文学》2013年第9期。

让黄大琳照顾孩子。

黄大琳，湖南长沙东乡人，其祖父黄彝凯曾积极参与变法维新。“戊戌变法”失败后，黄彝凯在江宁任上中毒而亡，幸好其夫人曹氏饱读经书，于果梨镇作蒙童馆长，又靠着祖上遗产，勉强维持一家八口人的生计。1907年，曹氏携长孙女黄大琳投奔时任吉林提学使的弟弟曹广祯。在吉林幼稚园，黄大琳遇上易漱瑜。因皆是长沙东乡人，又异乡相聚，两人自然格外亲密友爱。正如田汉在1927年5月30日出版的《良友》画报所说：易漱瑜和一个叫黄大琳的最要好，寝则同席，游则同行，甚至洗脸也各自拉着毛巾的一端洗开了。易漱瑜比大琳大两岁，她像姐姐一样爱护黄大琳。1912年，易漱瑜与父亲易象回长沙。临别之际，黄大琳拖住易漱瑜的双手久久不肯松开，两人潸然泪下，盼望日后再相聚。

1916年，黄大琳在长沙乡下读书，当获悉易漱瑜在周南女校读书，即央求父亲将其转学至周南女校附小六年级就读。两人虽不同班级，却同住一寝室。黄大琳在学习上若有困惑，易漱瑜及时解疑析问，她还经常帮助黄大琳整理内务。两人在一起度过了三年的快乐时光，后来易漱瑜为了与田汉的爱情远赴日本，还经常写信给黄大琳，嘱咐在刻苦学习的同时，也应多注意体育锻炼。

1924年深秋，易漱瑜因病回到长沙，在黄衍仁（黄大琳的堂叔）家里小住时，两人才又相见。此时黄大琳在长沙第一女子师范临近毕业，功课繁多，她依然经常买水果及中药去看望易漱瑜。田汉将妻子送回锅底塘乡下后，黄大琳数次写信及贺卡安慰她，易漱瑜很是感动。她在病危时，回想与黄大琳多年的交往与友谊，深信黄大琳定能代她照顾好田汉，也能胜任稚儿“海男”的新妈妈。易漱瑜对田汉说了心里话：“黄大琳是我的好朋友，我和她数度同学，情如姐妹，你要是能同她结婚，她会照顾好我的孩子。”田汉有些犹豫，但看到妻子眼里充满恳求和希冀，终于回答：“漱瑜，我听你的。”

易漱瑜病故后，田汉不忘爱妻的遗愿，将易漱瑜病故前后的情况告诉黄大琳，还把易漱瑜的部分遗物及他所作十首悼词相赠。通过数次交流，黄大琳的形象在田汉的脑海里逐渐清晰明朗，继而成了可以替代爱妻的幻影。田汉的母亲易克勤和表舅蒋寿世通过几次与黄大琳的接触，也对她留下了良好的印象。田汉任教第一师范后，曾与黄大琳有一次长谈，田汉叙述了他与易漱瑜勇往直前、忠实而热烈的爱情生活，黄大琳听后很是感动，对田汉文学戏剧方面的抱负亦极为折服。此后，黄大琳主动与田汉交往，并买来食品、玩具给易漱瑜的儿子海男，还经常抱海男外出散步，将纯真热烈的爱表示给田汉。

1926年5月，黄大琳与毕业班的其他同学在校长徐特立的安排下赴江浙一带参观。临行前她收到田汉送来的一张照片和七律一首：

永好何须悲小别，但常写信慰相思。
身虽属我难同走，心自随君任所之。
车上舟中宜卫体，山头湖畔好寻诗。
故交若问年来事，为道沉雄胜昔时。

1926年秋天，黄大琳从城区第四国民小学调到第一师范附小任教。寒假，黄大琳收到田汉盼望她早日去上海与其完婚的信函。黄大琳怀着对未来美好的憧憬，决定启程去上海。1927年农历正月十八日，在爆竹声中，田汉与黄大琳举行了婚礼。当时，欧阳予倩夫妇、吴家瑾夫妇、唐槐秋、郁达夫、徐悲鸿等文化名人皆来祝贺。

可是，度过了一段平凡的家庭生活后，婚前被掩盖的差异逐渐暴露出来，他们发现彼此是缺乏深刻了解的，他们的性情、知识、视界都相差甚远，对生活的追求也不一致。黄大琳是个生活型的女性，她看重舒适的、安逸的小家庭，对田汉所从事的文学事业也不太理解，也没有共同的语言。在这样的情况下，他们婚后生活的温度自然迅速下降，出现感情危机也就不可避免。在田汉的恋情中，黄大琳不过是一个过渡人物。他在给日本友人村松梢风的信中说："妻子去世后又有了恋人，可是无论如何没有以前的滋味。我深切地感到人生的春天只有一次。"①

与此同时，田汉开始和一位远在新加坡的女教师林维中有了联系，彼此通信3

① 田汉：《致松村梢风》，《田汉全集》第20卷，花山文艺出版社2000年版，第40页。

年。林维中因逃婚而出走南洋，1925年，她偶然在刊物上读到了田汉在丧妻悲痛中写的散文《从悲哀的国里来》，被深深打动。林维中风姿绰约，一直想找一位有文化的丈夫，“这不正是我要选择的爱人吗？”她大胆地给田汉写了一封信，坦承自己的爱慕之情。就这样，再婚一年的田汉与林维中凭着传递信件和照片，感情一发不可收拾。田汉天性浪漫，他在给日本作家谷崎润一郎的信中写道：“怀念着旧的，又憧憬着新的，捉牢这一个，又舍不得丢那一个。于是，我成了暴风雨中的小舟，只好让它漂流，让它颠簸，毫不能勇猛地向着某一个目标疾驶迈进了。”

图6-5 田汉与林维中

1928年夏天，林维中利用暑假回了上海，与田汉见面。她听说田汉办学没钱，立即把自己积攒下的500元交给了田汉，支持他的事业。1929年新年刚过，田汉率领南国社去广州公演。繁忙中，田汉还是在一个月内给林维中写了7封信，热恋之情可见一斑。这时，他已决定与黄大琳分手，娶林维中为妻。

黄大琳此时寓居厦门。田汉要去广东，与洪深先行乘船经厦门时，但见水天相接处云山一线，波涛如白马奔腾而来，波光山影中田汉仿佛见到黄大琳凄然而立，感慨之余遂书“忆秦娥”寄大琳：

波光媚，波头翻白波水翠。波水翠，中间飞动，海鸥三四。云山一带横如臂，凝眸忽坠离人泪。离人泪，化成文字，数行遥寄。

诗人自注曰：“时大琳旅寓厦门，邮船过其地不停，但见水天接处云山一线，波头如白马奔腾而来，波光山影中仿佛见她凄然而立也。”[①]这条注释与原词正交相印证。田汉青年时期为情所累，与他这种藕断丝连、任性寡断的性格气质有着很大的关系。这种偏于阴柔的艺术个性，直接孕育了他那些婉约缠绵的情诗挽辞。这阕《忆秦娥》，置之《淮海词》《漱玉词》中，庶几可以乱真。

在厦门沙滩上漫步的黄大琳面对无边的大海，胸臆已清静许多。林维中对爱情的执着以及对田汉苦苦支撑的“南国”艺术事业的理解与支持，使黄大琳认定林维中实是田汉理想中的最佳伴侣，虽然心底深处还有一股悲怆的苦味，但黄大琳回到上海后，还是心平气和地向田汉提出分手，并希望田汉帮助她赴日本留学。当时田汉双眼有些湿润，半晌无语只是紧紧握住黄大琳的双手。

不久，田汉和黄大琳的婚姻宣告结束，他们不但友好分手，还专门去照了一张离婚合影。1929年仲冬时际，当黄大琳踏上“长崎丸”海轮时，田汉、洪深、金焰等人来码头送行。田汉送给黄大琳的临别赠言是：

为着我们精神的自由，
为着我们不渝的友谊，
我绝然与你小别了，
亲爱的大琳！

1930年寒假，黄大琳回上海探望堂叔黄衍仁。第二天清晨，田汉闻讯后便匆忙赶到黄大琳下榻的大东旅社。黄大琳万没有料到田汉会来看望她。临别之际，田汉邀请黄大琳一道去家里吃午饭，想到田汉已与林维中结婚，黄大琳婉辞了他的美意，为了不让林维中婚后的生活有一丝阴影，黄大琳在上海仅待了两天就毅然回东京。

1939年5月，黄大琳养病闲住桂林。那日中午，她与两女友在环湖酒店就餐时，巧遇田汉。黄大琳百感交集破例举杯畅饮，田汉豪放也不减当年，纵酒之

① 田汉：《田汉全集》第11卷，花山文艺出版社2000年版，第81页。

余，又乘兴书七言绝句四首相赠：

十年异地重相见，发半星星酒半醒。
各时格树无一语，小楼春语正堪听。

问我人家半不知，长沙非复昔年时。
自成一炬化焦土，墙可行人崖可移。

料来儿女忽成行，且幸扶提自有娘。
忆否无娘儿一个，于今学剑杀东洋。

各有匡时一片心，愈艰难处愈深沉。
峰烟满地春如海，又踏残英别桂林。

第二天《救亡日报》将此文刊登，编者施谊还和诗一首：

沧桑历尽还相见，剑匣长鸣梦正醒。
蒲石豪情犹在目，小楼春风岂堪听。

后来，黄大琳与一位留学生结了婚。

林维中是一位苏州女子。在与黄大琳恋爱与结婚几年中，田汉始终和林维中保持着通信联系，两人情书频繁，倾心相爱。在此期间，林维中还拒绝了她所在的学校校长的求婚，唯有对田汉情有独钟。田汉在1934年撰写的话剧《回春之曲》中所塑造的“梅娘”就是以林维中为原型的。剧中梅娘柔情似水的吟唱：

哥哥你别忘了我呀，
我是你亲爱的梅娘，

我为你违背了爹娘，

离开了遥远的南洋，

你轻轻地弹着吉他，

你对着爱情歌唱；

哥哥你别忘了我呀，

我是你亲爱的梅娘，

你曾坐在我们家的床上，

嚼着那鲜红的槟榔……

再会吧，南洋，

有野生的蔷薇，

有妖小的梅娘……

梅娘如此惹人怜爱，是田汉凝聚了对林维中全部的爱所创造出来的。剧中赞美梅娘是“南洋的一朵野蔷薇，她爱上了你会把生命交给你，一旦欺骗了她，她也会要跟你拼命”。这些话虽是田汉所写，然而似乎也是林维中对田汉所说。

田汉第三次婚姻又重蹈了第二次婚姻悲剧的覆辙。林维中虽然羡慕田汉的才情志向，但对田汉所从事的文学事业并不理解，她无法给田汉提供事业上的帮助，无法成为田汉志同道合的伴侣。田汉自然对林维中的人生目的和生活追求也无法接受，他们从结合一开始就陷入了情感的困惑与矛盾之中。面对不和谐的婚后生活，田汉再一次对自己的婚姻产生了动摇。这种动摇还主要来自他和林维中结合之前结识的一位浪漫、热情而又豪爽的“红色女郎”安娥。

三

安娥，原名张式沅，1905年出生于河北省原获鹿县范谈村（今石家庄市长安区），现代著名作曲家。父亲张良弼，前清举人，曾公派日本留学，回国后创办直隶实业补习学堂（后改为直隶甲种工业学校，现为河北纺织工业学校），是河北近

图6-6　上海时期的田汉与安娥

代史上的教育先驱，辛亥革命后任众议院议员、国会议员。1923年，安娥18岁考入北京国立美专西画系。1925年加入中国共产党，从事过工人运动。她的父亲不赞成安娥走上共产革命道路，发表声明“从此不再有这个女儿”。1927年，安娥受党的委派赴苏联学习，1929年回国，在上海从事地下工作。在南国社社员左明的陪同和介绍下，来到南国社，同田汉相识。当安娥将她的小说——《莫斯科》交给田汉的时候，田汉被震惊了。田汉想不到，这位年仅二十四五，周身萦绕着革命热情，并具姣好面容和典雅气质的女子，竟然有那么丰富的阅历，还竟然能如此颇具力度地把握时代潮流，文字表达和艺术感觉也都不错，他兴奋了、感动了，马上签发了这十万余字小说，在《南国》月刊连载发表。

当时，中共文委正积极争取田汉，安娥作为党对他的联系人之一，就主动热情地参与到各项艺术活动中去；俩人频繁的接触和交流，急剧地增添了彼此的仰慕之心和爱恋之情。在田汉看来，这才是他理想的女性。他们不仅在思想上有共同语言，而且在事业上也有共同志向。于是，他们很快热烈相爱而同居。然而，相恋中的安娥和田汉，到底没法形成婚姻关系。田汉是个多情种，又曾受西方“情人制”影响，视婚姻为一条套在脖子上的“绳索”；自从易漱渝病故后，他对女人的心，总在“漂流”。他既钟情于安娥的思想、才情和美丽，但又无法忘情于林维中对他的痴情和相助。为遵守对林维中的承诺，当时南国社又处于“被封”的困境，田汉居然请求安娥帮他安排他与林女士的结婚用房，而全然不顾安娥的感受。田汉和林维中于1931年年初成亲。

安娥跌入了感情的深渊！她矛盾、痛苦，一方面期盼生命能自由地绽放，同田汉的生命之交能有个瓜熟蒂落的结果；另一方面她则不敢忘怀自己身负的社会责任，必须从感情泥潭中挣脱出来。她只得含着自我悲悯的心绪，去完成田汉的请求，甚至还对林维中说：“我不要家，不要丈夫，你和他结婚吧。”

安娥虽然已怀有身孕，但也只好和田汉痛苦分离。田汉虽然与安娥分手，但安娥对他这一时期的创作的影响却是巨大的。从20年代初的《梵峨嶙与蔷薇））开始，直到20年代末的《南归》，田汉的戏剧题材大都局限在婚姻家庭这一范围之内，以“唯美主义”的视角，去反复抒发孤独感，情调总是感伤的。这种孤独与感伤的感情贯穿了20年代他的整整一个创作阶段，不论是剧作家本人置身于婚恋幸福之中还是遭逢婚恋的不幸。到了20年代末，田汉的戏剧题材开始向社会问题倾斜，不论是创作思想还是表现手法逐渐向左翼文学靠拢，突出了戏剧创作的革命性。在《江村小景》《孙中山之死》《第五号病室》《火之跳舞》这些剧作中，田汉开始对“唯美主义”进行否定与背离，作品中的感伤孤独的情绪也逐渐消失。可以说，安娥的出现，给他的戏剧创作指明新的方向，与安娥相爱，使他靠近了党的领导。这无疑是田汉“转向”的主要原因之一。所以，在安娥的影响下，很大程度上促使田汉发表了《我们的自己批判》，检讨自己戏剧创作和戏剧运动中存在的问题，表示向无产阶级“转向”。

1931年8月，田汉和安娥的儿子——修儿（即田大畏）出生。11月，安娥出于多方面考虑，主要是为了孩子免遭他人的欺辱，决定将儿子带回老家去，请求母亲代为抚养。安娥即将北归，田汉心头涌起了脉脉幽凉：“我时常地皱着眉头，／我火山似的热情，／找不着喷火口，／你也是皱着眉头，／你把那一切的一切／当做一杯毒酒，／你不愿再喝了，你抽身就走。”他称1931年的秋天，是个“不堪回首”之秋。

田汉改编了列夫·托尔斯泰的小说《复活》，取得了较大的成功，此剧渗透着作者这一时期个人情感生活的苦痛与煎熬。安娥的愤然离去，给田汉造成了很深的精神创伤，他感到自己对不起安娥。在苦闷的自责和愧疚中他产生改编《复活》的想法，于是，他通过男主人公聂赫留道夫的自责、愧疚和要求女主人公的宽恕，发泄了自己内心深处的郁积。所以，“一定程度上，改编本《复活》，是田汉一段时期爱情生活的《忏悔录》。它是田汉生活中无法逃避与处理的现实困境的再次折射。因此，这个令人心碎泪冷的爱情故事被表现得格外动人，真诚的忏悔、复活的热情、得救的灵魂与阵痛后的新生，写得极其饱满酣畅，生动细腻。

这不是一般的改编，而是一次注入了田汉全部热情的创造。”①

1933年初，安娥返回上海。在保定时，她曾对侄子张正铭说过，回上海后，“将以歌曲唤起群众”。她投身到革命歌咏运动中，却对田汉撒谎说：“孩子死了。”正是在这样的背景下，安娥痛苦地接受了田汉好友——任光的求爱。他俩合作了以《渔光曲》《打回老家去》等为代表的一大批优秀抒情歌曲和抗日歌曲，《任光歌曲选》中21首歌曲由安娥作词。尤其电影《渔光曲》在莫斯科影展中获奖、插曲《渔光曲》得以轰动和流传后，安娥随之名声大震。

1935年2月，田汉在上海大搜捕中被捕，在南京监狱里，当田汉听到《渔光曲》歌声的时候，他不禁作诗《狱中怀安娥》：“君应爱极翻成恨，我亦柔中颇有刚。欲待相忘怎忘得，声声新曲唱渔光。”安娥所作的歌曲是那样的声情并茂而具民族性，其灵性和诗情令田汉非常钦羡和佩服。

安娥和任光，尽管在音乐中彼此拥抱，从表面看，俩人事业上合作成功，生活上也较为安稳和优裕，像是美满的一对，但在灵魂深处却难以真正地亲近。安娥还是冲破舆论压力，同任光分手，资助他去法国学习。

图6-7　田汉与安娥合照

1937年冬天，随着中国军队撤出上海前线，田汉也离开了上海，准备到内地从事抗日宣传工作。不料在赴南京的轮船上，意外地遇上了安娥。安娥告诉田汉，“孩子尚在，而且也长得很高了”；田汉为之激动不已，爱火重新燃起。董健的《田汉传》，依据田汉自述性文字《告白和自卫》，将他俩爱情复活的地点，定格在浏阳河对面的一座山上，并配之田汉小诗《过浏阳》中“云高风急一舒眼，茶花插得满头归”诗句，让田汉手持一束茶花，安娥头上插满茶花，“诗化”他俩爱情的瑰丽和狂放。共同的理想，深厚的感情基础，又使他们走到了一起，重新开始了相爱同居的生活。

① 田本相、吴戈、宋宝珍：《田汉评传》，重庆出版社1998年版，第223页。

田汉同安娥的相会，终于引来一场情场交战。林维中不顾一切地在田汉、安娥出入的地方大吵大闹，如田汉所言“一闹张家花园（“文协”所在地），再“闹两路口车站”，致使他丢尽脸面被社会所取笑。本来，田汉对两个女人都是有感情、有缘分的，何况她俩都生下了自己的骨肉。现在林维中如此市井气，如此撒泼，他一怒之下，写了封信，提出要同她离婚。郭沫若先看到此信，怕事情闹大，不利于田汉，就把信压了下来。安娥在这次冲突中，基本上是绕着走，尽可能地不主动接触田汉。

林维中愤怒至极，她坚决地要把田汉从安娥手里夺回来，即使夺不回来，也要来个鱼死网破，闹它个人仰马翻。她一边去到安娥住处侵扰，“挖窗窥洞，无所不至”，甚至还贴传单进行谩骂；一边就在田汉、安娥出席的会议上施计，如在会场外的墙壁上大贴其传单。田汉终于请林女士开价，以了结这段已经撕裂了的夫妻关系。林女士得到钱后，仍不承认离婚协议，将“赡养费”篡改为“生活费”；她或继续加码要钱，或追往上海，以田汉夫人名义投书《世界晨报》《新闻报》，继续攻击田汉、安娥，甚至跑到田汉住处，毁坏田汉纱窗、书桌、文稿、藏书、友人赠品等，使田汉受尽折磨，忍无可忍。

1947年12月，田汉、安娥应台湾泰山影片公司之邀赴台访问，女儿田玛俐也随父亲同行，林维中也尾随而来，并在台湾掀起更大风浪。她以《一封公开信》和《驳安娥》两文投书台湾《新生报》。田汉在公共汽车上读到了它们，被激怒了，感到林维中是要“毁灭”他，他不能不予以回击，以“正社会的视听”。于是，他以万字的《告白和自卫》，向公众公开了自己同林维中关系恶化的经过，并向林维中提出了从“自私”泥潭中拔将出来的劝告。

安娥在台湾未作回应，回到上海后，应上海《新民报》的专访，才谈了对这类事情的看法。她以为，爱情须建立在合法生活上面，无法争得；或许可以争得一个人的躯壳，却难以得到“一个人全心全意的爱情”。为之，要争、要吵，一定要有原则，不宜无理取闹。接着，安娥还谈及爱情和婚姻的关系。基于封建社会女子对婚姻的依附性，她认为女子倘若依靠婚姻去取得合法地位和生活资源的话，那么，她是“非常可怜”的。男女之间的结合，重要的是“基于爱情”；至于形式，“同居也好，结婚也好，有什么关系呢？”有人企图用结婚这一形式，来作为爱情的保障，那也是不可能的。

图6-8　田汉与安娥的雕塑

从此，田汉在革命文学的大道上与安娥并肩前行。1947年，终于写出了他“转向”以后最成功的一部力作《丽人行》。《丽人行》反映的是抗日战争时期，在日本帝国主义侵占下的上海，血泪斑斑并充满愤怒和反抗的生活图景。作者描写了三个不同阶层女性所经历的曲折生活道路，其中李新群的形象，隐含着安娥的身影。李新群和安娥一样是一位热情干练的“红色女郎”，她有着崇高的理想，同丈夫孟南日夜艰辛地为革命而工作着。在党的领导下，她积极创办学校，印传单，印文件，面对特务的搜查，她机智勇敢，沉着冷静，表现了她对党的事业的忠诚。她助人为乐，积极帮助身受敌伪凌辱的刘金妹走出绝境，热心说服梁若英摆脱资产阶级的生活，使她们最终走上党所领导的革命道路，为民族而战，为正义而战，创造一个美好的明天。李新群的形象可亲可敬，具有很强的艺术感染力，在她身上，寄托着作者一种崇高的情感，蕴藏着作者对安娥的一种感激之情。

1948年，安娥和田汉同赴解放区。战乱、纷争、婚变，安娥与田汉在历经20年风风雨雨后，1948年前后组建了一个革命家庭，终于厮守在一起。他们在创作上的相互帮助，成就了中国现当代文坛的一段佳话。中华人民共和国成立后，安娥将田汉创作的16场京剧剧本《白蛇传》改编为11场地方剧本；将田汉27场京剧剧本《情探》改写为9场越剧剧本；还将田汉整理加工的湘剧高腔剧本《追鱼》改写成越剧。田汉为安娥的诗剧《高粱红了》作序，为安娥的报告文学《五月榴花照眼明》润饰文字，修改安娥的戏曲剧本《新纺棉花》。

从1949年至1954年，安娥与田汉依旧过着独立的“宿舍生活”，没有称为“家”的住所，各忙各的。1954年，虽然有了共同的宿舍，但他们仍是聚少离多。1956年，安娥在郑州观摩豫剧演出时突然病倒，中风不语，半身瘫痪。田汉始终鼓励安娥别泄气，同病魔做斗争。“文革”当中，田汉被批斗，1968年12月10日在301医院去世，直到1979年才被平反。1976年8月18日，安娥谢世于北京隆福医院。

参考文献与阅读书目

田汉：《田汉全集》，花山文艺出版社2000年版。

董健：《田汉传》，北京十月文艺出版社1996年版。

田本相、吴戈、宋宝珍：《田汉评传》，重庆出版社1998年版。

李辉：《田汉：狂飙中落叶翻飞》，大象出版社2002年版。

李遇春：《中国当代旧体诗词论稿》，华中师范大学出版社2010年版。

闵建国：《田汉的婚恋对其戏剧创作“转向”前后的影响》，《新文学史料》2004年第1期。

田野：《〈黄花岗〉：田汉“未完成的杰作”——解析田汉早期的寄情之作》，《戏剧文学》2013年第9期。

七、老舍：把恋爱作为副笔

图7-1　青年老舍

老舍的作品，多把恋爱当副笔，这是作家自己和研究者都认识到的情况。老舍曾说：

> 最危险的地方是那些恋爱的穿插，它们极容易使《二马》成为《留东外史》一类的东西。可是我在一动笔时就留着神，设法使这些地方都有成为揭露人物性格与民族成见的机会，不准恋爱情节自由的展动。这是我很会办的事，在我的作品中差不多老是把恋爱作为副笔，而把另一些东西摆在正面。这个办法的好处是把我从三角恋爱四角恋爱小说中救出来，它的坏处是使我老不敢放胆写这个人生最大的问题——两性间的问题。我一方面在思想上失之平凡，另一方面又在题材上不敢摸这个禁果，所以我的作品即使在结构文字上有可观，可是总走不上那伟大之路。三角恋爱永不失为好题目，写得好还是好。像我这样一碰即走，对打八卦拳倒许是好办法，对写小说它使我轻浮，激不起心灵的震颤。[①]

① 老舍：《我怎样写〈二马〉》，《老舍文集》第15卷，人民文学出版社1989年版，第173页。

老舍为什么“老是把恋爱作为副笔”呢？从上面这段话可以看出，一是因老舍有意识地“留着神”，“不准”恋爱情节自由展动；二是因老舍“在题材上不敢摸这个禁果”。郭沫若、郁达夫等人在创作时几乎是把自己的情事直接写进去，老舍为何“不敢”触摸这个题材呢？这实际上反映了其深层意识。这与他的情感经历尤其是初恋有着重要关联，也使得他在人生重要关头理性选择，不像徐志摩、郁达夫等人激情浪漫。

一

老舍，原名舒庆春，1899年2月3日（农历腊月二十三，送灶的日子）出生于北京新街口南大街小羊圈胡同，一个满族正红旗贫民家中。父亲舒永寿1900年8月阵亡于同八国联军的交战中，家庭全靠母亲马氏辛苦操劳支撑，生活艰辛。老舍晚年曾赋诗：“我昔生忧患，愁长记忆新；童年习冻饿，壮岁饱酸辛。”

直到九岁时，老舍才因善人刘寿绵大叔的资助进私塾读书。刘大叔“是个极富的人”，一生做慈善事业，“他的宅子有两个大院子，院中几十间房屋都是出廊的。院后，还有一座相当大的花园。宅子的左右前后全是他的房屋，若是把那些房子齐齐的排起来，可以占半条大街。此外，他还有几处铺店。每逢我去，他必招呼我吃饭，或给我一些我没有看见过的点心。他绝不以我为一个苦孩子而冷淡我，他是阔大爷，但是他不以富傲人。”到老舍上中学的时候，刘大叔因做慈善和被人骗，“已一贫如洗，什么财产也没有了”。老舍后来回忆说，“没有他，我也许一辈子也不会入学读书。没有他，我也许永远想不起帮助别人有什么乐趣与意义”[①]。

老舍上中学时，就在帮刘寿绵办学校和慈善事业，学校在刘寿绵家的西跨院。刘大叔有个女儿，比老舍大一岁，师范学校毕业，也在这里义务做教师。刘小姐温柔、娴静，随着接触增多，两人的感情一天天加深，大概在17岁的时候，

① 老舍：《宗月大师》，舒济编《老舍散文集》，百花文艺出版社1984年版。

图7-2　宗月大师

已经萌生了爱意。可是老舍因对刘大叔心存感激，又因刘小姐家门第比自家高，性格要强、内向的老舍自不肯表白；刘小姐更不会主动提出。

1921年，母亲给23岁的老舍定了亲事。老舍"既非要作个新人物不可，又恐太伤了母亲的心"[①]，为此左右为难，大病一场。老舍后来在谈《唐代爱情小说》时说："要是我们有勇气，可以反抗父母，然而谁敢违抗至高无上的命运呢？因此，我们看见的这种消极的逆来顺受的服从，与其说是服从专制的父母，不如说是服从命运更恰当。"老舍抗拒了母亲的包办，却屈从了命运，没有向刘家提亲。

1924年老舍去英国之前，刘大叔的儿子死了。而后，刘大叔出家为僧，法号宗月大师，夫人与女儿刘小姐也入庵为尼。这段初恋（严格来说是单恋）、失恋以及恋人的悲惨遭遇郁结在老舍心灵深处，成为他创作的材料。这段情感经历也影响了老舍对爱情与婚姻的看法。

老舍的第一部小说《老张的哲学》暴露社会弊端尤其是教育领域的腐败现象，同时又以王德与李静、李应与龙凤两对青年的爱情悲剧，揭露了悲剧制造者老张的罪行。老舍在描写这两对青年男女的爱情时，用充满情感的笔调突出了王德对李静的爱情追求。王德向李静面述衷肠时，将梦里说过的千万遍的话一下子倾吐出来，"静姐！我爱你，我爱你！"他拉着李静的手，央求李静接受他的爱。"我爱你！我死，假如你不答应我！"他们内心的爱情化为激动的泪水，他们用握在一处的手擦泪。甚至王德走后，李静"从镜子里，不知不觉的抬起自己的手吻了一吻，她的手上有他的泪珠"。这里描绘的王德与李静的爱以及他们表达爱情的独特方式，分明留下了老舍早年初恋刘小姐的情景。老舍用非常简短的笔墨描绘李静的外貌，"她轻轻的两道眉，圆圆的一张脸，两只眼睛分外明润，显出沉静清

① 老舍：《小型的复活》，《老舍文集》第14卷，人民文学出版社1989年版，第106页。

秀”，这正符合刘小姐的特征。

这段初恋让老舍铭记至深，多年都未谈恋爱。还以刘小姐为原型，塑造了几位女性形象。老舍小说中的女性形象可分为四类：一是源于母亲、大姐的贤妻良母型，二是源于姑母、大姐婆婆的悍妇型，三是源于初恋刘小姐的沦落风尘型，四是源于妻子胡絜青和红颜知己赵清阁的新女性型。刘小姐为原型的人物有前述《老张的哲学》中的李静、《微神》《月牙儿》中的女主人公等。

《微神》于1933年10月发表在《文学杂志》上，于1934年9月收录在老舍出版的第一部短篇小说集《赶集》中。《微神》以第一人称的方式讲述了一段初恋悲剧，就像经典的爱情故事一样，男女主人公虽身份悬殊，但青梅竹马，在共同成长的日子里暗生情愫。然而世事突变，女子家道中落，男主人公又远下南洋，女子走投无路沦落风尘。多年后，男子回国欲与初恋情人结百年之好，但女子不愿以被玷污之身嫁给情郎，就毅然赴死，只在他心中留下一个美丽纯洁的“过往身影”。小说中运用了象征手法，“小绿拖鞋”反复出现了七次，它引起“我”的回忆，唤起“我”的情感，永久地留在“我”的心灵中，作者对它也几乎到了顶礼膜拜的地步。这双属于“她”的小绿拖鞋，它反反复复在文中得以出现，是因为它象征着作者心中永恒纯真的青春和爱情。

据老舍的挚友罗常培回忆：

> 假若我再泄露一个秘密，那么，我还可以告诉你，他后来所写的《微神》，就是他自己初恋的影儿。……有一晚我从骡马市赶回北城。路过教育会想进去看看他，顺便也叫车夫歇歇腿，恰巧他有写给我的一封信还没有发，信里有一首咏梅花诗，字里行间表现着内心的苦闷。……从这首诗谈起，他告诉了我儿时所眷恋的对象和当时情感动荡的状况。我还一度自告奋勇地去伐柯，到了儿因为那位小姐的父亲当了和尚，累得女儿也做了带发修行的优波夷（女居士的梵文音译）！以致这段姻缘未能缔结……[1]

① 罗常培：《我与老舍》，昆明《扫荡》副刊1944年第4期，1944年4月19日。

在《微神》完笔四年之后，老舍写了一篇散文《无题〈因为没有故事〉》，对那次初恋和曾经深深爱过的姑娘又作了一番动人的描述。在这篇文章里，全都是他的亲身经历与内心感受，已没有任何虚构："对了，我记得她的眼。她死了好多年了，她的眼还活着，在我的心里。这对眼睛替我看守着爱情。当我忙得忘了许多事，甚至于忘了她，这两只眼会忽然在一朵云中，或一江水里，或一瓣花上，或一线光中，轻轻的一闪，像归燕的翅儿，只须一闪，我便感到无限的春光。我立刻就回到那梦境中，哪一件小事都凄凉，甜美，如同独自在春月下踏着落花。"作者没有用笔墨去描绘女方的美貌，而是抓住最能表达初恋情感的眼睛和眼神，抒写了"我"对"她"永生的爱恋。他们分离多年了"她还是那么秀美，那么多情"，"在我的梦中，我常常看见她，一个甜美的梦是最真实，最纯洁，最完美的"。①

图7-3 老舍《微神》

早年这段凄美的爱情深深影响了老舍，其小说中的女性大都有刘小姐的身影：男女相爱，女方或失意，或沦落风尘，或过早夭亡，而他笔下的年轻妓女如小福子、月牙儿等，也都读过书，或做过小学教员。老舍笔下的理想女性大都是悲剧结局：或死亡，或沦为妓女。老舍以人文关怀和怜悯、同情的笔调去书写这些女性的人生悲剧。

二

与刘小姐的初恋悲剧深深影响了老舍，他迟迟没有谈婚论嫁。1930年，老舍回国，已经31岁了，老母亲为他的婚事常急得睡不着觉。老舍此时已经发表了三

① 老舍：《老舍自传》，江苏文艺出版社1995年版，第22、24页。

部长篇小说，小有名气，7月7日，应邀到北京师范大学作题为《论创作》的报告。前来邀请老舍的，正是胡絜青。

胡絜青，1905年出生于一个满族旗人家庭，自小喜爱美术和文学。1930年，胡絜青正在北师大读书，差一年毕业，虚龄26岁，爱好新文艺，和同学一起组织了一个叫“真社”的文学团体。他们听说老舍从国外回来，而且要去拜访师大教务长白涤洲，于是以“真社”名义发出邀请来校讲演。老舍痛快地答应了下来。

图7-4　老舍与胡絜青结婚照

胡絜青回到家，老母就问她老舍是个什么样的人。胡絜青很奇怪，平素老太太很保守，连大学都不乐意女儿去上，常叮嘱女儿别和男生来往，这次反常了。原来老太太见她26了，是个“老姑娘”了，生怕耽误了终身大事，早托了她哥哥的朋友罗常培给留意物色个女婿。罗常培一口答应，想到了从小一起长大的老舍。在罗常培看来，老舍和胡絜青两人性情、爱好很接近，两人很般配，就把这个想法对胡老太太讲了。因此，当老太太得知女儿去邀请老舍演讲时，自然免不了向女儿打听老舍。

老舍原本没想过结婚的事，但朋友们却急了，说：你要是再不结婚，会变成个脾气古怪的人，我们再不理你了！老舍这才丢掉独身思想，同意他们帮自己去找，恰好胡家也来托亲，因此罗常培想都没想便将老舍与胡絜青联系在一起了。

在北师大讲演后，没几天，老舍去了济南齐鲁大学教书，任齐鲁大学国学研究所文学主任兼文学院文学教授。

寒假时老舍回北平，朋友们为老舍接风。在罗常培的安排下，胡絜青每次也在受请之列，两个人算是在一起吃了几顿饭。几次下来，彼此也就意识到那么回事了。他们先是互相观察着对方，下意识地提防着什么，双方都很拘谨。渐渐地，从对方的一个眼神，一个动作，一句话，悟到了对方的思绪，感到了对方越来越强的吸引力。最后只剩下一层薄薄的纸。老舍虽认为历来这种事情总该是男人先张口，况且自己年长几岁，又留过洋，也见过不少外国人那种火热、奔放的爱情方式，但他下了无数次决心，还是吐不出口，最后拿起了笔："饭，我们是吃了，酒，我们也喝了，再往下我们还要见面，不能总靠吃人家饭来见面吧。我们心里话很多，有的当面可以说，而更多的难以说出来，因为要说就要有勇气，而我的勇气只够把那些难以说出的写在纸上……"胡絜青很快就回了信。从此，两人便在济南和北平之间频繁鱼雁往还，交流情感。

据胡絜青回忆："（老舍）回到济南以后，他每天起码给我一封信，有时两三封。"[①]在给胡絜青的信中，老舍曾说："你给我的第一印象，像个日本少女，咱们连吃三顿饭，你不爱吭声，又像个闷嘴葫芦……你我都是满族人，生活习惯一样，这是很便利的条件。你很好学，我对外国名著、外国地理、历史、文学史也很了解，两个人肚子里装了不少东西，有共同语言能生活到一起。"老舍还在信中给未来的妻子特别提出"约法三章"：第一，要能受苦、能吃窝头，如果天天想坐汽车就别找我；第二，要能刻苦，学一门专长；第三，不许吵架，夫妻和和睦睦过日子。老舍还说："我没有欧洲人的习惯，出去时，夫人在前面走，我在后面跟着打伞，我不干。如果心里有气，回家就打太太，我也不干。我愿建立一个互相友爱、和和睦睦的家庭。"[②]这些"情书"，理性的分析说理居多，没什么情话。

图7-5　老舍

1931年夏天，胡絜青从北京师范大学国文系刚一毕业，两人就举行了婚礼。他们按照北京市民传统的风俗习惯，在西单聚贤堂饭庄举办婚礼，宝广林证婚，媒人罗常培和白涤洲以及两家亲朋共有百多位出席了他们的婚礼。胡絜青后来说："我们的婚姻可说是半新不老，既有'父母之命，媒妁之言'，

① 王行之：《老舍夫人谈老舍》，胡挈青编《老舍写作生涯》，百花文艺出版社1981年版，第314页。

② 宋淮生：《老舍与妻"约法三章"》，《语文教学与研究》2006年第27期。

可又都是我们自己同意的，没有半点儿强迫。”[①]婚后，老舍带着胡絜青到济南，一个在大学教书，一个在中学任教。胡絜青操持家务，相夫教子，夫妻琴瑟合鸣，奏起动人的生活交响曲。稳定的家庭生活，结束了老舍颠沛流离的单身岁月，新建的家庭给他以情感的慰藉，使他真切地体会到为人夫、为人父的天伦之乐。到1937年，他们已有了三个孩子，小日子过得平稳舒坦。

1937年9月底，日本入侵山东，局势危急，学生、友人纷纷辞别逃难，老舍也想走，济南一旦失陷，他就有被逼为汉奸的危险。可是三个孩子，一个4岁，一个2岁，一个才3个月，还有老人，怎么走呢？胡絜青理解丈夫，一肩担过来。老舍自述道：“平日，她的胆子并不大。可是，当我要走的那天，铺子关上了门，飞机整天在飞鸣，人心恐慌到极度，她却把泪落在肚中，沉静地给我打点行李。她晓得必须放我走……”不久，胡絜青又带着三个孩子回到北平，以照顾老舍的母亲。直到老舍母亲在北平去世，胡絜青为老人办完丧事，才拖儿带女，跋涉千里，历时50余天，于1943年11月17日，辗转到重庆与老舍团聚。这六年中，胡絜青既要承担侍奉老人、养育幼儿的重担，还要为国为家保全节操，并且忍受丈夫在狼烟四起的烽火岁月中生命朝不保夕的巨大痛苦，这需要多大的勇气和耐力啊。感情轻易不外露的老舍后来回想起爱人的勇敢和坚强，曾激动地说：“假若——呕，我真不敢这样想！——她是那从电影中学得一套虚伪娇贵的妇女，必定要同我出来，在逃难的时候，还穿着高跟鞋，我将怎办呢？……我想念我的妻与儿女，我觉得太对不起她们，可是在无可奈何之中，我感谢她，我必须拼命地去作事，好对得起她。由悬念而自励，一个有欠摩登的妇人，是怎样的能帮助像我这样的人哪！”[②]

图7-6　老舍夫妇与女儿

① 王行之：《老舍夫人谈老舍》，胡挈青编《老舍写作生涯》，百花文艺出版社1981年版，第315页。

② 老舍：《一封信》，胡挈青编《老舍写作生涯》，百花文艺出版社1981年版，第141页。

与老舍团聚后，胡絜青细心介绍了自己与孩子们在北平方方面面的生活，说了两三个月时间，这些鲜活的素材促使老舍排除一切干扰，在北碚小镇开始了近百万字的《四世同堂》的创作。在《四世同堂》中，老舍对韵梅这样传统的家庭妇女以极高的评价："她不只是她，而是中国历史上好的女性的化身——在国破家亡的时候，肯随着男人受苦，以至于随着丈夫去死节殉难！"这里面包含着对夫人胡絜青的由衷赞美。

图7-7　1961年老舍与胡絜青在客厅看画

三

1937年11月20日，老舍抛妻别子，只身奔赴武汉，投入到抗日的洪流中。冯玉祥将军曾经作打油诗一首这样形容老舍先生参加抗战的热忱：

老舍先生到武汉，提只提箱赴国难；

妻子儿女全不顾，蹈汤赴火为抗战！

老舍先生不顾家，提个小箱子撵中华；

满腔热血有如此，全民团结笔生花！

1938年3月27日，中华全国文艺界抗敌协会成立。经投票选举，老舍与郭沫若、茅盾、丁玲、邵力子、冯玉祥、陈铭枢、巴金、张道藩、许地山等45人当选为理事。1938年4月4日"文协"召开第一次理事会，推选出老舍、胡风、郁达夫等15人为常务理事。老舍被各派人士一致推举为总务组组长，对内主持日常会务，对外代表"文协"。从"文协"成立到抗战胜利，老舍连选连任，始终担任总会的领导工作。

图7-8　中华全国文艺界抗敌协会徽章

这个时期，老舍除了担任“文协”领导工作，还致力于抗战通俗文艺的写作，以大鼓词、戏剧等文艺形式支持抗战。他说：“抗战文艺是民族的心声。”“除了抗战国策，抗战文艺不受别人的指挥，除了百姓士兵，它概不伺候。因此，它得把军歌送到军队中，把唱本递给老百姓，把戏剧放在城中与乡下的戏台上。它绝不是抒情自娱，以博同道们欣赏讽读，而是要立竿见影，有利于抗战。”[①]老舍先后写了《残雾》《国家至上》《张自忠》等戏剧，还与赵清阁合作创作话剧，其中《桃李春风》引起轰动。两人在一起的合作与默契，发展出了一段情愫。

图7-9　青年赵清阁

赵清阁1914年5月9日出生于河南信阳城内一个小官僚地主家庭，祖父是清朝举人，当过学官，能吟诗作赋。生母董氏擅诗画，但在赵清阁5岁时即病逝。幼小的她从此成了孤女，被寄养在舅舅家中，开始与表兄妹一起受旧诗书的熏陶，直到8岁时进入省立女师附小念书。女师附小的教员，蒋光慈的夫人宋若瑜给予她极大的帮助，诱导她学习文艺创作。初中毕业后，因不满父亲和继母的包办婚姻，赵清阁在祖母帮助下出走开封，考入河南省艺术高中。16岁时第一次向开封《民报》投稿即被录用，创作热情愈高。此后，她一边在河南《民国日报》当编辑，一边到河南大学旁听，同时还在救济院贫民小学校教书，主编《新河南报》的文艺周刊和《民国日报》的《妇女周刊》，并常给《河南民报》《新河南报》和上海《女子月刊》写文章来发表自己的看法。

1933年，赵清阁考入上海美术专科学校插班，师从既是画家又是作家的倪贻德学习西洋画，勤工俭学。1935年7月毕业，回母校开封艺术高中任教。因撰文被认为有“共产党嫌疑”而入狱半年。出狱后赵清阁再赴上海，被上海女子书店聘为总编辑，担纲《女子月刊》，该杂志业绩不俗，令赵清阁名扬一时，当年她只有22岁。半年后，书店得知赵清阁曾入狱，将其解雇，赵清阁随即又策划出版了

① 老舍：《三年来的文艺运动》，一九四〇年七月七日重庆《大公报》“七七纪念特刊”。

《女子文化》，影响亦较大。1937年，赵清阁随王莹、洪深等在内地宣传抗战，开始写剧本。华中图书公司老板唐性天想出一本与抗战相关的杂志，便找到赵清阁，双方商定推出《弹花》，所谓“弹花”，即“子弹开出的花”。1938年3月15日，《弹花》创刊号在武汉面世，头条是老舍的《我们携起手来》。

赵清阁与老舍是由剧作家胡绍轩牵线认识的，胡绍轩一直在编《文艺》月刊，与作家们往来较多。1938年2月，为了组稿，胡绍轩在武汉一家酒店订了两桌酒席，老舍、穆木天、郁达夫、赵清阁皆在被请之列。这可能是赵清阁与老舍第一次见面，这一年赵清阁24岁，老舍39岁。老舍对《弹花》支持最力，前后发了10篇稿，他曾在为赵清阁的小说、散文集《凤》（华中图书公司1941年2月20日印行）写的序言里写道：“流亡到武汉，我认识了许多位文艺界的朋友，清阁女士是其中的一位，那时候，她正为创刊《弹花》终日奔忙。她很瘦弱，可是非常勇敢，独自办一个刊物已非易事，她还自己写稿子……《弹花》并不能给她饭吃，还须去做事挣来三餐。”《弹花》出了一期后，因武汉战事吃紧，老舍和赵清阁转去重庆。

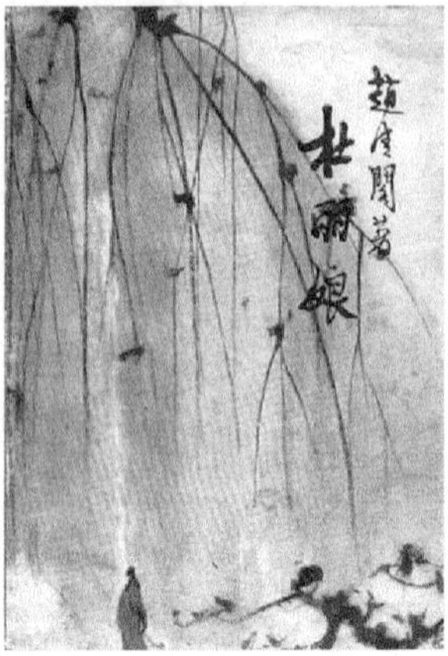

图7-10　赵清阁《杜丽娘》

老舍在重庆，先在林语堂购置的小别墅中与几位作家合住了一段时间。据梁实秋回忆，“房间很小，一床一桌，才可容身。他独自一人，以写作自遣……老舍为人和蔼可亲，平易近人，但是内心却很孤独。”老舍曾戏称他住的房子是“头昏斋”，因营养不良，导致贫血，一低头便天旋地转。后来老舍又将其命名为“多鼠斋”，他写道：“多鼠斋的老鼠不见得比别家更多，也不比别家的少。前天，老鼠在柳条包里、棉袍之上、毛衣之下，又生了一窝。”在这里，老舍写了200多万字文章。

这时，赵清阁正在编“弹花文艺丛书”，找老舍要稿，老舍便写了一个话剧剧本《张自忠》，赵清阁对这个本子很不满意，老舍说：“这时候清阁女士已读完了那个剧本，她又浇了我一场凉水。我说明了写作时所感到的困难，但是并不足以使她谅解。”赵清阁不满意，因老舍当时缺乏戏剧经验。不久，抗战伤残军人萧亦五找老舍合写《虎啸》剧本，老舍马上想到赵清阁，赵清阁本不同意合作编剧，但最终被老舍说服。剧本由萧亦五先想出故事，赵清阁再设计结构，最终由老舍写台词。可惜剧本完成后，反响平平。通过合作，赵清阁对老舍的语言幽默高度认同，双方准备再合写另一部剧《桃李春风》，但工作还没开始，1943年5月，赵清阁便因阑尾炎住院，只能老舍先写好前两幕，送到医院，赵清阁写后两幕。10月，剧本刚完成，老舍也得了阑尾炎，住进医院。《桃李春风》是为纪念教师节而作，颂扬了教育者的气节，该剧上演后引起轰动，国民政府教育局特别奖励1万元。

老舍与赵清阁的合作，一个是年轻的单身女性，一个远离妻儿孑然一身，绯闻一时甚嚣尘上。刘以鬯曾在20世纪70年代所写的《记赵清阁》中说："在抗战时期的重庆，赵清阁的名字常与老舍联系在一起。"此时二人比邻而居，梁实秋说老舍"搬到马路边的一排平房中的一间，我记得那排平房中赵清阁住过其中的另一间"，这在当时被传为"公开同居"。张彦林在《锦心秀女赵清阁》一书中对其当时居住情况有考证：1940年初，赵清阁与表姐杨郁文和沉樱在北碚镇租了汽车站旁新建的两层楼房，沉樱、梁宗岱一家住一楼，赵清阁和杨郁文住二楼。这次搬家，使赵清阁成了老舍的近邻。梁实秋1938年由汉口来到重庆，1939年春天，因日军飞机频繁空袭，梁实秋就从重庆市区移居到郊外的北碚乡野，起初，他寓居在教科书编委会办公室的三楼上，入秋后，他与龚业雅合资购买了一栋平房，共六间，他自己居其两间，就是梁实秋所谓的"雅舍"。他单身一人一住就是五年，直到1944年夏妻子程季淑带着三个孩子长途跋涉与之相会团聚。梁实秋对于老舍的情况应该十分清楚。所以，他在《忆老舍》一文中说："离雅舍不远，有一幢很单薄的小洋房，是林语堂先生的小别墅，他自己住过几个月，没有人看守，就名义上借给了文艺界抗敌协会，实际上林先生自己保留楼上几间正房，楼下由老向（王向辰）一家人居住，楼梯拐角处有一间，由老舍居住。老向和我是编辑委员会（即后来国立编译馆）同事，有一天我去看他，他说：'老舍也搬家了，你要不要去见他？'于是我就去拜访了他。他的房间太小了，一床一桌一椅，别无他物，所以我们寒暄了几句就告辞了。老舍的样子出乎意料的苍老，独自住在那个小屋里，十分凄凉。我很同情他。”文中还说，“他（老舍）在那小楼没住多久，搬到一处租赁的平房，左右邻居有赵清阁、李辰冬二位。”可见，他们当时是邻居，而非“同居”关系。赵清阁在给阳翰笙的信中就曾抱怨道：“尤其是对于女性，做人更难。他会给你造出许多难以容忍的想入非非的谣言。”

应该说，赵清阁是老舍理想的现实生活里的情人，红颜知己，是老舍个人情愫的倾诉对象。男女感情中，通常会在找到自认为合意的人时结缔，但又会在日后遇到更合适的人，而这时因有婚姻家庭致生情感纠葛。赵清阁性格豪爽刚强，阳光洒脱，对于不擅长结交女性的老舍有吸引力，老舍发觉赵清阁是更为理想的伴侣，但中间隔着胡絜青，两人只能是柏拉图式的精神之侣。1943年10月28日，胡絜青携子女抵达重庆；11月17日，他们来到北碚，一家人团聚。赵清阁同时间离开北碚。

关于两人之间的情感，赵清阁曾在《落叶无限愁》中进行过艺术处理。小说叙述了中年知识分子邵环教授，已婚，有两个孩子，但却爱上了才貌双全的画家灿。抗战胜利后，灿悄然而去，留给情人邵环一封“绝交”信，信的内容如下：

> “应该新生的是你们，不是我们！
>
> “所以你要追求真正的新生，必须先把所有旧的陈迹消除了。
>
> “为了这，我决定悄悄地离开你，使你忘了我，才能爱别人，忘了我们的过去，才能复兴你们的未来！
>
> “我不希望你因为我的走而悲伤，更不希望我们会再见。
>
> “就这么诗一般，梦一般地结束了我们的爱情吧：天上人间，没有个不散的筵席！”

邵环看到这封信后，很难过也很不甘，在一个凌晨，他离开重庆，来到上海，费尽周折，终于打听到灿的住处，两人相见了。“他们拥抱了！心贴着心，灵魂吻着灵魂。”邵环决计要和灿相伴终生。他对灿说了他的决心和打算：

“不要想那么多，灿！横竖我已经决心什么都放弃了，临走的时候，我把教授的聘书退还学校，并且附去辞呈。我把所有的薪金也都留给家了，还有这些年来的书物，以及故乡的一点祖产的契约，全部在妻的手里，我估计她和孩子的生活绝无问题，他们可以回到故乡去安居。我对他们已经尽了我的责任。”邵环沉着而坚定地说。表示胸有成竹的样子。

然而，灿却忧心忡忡。她认为邵环的妻子不会善罢甘休：

“你认为这样就解决了问题吗？你以为这样就算放弃了他们，他们也放弃了你吗？不会的，环！他们可以什么都不要，只要你！他们不会轻轻放弃妻、儿的权利！书物和祖产都不能够满足他们！除非形式上你永远属于他们，实际上你也永远为他们尽责任。”

“我没有卖给他们。”邵环不服地辩驳着。

“可是法律将你卖给他们了。”

“法律的职责是帮助人们幸福，我不爱妻，法律不能强迫我忍受永劫不复的痛苦！”

“法律容许离婚！”

“她不肯，她拿赡养费要挟我，而我没有钱。”

“因此，眼前就要发生不幸！”

尽管无法摆脱家庭的羁绊，邵环仍恳求灿和他远走高飞。灿清醒地看到未来，选择离去：

“我不愿考虑这些。让我们想法子逃到遥远遥远的地方去，找一个清静的住处，我著书；你作画；与清风为友；与明月作伴；任天塌地陷；我们的爱情永生！”

“假如有一天你的理性苏醒，你会会懊悔的。”

“为什么你还这样不信任我?”

“因为一个中年人的感情，本质是世故的，偶然的天真，不可能持久！即如你不爱你的妻，可你会爱你的孩子！”

“不要说这些，我明白，灿！将懊悔的不是我，是你！因为你不甘于为我牺牲你的名誉；你的地位；以及你的青春！你需要一个很理想而美满的婚姻，和我在一起，你觉得是一种耻辱，苟合。所以你矛盾。”

“我不否认，我有‘矛盾’，但这矛盾不是你想的那么简单，这矛盾包含了情感与理智，自私与道德的种种错综的关系！我可以克服这矛盾的心理，不过你未必可以克服那矛盾的现实。因为我们是活在现实里的，现实会不断地折磨我们！除非我们一块儿去跳江，才能逃避现实，才能克服矛盾。

“她已经走了！她向大自然的境界去寻觅春的消息，她把她的生命献出了至高无上的艺术了！”

晚年的时候，赵清阁曾写过一篇《〈落叶〉小析》，她说：

在这篇小说里，我塑造了两个我所熟稔的旧中国知识分子———女主人公画家和男主人公教授。他们曾经同舟共事于抗日战争的风雨乱世，因此建立了患难友谊，并渐渐产生了爱情。但在大敌当前，爱国救亡第一的年月，他们的恋爱只能是含蓄的，隐讳的。他们仿佛沉湎于空中楼阁，不敢面对现实，因为现实充满了荆棘。直至抗战胜利，和平降临了，画家才首先考虑到无法回避的现实；她知道了对方是有妇之夫而且是有了两个孩子的父亲；他们不可能结合，也不适宜再这样默默地爱下去；于是她毅然决然地远走高飞，逃遁现实；她以为这便结束了他们的诗一般、梦一般的爱情，尽管很痛苦！

……

三十四年前，我写这篇小说的心情是企图对那个旧时代的旧社会，和一些人的形形色色的自私自利的旧思想，进行一番揭露和抨击；可是我的抨击却显得晦涩无力，这也许和小说的基调有关；因为我是试着用抒情散文诗的笔致，描述一个很有诗意的恋爱故事；用白描手法，写了两个不太现实的人物；于是故事和人物也都显得倥偬简略。过去不少读者来信提出：小说似乎未完，问我教授后来怎样了？画家结局如何？为什么不写下去？记得我曾答复读者：倘若换个方式写，这一短篇小说可能写成中篇；有些情节还可以发挥，有些细节也还可以铺陈。但我宁愿到此为止，留有余味，不必一一交代。我深信读者会作出符合历史逻辑的结论，包括对主题意义的评价。当时我是这样看，今天依然这样看。

图7-11　赵清阁

赵清阁到了上海以后，主编《神州日报》副刊《原野》，新的一期于1946年1月1日推出，显著位置上刊载的七绝《新年吟》，是老舍写于北碚时期的旧作。1月15日，副刊上又发表老舍《旧诗与贫血》一文。1月19日，副刊"文化新闻"中发布老舍受美国国务院邀请、将赴美国参观讲学的消息。

1946年1月20日，"中华全国文艺界协会"在重庆举行酒会，欢送老舍、曹禺赴美讲学。2月13日，老舍一行离渝抵沪。2月18日，"文协"上海分会在金城银行七楼餐厅举行欢送会，赵清阁到场。3月3日，郑振铎与许广平共同做东，宴请老舍等人，赵清阁也出席了。3月4日下午，老舍等人乘"史格脱将军号"轮船离开上海，赵清阁一直将老舍送到船上。

老舍在美国期间给赵清阁写过很多信，署名为"克"。老舍以"克"为名是有典故的。在北碚时，赵清阁根据梁实秋翻译小说《咆哮山庄》（今译《呼啸山庄》）改编话剧《此恨绵绵》，男女主角译名是安克夫和安苡珊。老舍与赵清阁通信时，遂互以"克"和"珊"相称。可惜这些信件有说被赵清阁在去世前销毁，有说被红卫兵抄家掠走了。在上海文艺出版社2006年10月出版的由赵清阁十年前编的《沧海往事——中国现代著名作家书信集锦》中收录老舍来信四封，上海大

图7-12　工作中的老舍

学史承钧教授加了编注，将赵清阁所改的抬头称谓和信末署名“清弟”和“舍”改回为“珊”“克”，并在信旁加注说明。

老舍在美国时曾设想过从事英文著述，把赵清阁也接过去。诗人牛汉曾有回忆：“我与方殷到上海见到赵清阁，问她能不能写点回忆录？赵清阁向我展示老舍1948年从美国写给她的一封信（原件）：我在马尼拉买好房子，为了重逢，我们到那儿定居吧。赵清阁一辈子没有结婚。她写的回忆录给《史料》（《新文学史料》）发过。这封信没有发。”①1948年初，赵清阁计划将老舍的小说改编为电影剧本。她没有选择《骆驼祥子》或《月牙儿》，而是选择了不太著名的《离婚》，这是否是一种暗示？而此时在大洋彼岸，继《骆驼祥子》英译本出版之后，老舍又推出了《离婚》的英文版，书名改译为“The Quest for Love of Lao Lee”（老李的爱的追求）。这种巧合之后是否有过交流？不得而知。但老舍没有决心和勇气与留在国内的胡絜青正式离婚，赵清阁也就无法跨过这个障碍。

1949年，中华人民共和国成立，新政权需要老舍这样的人，周恩来指示阳翰笙联系老舍，阳翰笙即让赵清阁写信给老舍，招其回国。1949年10月31日，老舍乘“威尔逊总统号”轮船离开美国，先到香港，绕道朝鲜，12月9日抵达天津，12日回到北京。1950年4月，胡絜青带着孩子由北碚返京，老舍购置了一所四合院即所谓“丹柿小院”，全家入住。由于当时情势，老舍也只得如此安排。

此后，老舍还写过几封信给赵清阁，前述《沧海往事》中所收录的四封即是。最早一封信写于1955年4月25日，全文如下：“珊：快到你的寿日了：我祝你健康，快活！许久无信，或系故意不写。我猜：也许是为我那篇小文的缘故。我也猜得出，你愿我忘了此事，全心去服务。你总是为别人想，连通信的一点权益也愿牺牲。这就是你，自己甘于吃亏，绝不拖拉别人！我感谢你的深厚友谊！

① 牛汉口述，何启治、李晋西编撰《我仍在苦苦跋涉：牛汉自述》，生活·读书·新知三联书店2008年版，第201页。

不管你吧，我到时候即写信给你，但不再乱说，你若以为这样做可以，就请也暇中写几行来，好吧？我忙极，腿又很坏。匆匆，祝，长寿！克，二十五。果来信，不必辩论什么，告诉我此生活上的事吧，我极盼知道！”其他书信也如此，谈生活和工作之事，有关心身体的，有讨论艺术的，而没有半点涉及男女私情。具体详见傅光明所著《书信世界里的赵清阁与老舍》。

老舍也因工作关系，与赵清阁见过几次。1960年，老舍手书题赠了一首他1942年前后写于北碚的旧体诗：“杜鹃峰下杜鹃啼，碧水东流月向西。莫道花残春寂寞，隔宵新笋与檐齐。”1961年赵清阁过生日，老舍题诗祝贺：“清流笛韵微添醉，翠阁花香勤著书。”

1966年，老舍不堪批斗侮辱，投湖自杀。韩秀在给傅光明的信中说，赵清阁从造反派的口中知道了老舍的死讯，“从此晨昏一炷香纪念着舒先生。我相信，在中国，只有一个地方会30年如一日，晨昏一炷香纪念这个受尽委屈的人。”1999年11月27日，赵清阁于华东医院逝世。

除了韩秀的回忆，洪深的女儿洪钤在编选的《女作家赵清阁选集》中《编者后语》部分写了她与赵清阁多年交往的情况，她把与赵清阁交往时交谈的内容公布了出来，这其中就有赵清阁讲述自己与老舍的关系。这些材料证实了两人之间的感情。陈思和说：“如果当人们意识到人类的感情世界比道德世界更崇高更重要时，像老舍跟清阁先生之间的事情，也就没有什么好遮蔽的了。”邵燕祥在《南方周末》上发表的《周恩来与郭、老、曹的“知己”之谊》中提及老舍与赵清阁的这段抗战情，他说：“在老舍夫人胡絜青携子女从沦陷区间关千里来到重庆以前，孤身一人的老舍与单身女作家赵清阁之间，有一段不容后人亵渎以对的感情经历。”

参考文献与阅读书目

老舍：《老舍文集》第14卷，人民文学出版社1989年版。

徐德明：《图本老舍传》，长春出版社2012年版。

傅光明：《书信世界里的赵清阁与老舍》，复旦大学出版社2012年版。
张彦林：《锦心秀女赵清阁》，河南人民出版社2005年版。
严家炎：《〈微神〉：老舍的心象小说》，《中国文化研究》1995年第4期。
桑农：《相思欲诉又彷徨——赵清阁与老舍》，《书屋》2008年第12期。

八、沈从文：情感“横溢”与“发炎”的记录

在经过了马拉松的情书写作之后，1933年9月9日，沈从文终于和张兆和在北平中央公园举行了简朴的婚礼，携手走进婚姻的殿堂。此时的沈从文，已发表了几百篇作品，是文坛上有名气的作家，可以说是爱情与事业双丰收，多年的苦熬终于出头了。可是，他在新婚时期创作的名著《边城》却流露着忧伤与哀愁。后来，他在长篇创作自述《水云》中透露：

图8-1　青年沈从文

> 我的新书《边城》是出了版。这本小书在读者间得到些赞美，在朋友间还得到些极难得的鼓励。可是没有一个人知道我是在什么感情下写成这个作品，也不大明白我写它的意义。即以极细心朋友刘西渭先生的批评说来，就完全得不到我如何利用这个故事填补过去生命中一点哀乐的原因。正惟如此，这个作品在个人抽象感觉上，我却得到一种近乎严厉而讽刺的责备。[①]

① 沈从文：《水云》，《沈从文全集》第12卷，北岳文艺出版社2009年版，第113页。

"刘西渭先生的批评"是指李健吾的同名评论《〈边城〉》。在这篇评论中，李健吾称赞《边城》"是这样一部idyllic（田园牧歌的——注）杰作"[①]，可是沈从文却很不认同。他后来谈论《边城》的写作说：

因此每天大清早，就在院落中一个红木八条腿小小方桌上，放下一叠白纸，一面让细碎阳光晒在纸上，一面也将为某种受压抑的梦写在纸上。故事的人物，一面从一年前在青岛崂山北九水旁所见的一个乡村，取得生活的必然，一面就用身边黑脸长眉新妇作范本，取得性格上的素朴良善式样。一切充满了善，充满了完美高尚的希望，然而到处是不凑巧。既然是不凑巧，因之素朴的良善与单纯的希望终难免产生悲剧。故事中浸透了五月的斜风细雨，以及那点六月中夏雨欲来时的闷人的热，和闷热中的静与寂寞。这一切其所以能转移到纸上，依然可说全是从两年间海上阳光得来的能力。这一来，我的过去痛苦的挣扎，受压抑无可安排的乡下人对于爱情的憧憬，在这个不幸故事上，方得到了完全排泄与弥补。[②]

《水云》的回忆显示，沈从文是因个人情感、婚恋的"不凑巧"而将之移到纸上，通过创作"排泄"这份"压抑"。其时，沈从文还求教于擅长处理感情纠葛的林徽因。林徽因看着痛苦不堪的沈从文，以自己的经历开导他，并且和他探讨人性和文学，她理解他的心灵承受怎样的痛苦。林徽因把这件事写信告诉了她美国的好友费正清夫妇，报告自己发现了一个与自己有着相同苦恼的作家、天才：

不管你接不接受，这就是事实。而恰恰又是他，这个安静、善解人意、"多情"又"坚毅"的人，一位小说家，又是如此一个天才。他使自己陷入这样一种情感纠葛，像任何一个初出茅庐的小青年一样，对这种事陷于绝望。他的诗人气质造了他的反，使他对生活和其中的冲突茫然不知所措，这使我

① 刘西渭：《〈边城〉——沈从文先生作》，《咀华集》，文化生活出版社1936年版，第75页。
② 沈从文：《水云》，《沈从文全集》第12卷，北岳文艺出版社2009年版，第110—111页。

想起了雪莱，也回想起志摩与他世俗苦痛的拼搏。可我又禁不住觉得好玩。他那天早晨竟是那么的迷人和讨人喜欢！而我坐在那里，又老又疲惫地跟他谈、骂他、劝他，和他讨论生活及其曲折，人类的天性、其动人之处及其中的悲剧、理想和现实！……

过去我从没想到过，像他那样一个人，生活和成长的道路如此地不同，竟然会有我如此熟悉的感情，也被在别的景况下我所熟知的同样的问题所困扰。这对我是一个崭新的经历。而这就是为什么我认为普罗文学毫无道理的缘故。好的文学作品就是好的文学作品，而不管其人的意识形态如何。今后我将对自己的写作重具信心，就像老金一直期望于我和试图让我认识到其价值的那样。万岁！①

林徽因惊奇地发现沈从文竟然也有感情方面的困扰。其实，沈从文这个“乡下人”是一个浪漫、热情而又敏感的人，是一个有着感情的苦恼的现代文人。他的作品既有婚恋生活的表现，也有“被压抑的热情”的投射，爱欲苦闷的排泄，所谓“情感发炎”的记录。

一

沈从文1902年12月28日出生于湘西镇筸（今凤凰县）一个军人家庭。按照《从文自传》的叙述，他的家庭在当地是一个很有威望的世家。祖父沈洪富二十二岁左右时，便曾做过云南昭通镇守使，二十六岁又做过贵州提督，到后因创伤回到家中，在家中死掉了。“这青年军官死去时，所留下的一份光荣与一份产业，使他后嗣在本地方占了个较优越的地位。”②“外祖黄河清是本地最早的贡生，守文庙做书院山长，也可说是当地唯一读书人。所以我母亲极小就认字读书，懂医

① 林徽因：《致费慰梅、费正清》，《林徽因集.小说 戏剧 翻译 书信》，人民文学出版社2014年版，第192—193页。

② 沈从文：《从文自传》，《沈从文全集》第13卷，北岳文艺出版社2009年版，第248页。

图8-2 《从文自传》

方，会照相。舅父是个有新头脑的人物，本县第一个照相馆是那舅父办的，第一个邮政局也是舅父办的。”[①]照相在近现代中国是一个极为“现代”的技术，也表明沈从文的母家在当地确是有头脸的人物。

沈从文在他那部著名的自传中详细地描述了自己小时候翘课不受管教的顽童和游荡在军队日常生活内外的年轻士兵形象。他谈到自己所受的“教育”，恰是在对私塾、学校这些“体制”的破坏中获得发展文学想象的机会，读一本“大书”而成长。十八岁那年，他随着当警察所长的舅父到沅州任警察所办事员和屠宰税收税员，爱上了“一个脸儿白白的身材高的女孩”，为她“无日无夜作旧诗”，而拒绝了当地绅士的提亲。这次被称为“女难”的恋爱结果是被那姐弟骗去了母亲卖房子的一千多块钱，沈从文骇得瞒着家人逃离了沅州。后来，他说：

假若命运不给我一些折磨，允许我那么把岁月送走，我想像这时节我应当在那地方做了一个小绅士，我的太太一定是个有财产商人的女儿，我一定做了两任县知事，还一定做了四个以上孩子的父亲；而且必然还学会了吸鸦片烟。照情形看来，我的生活是应当在那么一个公式里发展的。[②]

之后，他又到“湘西王”陈渠珍的部队担任书记员，读到了不少传播新文化、新文学的新书报刊，从而对新文化运动产生了强烈的向往之情，遂于1923年离开部队去北平。他在“窄而霉小斋”度过了几年困顿的生活，学习如何写小说，希望能卖文为生。作为“北漂”的沈从文在当时最感深切的是“生的苦闷”与“性的苦闷”。

① 沈从文：《从文自传》，江苏人民出版社2014年版，第33页。这段文字在北岳文艺出版社2009年版中被删除。

② 沈从文：《从文自传》，《沈从文全集》第13卷，北岳文艺出版社2009年版，第324页。

没有生计来源，他在北平饱一餐、饥一顿，靠着朋友、同乡的帮忙维持生活。这从1924年11月中旬冻饿三天、投书郁达夫求救的故事可知，沈从文的生活当真到了山穷水尽的地步。此后虽然得到郁达夫、林宰平、徐志摩等人的帮助，作品渐渐有了发表处，但卖文为生、艰苦打拼的生涯一直延续到20年代末。沈从文在这一时期不少作品的序跋中，频频自诉流着鼻血坚持写作、急着卖稿以解燃眉之急的窘况，表明生活的艰难确是实情，也是这时期他作品中的一个主题。

图8-3　沈从文

他创作的另一个主题是“性的苦闷”。五四新文化运动，青年的性爱意识觉醒了，但是既贫困又不是大学生的沈从文却无法得到女青年的青睐。在《遥夜》系列中，他叙述在异性面前的自卑及梦想：在“如女王般骄傲”的美丽姑娘面前“自觉到一身渺小”，滋生出“难堪的自惭与毫不相恕的自谴”；不敢面对爱的对象，只好做“白日梦”聊以解忧，“一个人单单做梦，做一切的梦”。只有在梦中，现实受压抑的愿望才能得到满足。孤寂的沈从文无法排泄“受压抑无可安排的乡下人对于爱情的憧憬”而不得不聊以“自慰”：

近来人是因了郁达夫式悲哀扩张的结果，差不多竟是每一个夜里都得赖自己摧残才换得短暂睡眠，人是那么日益不成样子的消瘦下去，想起自己来便觉得心酸。①

这“郁达夫式悲哀”就是“性的苦闷”，他伤怀于年近中年却事业无成、爱情无着：

说来真是够可怜，女人这东西，在我这一点不中用的一个中年人面前，

① 沈懋琳（沈从文）：《此后的我》，《沈从文全集》第11卷，北岳文艺出版社2009年版，第62页。

除了走到一些大庭广众中，叨光看一眼两眼外，别的就全无用处了。我难道样子就比一切人还生长得更不逗人爱恋？但是朋友中，也还有比我像是更要不高明一点的人在。难道我是因为人太无学问？也未必如此。我很清清白白的，我是知道我太穷，我太笨：一个女人那里会用得着我这样一个人爱情？……并且我是一个快要三十岁的人，恋爱这类事，原只是那二十来岁青年的权利，也不必去再生什么心，郁达夫式的悲哀，个人躲在屋内悲哀就有了，何必再来唉声叹气惊吵别的情侣？这世界女人原是于我没有分，能看看，也许已经算是幸福吧。①

这类“自叙传”作品正是厨川白村所谓发泄内心燃烧的欲望、解放压抑的艺术创作。在小说《重君》中，他描述这个大学毕业生饭碗无着落和对异性的渴求，对于他来说，书中没有“黄金屋”，也没用“颜如玉”。在对重君一类人物的双重苦闷的虚构刻画中，沈从文才使自己受压抑的欲望得到宣泄和升华。从1924年直到1930年间，沈从文创作了大量自诉苦闷的“自叙传”叙事：《一封未曾付邮的信》（1924年12月）、《到北海去》（1924年12月）、《遥夜》（1924年12月—1925年2月）、《公寓中》（1925年1月）、《流光》（1925年3月）、《狂人书简》（1925年4—5月）、《绝食以后》（1925年7月）、《第二个狒狒》（1925年8月）、《用A字记录下来的事》（1925年8月）、《白丁》（1925年8月）、《月下》（1925年9月）、《棉鞋》（1925年9月）、《重君》（1925年10月）、《玫瑰与九妹》（1925年11月）、《一天》（1925年10月）、《生之记录》（1926年3月）、《一个晚会》（1926年8月）、《Láomei，zuohen!》（1926年8月）、《此后的我》（1926年10月）、《松子君》（1926年11月）、《十四夜间》（1927年4月）、《看爱人去》（1927年5月）、《怯汉》（1927年6月）、《篁君日记》（1927年7—9月）、《长夏》（1927年8月）、《一件心的罪孽》（1927年11月）、《老实人》（1927年12月）、《焕乎先生》（1928年5月）、《不死日记》（1928年8月）、《中年》（1928年8月）、《善钟里的生活》（1928年8

① 沈从文：《看爱人去》，《沈从文全集》第1卷，北岳文艺出版社2009年版，第219—220页。

月）、《诱——拒》（1928年10月）、《第一次作男人的那个人》（1928年11月）、《元宵》（1929年6月）、《一个天才的通讯》（1929年6—7月）、《一日的故事》（1929年6月）、《冬的空间》（1930年6月）、《知己朋友》（1930年8月）……正如解志熙所说：

> 通过“生的苦闷”与“性的苦闷”的抒写，沈从文逐渐认识了自己，也通过自我认识形成了他对人性或生命的关心之焦点——从其“自叙传”写作中，可以清楚地看出沈从文的关心先是集中在“生的苦闷”与“性的苦闷”两个方面并构成了两相交织的表现格局，随后则显然因为“生的苦闷”问题逐渐获得了改善，而“性的苦闷”问题却依然故我，迟迟得不到释放，甚至变得更为严重，于是他的关切也就逐渐偏移以至集中于后一个问题上了。此所以“性的苦闷”即爱欲的压抑问题，也便成为沈从文持久关心之所在和倾心抒写之偏好。[①]

而且，沈从文发现，爱欲的主题在乡土题材中也可以得到表现，而且更为得心应手。《入伍后》《连长》《柏子》《雨后》《阿金》《会明》《菜园》《龙朱》《媚金·豹子·与那羊》《神巫之爱》等作品，便是借农人士兵和苗族传说来表达着作者的爱欲想象。

尽管沈从文在作品中表现青年男女的性经历，但在见到张兆和之前，在两性经验方面实在是来源于行伍中的听闻，如曾芹轩、刘云亭等的夸谈。况且，性与爱情并不是一回事。因此，与张兆和相识，沈从文才开始了真正意义上的初恋。

二

1929年8月，沈从文受胡适聘请到中国公学任教，认识了当时在这所学校就

① 解志熙：《爱欲抒写的“诗与真”——沈从文现代时期的文学行为叙论》（中），《中国现代文学研究丛刊》2012年第11期；《欲望的文学风旗》，人间出版社2012年版，第43—44页。

图8-4　沈从文与张兆和

读的张兆和，遂展开爱情攻势。

张兆和是著名的“合肥四姊妹”中的三姐，1910年9月15日出生于安徽合肥。张兆和热爱运动，在中国公学曾夺得女子全能第一名，她聪明可爱，单纯任性。作为“校花”的张兆和身后有许多追求者，她一概不表示，把他们编成了“青蛙一号”“青蛙二号”“青蛙三号”。二姐张允和取笑说沈从文大约只能排为“癞蛤蟆第十三号”。自卑木讷的沈从文不敢当面向张兆和表白爱情，他悄悄地给兆和写了第一封情书。

虽然当时沈从文的文学创作已经引起了中国文坛的极大关注，但是在张兆和眼里，沈从文并没有什么稀奇，一个操着一口浓重的湖南口音的小学文凭、大兵出身、又身无长物的穷书生。张兆和把来信一一做了编号，却始终保持着沉默。沈从文的情书源源不断地涌来，允和调侃妹妹，这些信“要是从邮局寄，都得超重”，而在张兆和看来，“又接到一封没有署名的S。先生（沈的代号——引注）的来信，没头没脑的，真叫人难受!”后来学校里起了风言风语，说沈从文因追求不到张兆和要自杀。张兆和情急之下，拿着沈从文的全部情书去找校长胡适理论。胡适有心撮合这对才子佳人，一面夸奖沈是个难得的天才，一面说同为安徽人，愿意出面向张父说媒，反复地说，“他崇拜密斯张倒真是崇拜到了极点”，还强调“我知道沈从文顽固地爱你!”而张兆和毫不示弱，脱口而出：“我顽固地不爱他!”胡适很是错愕和惋惜，在他看来，“社会上有了这样的天才，人人应该帮助他，使他有发展的机会!”事后，他写信给沈从文：“这个女子不能了解你，更不能了解你的爱，你错用情了。爱情不过是人生的一件事（说爱情是人生唯一的事，乃是妄人之言），我们要经得起成功，更要经得起失败。你千万要挣扎，不要让一个小女子夸口说她曾碎了沈从文的心……此人太年轻，生活经验太少……故能拒人自喜。”胡适为人坦荡，将这封信的副本寄予兆和，兆和却不以为然，在日记里写道：“胡先生只知道爱是可贵的，以为只要是诚意的，就应当接受，他把事情看得太简单了。被爱者如果也爱他，是甘愿的接受，那当然没话说。他没有知道如果被爱者不爱这献上爱的人，而只因他爱的诚挚，就勉强接受了它，这人为的非由两心互应的有恒结合，不单不是幸福的设计，终会酿成更大的麻烦与苦恼。”这倒也是至理。

没有得到校长的支持，张兆和只好听任老师继续对她进行感情文字的狂轰滥炸。沈从文开始了他马拉松式的情书写作。从1929年12月开始，短短的半年时间内，沈从文给张兆和写了几百封情书；后来沈从文去青岛大学教书，照样殷勤地空中飞鸿。可惜，后来因为日寇入侵的战火，留在苏州张家的书信被毁，只留下1931年6月《文艺月刊》第二卷第五期上的《废邮存底》，和张兆和当年在日记中抄录的几封，否则现代文坛上又会多一部作家情书，让人领略那生花妙笔：

如果我爱你是你的不幸，你这不幸是同我的生命一样长久的。

我行过许多地方的桥，看过许多次数的云，喝过许多种类的酒，却只爱过一个正当最好年龄的人。

你不会像帝皇，一个月亮可不是这样的，一个月亮不拘听到任何人赞美，不拘这赞美如何不得体，如何不恰当，它不拒绝这些从心中涌出的呐喊，你是我的月亮，你能听一个并不十分聪明的人，用各样声音，各样言语，向你说出各样的感想，而这感想却因为你的存在，如一个光明，照耀到我的生活里而起的。

我求你，以后许可我做我要做的事，凡是我向你说什么时，你都能当我是一个比较愚蠢而还不讨厌的人……

“一个女子在诗人的诗中，永远不会老去，但诗人他自己却老去了。”我想到这些，我十分忧郁了。生命都是太薄脆的一种东西，并不比一株花更经得住年月风雨，用对自然倾心的眼，反观人生，使我不能不觉得热情的可珍，而看重人与人凑巧的藤葛。

任何一个作品上，以及任何一个世界名作作者的传记上，最动人的一张，总是那人与人纠纷藤葛的一章。许多诗是专为这点热情的指使而写出的，许多动人的诗，所写的就是这些事，我们能欣赏到那东西，为那些东西而感动，却照例轻视到自己，以及别人因受自己所影响而发生的传奇的行为，这个事好像不大公平。因为这理由，天将不允许你常是小孩子。“自然”使苹果由青而黄，也一定使你在适当的时间上，转变成一个“大人”。

望到北平高空明蓝的天，使人只想下跪，你给我的影响恰如这天空，距离得那么远，我日里望着，晚上做梦，总梦到生着翅膀，向上飞举。向上飞去，便看到许多星子，都成为你的眼睛了。

1932年暑假，沈从文来到苏州张家拜访。看来，张兆和的家人比张兆和更早地接纳了这位文坛天才，张兆和坚如磐石的心也开始动摇起来，她自己说：“是因为他信写得太好了！”[①]“是谁个安排了这样不近情理的事，叫人人看了摇头？”总之，凭着一股湖南人的霸蛮和韧劲，沈从文终于追到了意中人，这个乡下人终归喝上了爱情的“甜酒”。

沈从文不仅给张兆和写了那么多的情书，而且他还将她写到小说中，并抒写了自己恋爱中的激情、焦虑、紧张与甜蜜。

张兆和在张家姊妹中排行第三，沈从文写给她的许多书信都称她为“三三”，更在小说《三三》（1931）中写了一个乡间小女子三三朦胧的初恋。还有《三兽窣堵波》《三贝先生家训》等。张兆和相貌清秀，肤色微黑，沈从文很多小说中的女子都有这个特征：《三个女性》中的“黑凤”；《边城》中的翠翠，皮肤“黑黑”；

① 在笔者看来，张兆和只是爱上了一个写信的人。在两人关系中，张兆和一直是被动的，最后被那些情书打动。沈从文是一个伟大的作家，但在妻子眼里，他只是一个丈夫，一个有着很多坏习惯的男人，比如不讲卫生，不会理财乱买东西，不切实际，感情上还不专一。所以，张兆和有时宁愿与沈从文保持距离，不在一起，只是接收沈从文的书信。

《长河》中的夭夭是“黑而俏”。

还有一些作品隐约透露了恋爱中的沈从文微妙的心曲。《燥》（1931）中的愚力是一个求婚者的形象，他深恋着那个有着“黑黑的脸”“黑黑的眉毛，黑黑的眼睛”的女子，乘火车长途跋涉来求婚。但在上海的旅馆住下后，他因为女子略乏热情的信函而变得疑虑重重，他担心求婚被拒，在房间里焦躁不安，在街上也魂不守舍。从《沈从文全集》所收相关书信看，这正是沈从文当时内心的真实写照。还有小说《贤贤》（1932）虽是以九妹为原型，但故事的起因却是贤贤的哥哥（指沈从文）与张兆和的恋爱。哥嫂的婚恋被无聊者议论，引起贤贤不快。小说以自然主义的手法表现了沈从文恋爱过程中的尴尬不堪。

1932年，沈从文求婚成功。从此，焦躁被喜悦的心绪取代，沈从文在其后写的一系列作品，大唱爱情的赞歌。《春》（1932）写一个青年医科大学生和一个美丽女子的互诉衷肠的那个美妙时刻。男子为巨大的幸福所淹没，用诗、用沉默、用语无伦次的“疯话”赞美着女子，女子巧妙地鼓励并陶醉于男子的情话。一点小小误会，让男子担心唾手可及的幸福，他无端怀疑起女子的父亲可能横加干涉。女子笑男子太笨，对现实毫无察觉，她暗示他，父亲已经应许，这令男子重新找回了信心，“感到宇宙的完全”。这场爱情的飨宴安置在春天的花园里，蓝天白云，鲜花百灵将爱情装点得诗意盎然。《若墨医生》（1932）的故事发生在青岛海滨。若墨医生事业有成，政治信念坚定，喜欢辩论，另有烟斗不离嘴的嗜好，却对女人没有兴趣。叙述人“我”想到一个牧师的女儿将要到青岛来养病，起意成全他们的好事。虽然若墨医生认为女人“在你身边时折磨你的身体，离开你身边时又折磨你的灵魂”，没有一样好处，但异性天然的吸引力，加上这女子“温柔端静，秀外慧中”，以及青岛海云花草气候的相宜，没有多久就坠入情网。若墨医生的向爱情“投降”，隐含

图8-5　合肥四姐妹

了即将成家的沈从文对自己处境甜蜜的“无奈感”和辩解：没有人能够抵挡世间最美好的爱情的力量。

沈从文自述《月下小景》亦是因为张兆和。这些“为张家小五（寰和）辑”的故事的本事绝大多数取自佛经，沈从文加以铺陈点化而成。沈从文在《湘行书简》（1934年1月16日）中不无得意地写道：“《月下小景》不坏，用字顶得体，发展也好，铺叙也好。尤其是对话。人那么聪明！二十多岁写的。”他对张兆和承认：“这文章的写成，同《龙朱》一样，全因为有了你！写《龙朱》时因为要爱一个人，却无机会来爱，那作品中的女人便是我理想中的爱人。写《月下小景》时，你却在我身边了。前一篇男子聪明点，后一篇女子聪明点。我有了你，我相信这一生还会写得出许多更好的文章！有了爱，有了幸福，分给别人些爱与幸福，便自然而然会写得出好文章的。对于这些文章我不觉得骄傲，因为等于全是你的。没有你，也就没有这些文章了。”[①]

1934年，新婚不久的沈从文回家看望生病的母亲，在船上写了很多给张兆和的书信，后来被编为《湘行书简》，里面有着很多对“三三”——张兆和的情话：

三三：我今天离开你一个礼拜了。日子在旅行人看来真不快，因为这一礼拜来，我不为车子所苦，不为寒冷所苦，不为饮食马虎所苦，可是想你可太苦了。

三三：为了只想同你说话，我便钻进被盖中去，闭着眼睛。你瞧，这小船多好！你听，水声多幽雅！你听，船那么轧轧响着，它在说话！它说：“两个人尽管说笑，不必担心那掌舵人。他的职务在看水，他忙着。”船真轧轧的响着。可是我如今同谁说去？我不高兴！

三三：我现在方知道分离可不是年青人的好玩艺儿。你只瞧，如今还只

① 《沈从文别集·湘行集》，岳麓书社1992年版，第43页。

是四分之一的别离，已经当不住了，还有廿天，这廿天怎么办?！我以为我是个受得了寂寞的人，现在方明白我们自从在一处后，我就变成一个不能够同你离开的人了……

三三：想起你我就忍受不了目前的一切了。

三三：我现在还想起许多次得罪你的地方，我的眼睛是湿的，模糊了的。我觉得很对不起你。我的人，倘若这世界我在你身边，你会明白我如何爱你！想起你种种好处，我自己便软弱了。我先前不是说过吗："你生了我的气时，我便特别知道我如何爱你。"现在你并不生我的气，现在你一定也正想着远远的一个人。我眼泪湿湿的想着你一切的过去！

三三：我想起你中公（中国公学）时的一切，我记起我当年的梦，但我料不到的是你会那么爱我！让我们两个永远那么要好吧。我回来时，再不会使你生气面壁了。我在船上学得了反省，认清楚了自己种种的错处。只有你，方那么懂我并且原谅我。

三三：我有了你，我相信这一生还会写得出许多更好的文章！有了爱，有了幸福，分给别人些爱与幸福，便自然而然会写得出好文章的。对于这些文章我不觉得骄傲，因为等于全是你的。没有你，也就没有这些文章了。有了你在我心上，我不拘做什么皆不吓怕了。你还料不到你给了我多少力气和多少勇气。同时你这个人也还不很知道我如何爱你的。想到这里我有点小小不平。

三三：想起我们那么好，我真得轻轻的叹息，我幸福得很，有了你，我什么都不缺少了。

我只是欢喜为你写信，我真是这样一个没出息的人……

三三：我真想凡是有人问到你，就答复他们“在口袋里！”

三三：我心中尽喊着你，有上万句话，有无数的字眼儿，一大堆微笑，一大堆吻，皆为你而储蓄在心上！我到家中见到一切人时，我一定因为想念着你，问答之间将有些痴话使人不能理解。也许别人问我：“你在北平好！”我会说：“我的三三脸黑黑的，所以北平也很好！

沈从文在1936年的《主妇》中所叙述的主妇碧碧的故事，也让人想到是以他们的恋爱、生活为蓝本的。“三年前同样一个日子里，她和一个生活全不相同性格也似乎有点古怪的男子结了婚”，她扮起一个新娘子，“心甘情愿给一个男子作小主妇”，小说回忆了结婚时的买家具、试嫁衣，充满了甜蜜。但是《主妇》的叙述者显然又有些令人气闷的“朦胧”怨怼情绪，主妇的“生活”是单薄的，“生命”是被动的，“因为孩子，她忘了昨天，也不甚思索明天。母性情绪的扩张，使她显得更实际了一点”，“她承认现实，现实不至于过分委屈她时，她照例是愉快而活泼，充满了生气过日子的”。但是那个男子却觉得这生活与生命不谐和，“一缕新生忧愁侵入他的情绪里”，小说后半截从男子角度叙述，表达了沈从文对他们夫妻生活的思考：

他在井边静静的无意识的觑着院落中那株银杏树，看树叶间微风吹动的方向辨明风向那方吹，应向那方吹，俨然就可以借此悟出人生的秘密。他想，一个人心头上的微风，吹到另外一个人生活里去时，是偶然还是必然？在某种人常受气候年龄环境所控制，在某种人又似乎永远纵横四溢，不可范围，谁是最合理的？人生的理想，是情感的节制恰到好处，还是情感的放肆无边无涯？生命的取与，是昨天的好，当前的好，还是明天的好？

注目一片蓝天，情绪作无边岸的游泳，仿佛过去未来，以及那个虚无，他无往不可以自由前去。他本身就是一个抽象。

直到自觉有点茫然时，他才知道自己原来还是站在一个葡萄园的井水边。他摘了一片叶子在手上，想起一个贴身的她，正同葡萄一样，紧紧的植根泥土里，那么生活贴于实际。他不知为什么对自己忽然发生了一点怜悯，一点混和怜悯的爱。

太阳的光和热给地上万物以生命悦乐，我也能够这样作去，必需这样作去。高空不是生物所能住的，我因此还得贴近地面。……

一缕新生忧愁侵入他的情绪里。他不知道自己应当如何来努力，就可以使她高兴一点，对生活满意一点，对他多了解一点，对她自己也认识清楚一点。他觉得她太年青了，精神方面比年龄尤其年青。因此她当前不大懂他，此后也不大会懂他。虽然她爱他，异常爱他。他呢，愿意如她所希望的“完全属于她”，可是不知道如何一来，就能够完全属于她。①

沈从文与张兆和的家世、性格实在有些错位。沈从文浪漫敏感，张兆和朴实沉稳。虽然身为大家闺秀，但张兆和是素朴低调的，不在意姿容风采，更不刻意描摹自己的女性特征，她总是穿阴丹士林的蓝色的布袍子，还喜欢做成男式的大摆袍子。她曾经给沈从文写信说，“不许你逼我穿高跟鞋烫头发了，不许你因怕我把一双手弄粗糙为理由而不叫我洗东西做事了，吃的东西无所谓好坏，穿的用的无所谓讲究不讲究，能够活下去已是造化”，初看起来，令人难以置信，这样的情形似乎应该颠倒过来才对。对此“乡下人”沈从文有那么一点遗憾，他比兆和有更多“罗曼蒂克”的想象。1935年他写《自杀》，含蓄地暗示，日常凡俗琐事将激情消磨殆尽，失去了“惊讶”和“美”，夫妻恩爱的质量降低了。

沈从文无疑深爱着张兆和，但是他感到沉重，有压力，虽然张兆和总是温言软语，正如黄永玉所描绘的，“几十年来，只听见她用C调的女声讲话，着急的时候也只是降D调，没见她用嗓门生过气。这是家庭因素培养出来的德行和教养，

① 沈从文：《主妇》，《沈从文全集》第8卷，北岳文艺出版社2009年版，第361、364页。

是几代人形成的习惯。”而沈从文“他永远不会放弃自己的信仰，但一看到妻子的目光，似乎慌张、设防之心就油然而生——同样的目光却使龙龙、虎虎心中充满爱与温暖。”[①]沈从文在张兆和那里始终感到压力的存在，他需要放松，舒展，需要别人的崇拜。而作为著名作家，沈从文身边不缺女性爱慕者，高青子就是这样的一位文艺女青年，她闯入了沈从文的生活与生命中，既搅起了家庭风波，也激发了作家的情感与创作。

三

高青子原名高韵秀，《吴宓日记》中作高韵琇，福建人，高中毕业，喜好文艺，曾是民国第一任内阁总理熊希龄的家庭教师。熊希龄与沈从文既是老乡，又有亲戚关系，熊希龄的弟弟是沈从文的七姨父。有一次，沈从文有事去拜访熊希龄，主人不在家，在香山别墅的华贵客厅里，高青子接待了他，彼此留下很好印象。一个月后再次相见，高青子特意穿了件“绿地小黄花绸子夹衫”，还在“衣角袖口缘了一点紫”，这是在模仿沈从文小说《第四》里面女主人公的装束。那篇小说中，叙述人“我”在汽车站与一个女子邂逅并相爱，她有着“优美的在浅紫色绸衣包裹下面画出的苗条柔软的曲线”。而这一做法也是效仿沈从文的另一篇小说《灯》里的情节。在这篇小说中，叙述人“我”给一个青衣女子讲关于一盏灯的故事，故事中出现一个蓝衣女子，故事令青衣女子感动，她第二日“为凑成那故事”，改穿蓝衣来访叙述人，叙述人“我”梦想成真。高青子着装传情，这样的慧心自然很能触动敏感的沈从文，激荡起内心的波澜。据刘洪涛的《沈从文和张兆和》所述，时在1933年8月以后。

这段感情从高青子的小说《紫》可循踪迹。这篇小说发表在1935年沈从文主编的《国闻周报》13卷4期上。小说从八妹的角度，叙述哥哥与两个女子之间的感情纠葛。哥哥有未婚妻珊，但一个偶然的机会，让他遇到并爱上一个名字叫璇

① 金安平：《合肥四姊妹》，郑至慧译，时报文化出版企业股份有限公司2005年版，第233页。

青、穿紫衣、有着“西班牙风”的美丽女子。“哥哥”在两个女子间徘徊，一个将订婚且相爱，另一个引为红颜知己。哥哥与璇青相互吸引，但又都知道他们无法逾越业已形成的局面，激情与克制，逃避与牵挂，种种矛盾情形营造出一幕幕凄美的心灵风景。有不少人对其中的细节进行考证，小说中主人公辗转的城市上海、青岛、北京等等恰与沈从文的经历相符。以紫色为媒，出自沈从文小说《第四》；人物提到某人一本以青岛为背景的小说，其中有一句“流星来去自有她的方向，不用人知道”，此语出自沈从文的《凤子》；主人公解释自己为什么不能忘怀紫衣女子时，搬出了现代心理学家霭理斯的著作，以为这是“力比多”使然，也深合沈从文的见解。沈从文在《水云》中提到帮这个“偶然”修改文字，应该就是这一篇。笔名“璇青”，当是取自沈从文笔名“璇若”与“高青子”的组合。

沈从文虽然已和张兆和订婚，但是作为匍匐在“女神”脚下的“奴隶”，面对熟读自己小说、明显崇拜自己的高青子，心里感触自然与前者不同。作为婚姻，沈从文自然选择张兆和，但在潜意识中，他还是有些享受这种邂逅产生的感觉。所以，在蜜月中，沈从文写下了《边城》，把这“不凑巧”移到纸上，通过创作“排泄”“压抑”。他说：

> 我要的，已经得到了。名誉，金钱和爱情，全都到了我的身边。我从社会和别人证实了存在的意义。可是不成。我还有另外一种幻想，即从个人工作上证实个人希望所能达到的传奇。我准备创造一点纯粹的诗，与生活不相粘附的诗。情感上积压下来的东西，家庭生活并不能完全中和它，消蚀它。我需要一点传奇，一种出于不巧的痛苦经验，一分从我“过去”负责所必然发生的悲剧。换言之，即爱情生活并不能调整我的生命，还要用一种温柔的笔调来写各式各样爱情，写那种和我目前生活完全相反，然而与我过去情感又十分相近的牧歌，方可望使生命得到平衡。这种平衡，正是新的家庭所必不可少的！[1]

① 沈从文：《水云》，《沈从文全集》第12卷，北岳文艺出版社2009年版，第110页。

沈从文不满足于家庭生活中的爱情，想体验别样的人生，“写各式各样爱情”，他把与高青子的暧昧情感投射到创作中，这就是《八骏图》。八骏，指的是甲乙丙丁戊己庚辛等八位教授，他们是物理学家、生物学家、哲学家、史汉学家、六朝文学专家等。他们性情嗜好各异，但有一点是共同的，即都有病，这病症就是性压抑。外表上的“老诚”“庄严”，满口的“道德名分”却与他们不能忘怀的世俗的情欲有着冲突。小说叙述者达士先生（即己教授）有未婚妻，他以唯一一个精神健康者自居，热心为同事诊治病症，排遣郁结。一个学期结束，达士即将南下与未婚妻团聚，不料一个漂亮女人的一封短简，一行写在沙滩上的字迹，竟把达士留了下来。海是爱欲，俘获了达士先生，激起了他身体的欲望。在道德与诱惑之间，人们常常用伪装的手段来选择精神与肉体的需要，而伪装的手段却是必须在道德的藩篱下折磨肉体的欲望。可是，面对肉体欲望的不能控制，于是选择诱惑而抛弃道德。人是平凡的，凡人都拒绝不了诱惑，这是普遍的人性弱点。未婚妻远在他方，那代表着“精神恋爱”，而此时却又这样的一种诱惑，“不如怜取眼前人”。于是达士的归程变得举步维艰，他顺应了自己的人性，违了诺，“想在海边多住三天”，好挨着那诱惑的身体，接受一个未知命运，投身到性爱的游戏中，找寻机会。

有不少人考证，小说中引诱达士先生的那个女子，其原型是赵太侔的夫人，青岛大学校花俞珊，曾经在青岛大学引起许多绯闻，徐志摩、闻一多、梁实秋等都曾卷入其中。她是《水云》中四个“偶然”的第一个。沈从文可能被俞珊的美貌短暂吸引过，但没有证据显示二人之间有特别的关系，相反，沈从文称这女子是“受过北平高等学校教育上海高等时髦教育的女人”，“大观园里拿花荷包的人物”，不屑之情溢于言表。因此，刘洪涛认为，沈从文让已有未婚妻的达士先生在青岛受到这女子的引诱，反映的却是自己在北京时的处境，金介甫说“沈让达士先生来做一件他自己做不了的事”，就是这个意思。沈从文把已经有未婚妻的达士先生受其他女人引诱写成理性无法控制的无奈之举，是性本能使然，又把与高青子的关系嫁接在俞珊头上，以此来为自己辩解和掩护。这从作品写作时间也能看出端倪，这篇小说写于1935年7、8月间，发表于当年的《文学》5卷2期上，1935年12月由上海文化生活出版社出版。但在《水云》中，沈从文把这篇作品的写作时间提前到青岛时期（1931—1933），说由于这部作品以在青岛大学任教的一些教授为原型，引起不满，他因此离开了那里：“《八骏图》和《月下小景》结束了我的教学生活，也结束了我海边孤寂中的那种情绪生活。两年前偶然写成的一个小说，损害了他人的尊严，使我无从和甲乙丙丁专家同在一处继续共事下去。……我到了北平。”实际上，小说写作时间距写《水云》并不远，“误记”不大可能，沈从文在这里显然是有意要掩盖一些东西。

1936年春节，张兆和在沈从文书桌上的《国闻周报》上看到了高青子的《紫》，凭着女性的敏感，她意识到有些事情发生了。她询问沈从文，沈从文坦然地告诉妻子自己“横溢的情感”。可以想见张兆和的意外、震惊和不解，当时他们的儿子龙朱刚刚出生，张兆和受到很大打击，一气之下回了苏州娘家。

沈从文每天写一封信给妻子，承认自己是一个“血液中铁质成分太多，精神里幻想成分太多”的男子，他觉得自己有能量也有能力去爱不止一个姑娘，他为自己矛盾的情感和张兆和的不理解而痛苦绝望。他写信给林徽因，说：“我不能想象我这种感觉同我对妻子的爱有什么冲突，当我爱慕与关心某个女性时，我就这样做了，我可以爱这么多的人与事，我就是这样的人。”（听来似乎与胡兰成的话很相似。）林徽因回信：

二哥：

世间事有你想不到的那么古怪，你的信来的时候正碰到我双手托着头在自恨自伤的一片苦楚的情绪中熬着。在廿四个钟头中，我前前后后，理智的，客观的，把许多纠纷痛苦和挣扎或希望或颓废的详目通通看过好几遍，一方面展开事实观察，一方面分析自己的性格情绪历史，别人的性格情绪历史，两人或两人以上互相的生活，情绪和历史，我只感到一种悲哀，失望，对自己对生活全都失望无爱好。我觉到像我这样的人应该死去；减少自己及别人的痛苦！这或是暂时的一种情绪，一会儿希望会好。

在这样的消极悲伤的情景下，接到你的信，理智上，我固然同情你所告诉我你的苦痛（情绪的紧张），在情感上我却很羡慕你那么积极那么热烈，那么丰富的情绪，至少此刻同我的比，我的显然萧条颓废消极无用。你的是在情感的尖锐上奔进！

可是此刻我们有个共同的烦恼，那便是可惜时间和精力，由于情绪的盘旋而耗废去。

你希望捉住理性的自己，或许找个聪明的人帮忙你整理一下你的苦恼或是“横溢的情感”，想法把它按排妥帖一点，你竟找到我来，我懂得的，我也经常被同种的纠纷弄得左不是右不是，生活掀在波涛里盲目的同危险周旋，累得我既为旁人焦灼，又为自己操心，又同情于自己又很不愿意宽恕放任自己。

不过我同你有大不同处：就是在横溢奔放的情感中时，我便觉到捉住一种生活的意义，即使这横溢奔放的情感所发生的行为上纠纷是快乐与苦辣对渗的性质，我也不难过不在乎。我认定了生活本身原质是矛盾的，我只要生活；体验到极端的愉快，灵质的，透明的，美丽的近于神话理想的快活，以下我情愿也随着赔偿这天赐的幸福，坑在悲痛，纠纷失望，无望，寂寞中挨过若干时候，似乎等自己的血来在创伤上结痂一样！一切我都在无声中忍受默默的等天来布置我，没有一句话说！（我且说说来给你做个参考）

我所谓极端的、浪漫的或实际的都无关系，反正我的主义是要生活，没有情感的生活简直是死！生活必须体验丰富的情感，把自己变成丰富，宽大能优容能了解，能同情种种“人性”，能懂得自己，不苛责自己，也不苛责旁人，不难自己以所不能，也不难别人所不能，更不怨运命或是上帝，看清了世界本是各种人性混合做成的纠纷，人性又就是那么一回事，脱不掉生理、心理、环境习惯先天特质的凑合！把道德放大了讲，别裁判或裁判自己。任性到损害旁人时假如你不忍，你就根本办不到任性的事，（假如你办得到，那你那种残忍，便是你自己性格里的一点特性，也用不着过分的去纠正）想做的事太多，并且互相冲突时，拣最想做——想做到顾不得旁的牺牲——的事做，未做时心中发生纠纷是免不了的，做后最用不着后悔，因为你既会去做，那桩事便一定是不可免的，别尽着罪过自己。

我方才所说到极端愉快灵质的透明的美丽的快乐不知道你有否同一样感觉。我的确有过，我不忘却我的幸福。我以为最愉快的事都是一闪亮的在一段较短的时间内迸出神奇的——如同两个人透澈的了解：一句话打到你心里使得你理智和感情全觉到一万万分满足；如同相爱：在一个时候里，你同你自身以外另一个人互相以彼此存在为极端幸福；如同恋爱，在那时那刻眼所见，耳所听，心所触无所不是美丽，情感如诗歌自然的流动，如花香那样不知其所以。这些种种便都是一生中不可多得的瑰宝。世界上没有多少人有那机会，且没有多少人有那种天赋的敏感和柔情来尝味那经验所以就有那种机会也无用。假如有如诗剧神话般的实景，当时当事者本身却没有领会诗的情感又如何行？即使有了，只是浅俗的赏月折花的限量那又有什么话说?！转过来说，对悲哀的敏感轻易也是生活中可贵处。当时当事，你也许得流出血泪，过去后那些在你经验中也是不可鄙视的创痂（此时此刻说说话，我倒暂时忘记了昨天到今晚已整整哭了廿四小时中间仅仅睡着三四个钟头，方才在过分的失望中颓废着觉到浪费去时间精力，很使自己感叹）在夫妇中间为着相爱纠纷自然痛苦，不过那种痛苦也是夹着极端丰富的幸福在内的。冷漠不关心的夫妇结合才是真正的悲剧！

假如在“横溢情感”和“僵死麻痹的无情感”中叫我来拣一个，我毫无问题要拣上面的一个，不管是为我自己或是为别人。人活着的意义基本的是在能体验情感。能体验情感还得有聪明有思想来分别了解那情感——自己的或别人的！假如再能表现你自己所体验所了解的种种在文字上——不管那算是宗教或哲学，诗，或是小说，或是社会学论文——（谁管那些）——使得别人也更得点人生意义，那或许就是所有的意义了——不管人文明到什么程度，天文地理科学的通到哪里去，这点人性还是一样的，主要一样的是人生的关键。（在一些微笑或皱眉印象上称较分量，在无边际人事上驰骋细想，正是一种生活）

算了吧！二哥，别太罪责自己，有空来我这里，咱们再费点时间讨论讨论它，你还可以告诉我一点实在情形。我在廿四小时中只在想自己如何消极到如此田地苦到如此如此，而使我苦得想去死的那个人自己在去上海火车中也苦得要命——已经给我来了两封电报一封信，这不是“人性”的悲剧么？那个人便是说他最不喜管人性的梁二哥！

徽因[①]

林徽因有着丰富的感情纠葛，能够理解沈从文的困惑与痛苦，认为人活着的意义就在于体验情感，没有情感的生活毫无意义，从各种情感中能了解人性。但张兆和就未必如此理解了。

四

沈从文后期创作中最重要的作品是《水云》《看虹摘星录》，因“抽象的抒情”，理解起来有些困难，也引起一些争议。散文《水云——我怎么创造故事，故事怎么创造我》通过两个“我”的论辩，梳理情感与创作、生命的关系，里面涉及他的婚外恋情。沈说，生命中有比理想更具势力的“情感”：

风不常向一定方向吹。我们生活中到处是“偶然”，生命中还有比理性更具势力的“情感”。一个人的一生可说即由偶然和情感乘除而来。你虽不迷信命运，新的偶然和情感，可将形成你明天的命运，决定他后天的命运。……在人事上，你不能有意得到那个偶然的凑巧，也无从拒绝那个附于情感上的弱点。

沈从文把跟他有过缠绵缱绻之情的女性，一一做了诉说。金介甫统计《水

① 林徽因：《致沈从文·一九三四年二月二十七日》，《林徽因集.小说 戏剧 翻译 书信》，人民文学出版社2014年版，第157—159页。

云》中一共写了四个“偶然”。第一个是前面说的俞珊，第二个是高青子，第三、第四个“偶然”可能也是昆明的高青子，这个人离开他后，沈说“云南就只有云可看了！”而“那个失去了十年的理性，才又回到我身边”。也有人猜测这四个“偶然”也许说的是一个人，即高青子，不过在沈的生活中多次出现而已。金介甫等人都持这种看法。但是，近年来出现了一个新的观点，即解志熙在《爱欲抒写的“诗与真”》的长篇论文以及他的学生裴春芳在《虹影星光或可证》一文中，通过考证沈从文佚文，抛出了最后一个“偶然”是张充和的结论[①]！

关于《摘星录》版本，据裴春芳考订，现收入《沈从文全集》的《摘星录》原题为《梦与现实》，连载于1940年8、9、10月间香港《大风》杂志。原题为《摘星录》的小说亦连载于《大风》杂志的1941年6、7月间，却为《沈从文全集》所失收，而成为佚文。1941年11、12月间，《梦与现实》再次刊发于昆明《当代评论》，改题为《新摘星录》，1944年1月间，在桂林《新文学》刊发时径直改题为《摘星录》。《梦与现实》两易其名，最终以《摘星录》为名“遮蔽”或“取代”原题为《摘星录》、后成为佚文的另一作品。《看虹录》与原题为《摘星录》的小说（现称之为“佚文版”）在故事题材上有大为相像的一面，都涉及一场艳丽的男女性事。

解志熙文除了引用上述考证文字外，还采录孙陵、吴组缃、朱自清等人的旁证，以及卞之琳与沈从文之间的交恶，并且从《梦与现实》的叙述中，由同学闺蜜关系却突然地冒出了姐妹关系的迹象，断定这个“偶然”是张充和。对此，吴正锋则进一步发挥：

> 《梦与现实》较为真实地展示了“老朋友”（带有沈从文身影）与青年女子“她”的情感交往的过程。小说中一封书信提到一个女人与一个男人的做

① 裴春芳在《十月》杂志2009年第2期发表辑校文章《沈从文小说拾遗》和研究论文《虹影星光或可证——沈从文四十年代的爱欲内涵发微》，对此有详细论述。而北大学者商金林先生则撰文《关于〈摘星录〉考释的若干商榷》质疑裴文，参见《中国现代文学研究丛刊》2010年第2期。解志熙：《爱欲抒写的“诗与真”——沈从文现代时期的文学行为叙论》（下），《中国现代文学研究丛刊》2012年第12期。

爱，这间房间的衣柜嵌了一个狭长镜子，反映着一切，但“这一定不会是一个皮肤晒得黑黑的女人”。这里，“皮肤晒得黑黑的女人”，不排除具有张兆和的原型。而小说中青年女子“她”是一位二十五六岁的未婚女子，一方面对老朋友“我”充满依恋，企望从“我”这里不断得到精神指导和“灵魂需要”；另一方面又对一个庸俗大学生的不断献殷勤而无法拒绝，并为此而遭到“老朋友”和“老同学”的不断批评和指责。“她”的原型应该是谁呢？小说中有一句话值得注意，就是青年女子“她”向“老朋友”申辩道：“这不能怪我，我是个女人，你明白女人有天生弱点的，要人爱她。那怕是做作的热情，无价值极庸俗的倾心，总不能无动于衷：总不忍过而不问！姐姐不明白。总以为我会嫁给那一个平平常常的大学生。就是你，你不是有时也还不明白，不相信吗？我其实永远是真实的，无负于人的！”这句话显然透露出了“她”“老朋友”与“老同学”之间的真实身份，考虑到昆明时期张充和与沈从文、张兆和的关系，即“老朋友”很有可能为沈从文，“老同学”为张兆和，青年女子“她”则为张充和，而苦苦追求“她”的大学生很可能为卞之琳。小说中另外一处描写也跟张充和与沈从文相处的关系很相似，小说写道：“信保留下来即多忌讳，多误会。寄给老朋友只增多可怕的流言，因此写成后看看就烧掉了。信烧过后又觉得有点惋惜，可惜自己这时节充满青春幻想的生命，无个安排处。”小说中青年女子“个人生活正在这种古典风格与现代实际两种矛盾中，灵魂需要与生活需要互相冲突”。在《水云》中其中的一个“偶然”也面临这种选择的困境……

《摘星录·绿的梦》是近年来新发现的一篇很重要的沈从文佚文。故事讲述一个暑热的夜静之后，一个二十五六岁的美貌女子与男客人在素朴而清雅的客厅轻松而颇带有性意向深意的交谈。后来在后院内室一面狭长的镜子前，男客人在疯狂中拥抱了女主人，女主人半推半就，成全了男客人的心愿，两人的灵魂与肉体“混合而为一”。《摘星录·绿的梦》虽然将故事发生的背景放在了抗战之前的北平，但其中的性爱故事应该说与《梦与现实》书信中提到的那场内室中性爱相关，我们甚至可以将其看作是《梦与现实》的一篇书信中提到的内室中性爱描写的放大与扩展，譬如这两者都叙述了两人在镜子前发生性爱关系，《梦与现实》简约，而《摘星录·绿的梦》则详细。特别是《梦与现实》《摘星录·绿的梦》描述的女孩子的情爱状况与《七色魇》集中那个“吹笛唱歌的聪敏女孩”（指的是张充和——笔者注）的曲折的爱恋经历具有某种相似性。……

沈从文一直保留有《摘星录·绿的梦》的原刊小说，但由于忌讳而没有拿出来而已。1976年沈从文曾对《摘星录》中的女主人作了这样的表述：“至于《摘星录》中之人，则在最近为一友人题一白玉兰花图卷中还重复加以叙述——一切青春的生命形成的音迹，在人间已消失无余，在我个人印象中却永远鲜明活泼，也使我永远不觉得老去！”沈从文《白玉兰花引》一诗有这样的诗句特别值得读者关注，那就是：“虹影星光或可证，生命青春流转永不停。曹植仿佛若有遇，千载因之赋洛神。梦里红楼情倍深，林薛犹近血缘亲。”由此看来，裴春芳将《白玉兰花引》与《摘星录》联系起来分析是有道理的，即比林薛血缘更亲的不是亲姐妹吗？这不正暗示了读者《摘星录》中的女主人很可能是以张充和为原型生发的结果吗？……

《七色魇》贯串着一条重要的情感线索，就是叙述者“我”对那个善于唱歌吹笛的女孩飘然远去的深挚的眷恋之情，并以隐晦曲折的方式对这段感情进行祭悼。从这个意义上说，《七色魇》描述的这种“梦魇似的人生”，不仅有张充和的人生写照，更蕴含有沈从文自我方向的迷失和情感的孤独，是他生命中压抑的爱欲的曲折体现。总之，沈从文昆明时期对“虹影”“星光”爱欲的书写具有深切的自我生命体验和自叙传特征。这些爱欲书写的人物可能是以张充和为“原型”加以生发的产物。[①]

事实上，《看虹录》与原题为《摘星录》的小说（现称之为“佚文版”）在故事题材上有大为相像的一面，都涉及一场艳丽的男女性事。如果要防止读者向

① 吴正锋：《〈看虹摘星录〉及〈七色魇〉“爱欲书写”的再探析》，《中国现代文学研究丛刊》2015年第3期。

“不足为外人道”的隐私“坐实”，《看虹录》亦大有隐匿的必要。然而，沈从文并不隐匿《看虹录》，而是再三修改，以之与改定的《摘星录》（现称之为“全集版”）形成呼应。那么，我们应该如何理解与《摘星录》（“佚文版”）的“隐匿”形成对立状态的、沈从文对《看虹录》的“彰显”行为？这里，实际上涉及了几个问题，第一，沈从文的“爱欲传奇”抒写是诗化的小说还是生活的真实？是否能由此根据文中的一些细节断定就是沈从文与张充和？第二，沈从文为何要进行爱欲抒写，20世纪40年代的创作理念与生命观发生了怎样的变化？

图8-6 张充和与傅汉思

20世纪40年代前后，沈从文的写作尤其是湘西书写经历了从传奇故事转而为历史面向的经验展开，同时还以内向化的现代主体为叙事核心，写成《看虹录》与《摘星录》等等令人费解的小说文本。《看虹录》有一个题记：“一个人二十四点钟内生命的一种形式。”“生命”是什么呢？这一时期沈从文似乎一定要为此寻找到一个本质性的答案，苦恼和困惑愈甚，愈急迫地要确定和给出答案。他提出“美”和“爱”的观念，展开关于“生命”的“抽象的抒情”。小说分三个部分，第一部分像个引子，写“我”晚上归家，在空阔而静寂的月夜忽然嗅到梅花的清香，被吸引着走向“空虚”，结果走进一间素朴的房子，开始阅读一本奇书，书有题词，写得明明白白：“神在我们生命里”。中间部分是主体部分，用第三人称叙述男客人和女主人度过的一个两情相悦的雪夜，其中插入男客人所述说的雪中猎鹿的故事，这个故事与他们之间的情事交织在一起，处处充满暗示和隐喻。尤其猎鹿人“我”对母鹿身体的精细叙述，与第二天男客人给女主人信中所写对女人身体的美妙感受，互相阐明和辉映。在这种身体描写当中，非常明显的是“神”性的感受。第三部分写“我”阅读奇书的感受，读到后来，这本书成为一片蓝色火焰，在空虚中消失了，“我”回到现实中。“我”觉得自己是“活在一种观念中，并非活在实际世界中”，因而感到一种生命焦虑，表现了对生命形式的反思与消解。小说的开头和结尾部分是第一人称叙述，把主体部分包裹在当中，这样在结构上就形成了两个层次，中间部分就好像是套在其中的故事。不论小说所写是否本事，解志熙认为，在文学的性描写尺度已大大放大的今天，像《摘星录》和《看虹录》这样的小说，或许也可被追认为“身体写作”的先锋或先驱。

有研究者指出，“《看虹录》对女性身体与鹿身体极端精微的凝视和呈现，正是出于表现生命本质的企图，他悬置了任何关于身体的‘情欲’‘道德’等的理解，而仅将其看成‘生命的形与线’的‘形式’，‘那本身的形与线即代表了最高德性’即神性，人由此获得与上帝造物相通的处境。《看虹录》第三部分的焦虑不仅来自体验与书写语言之间的矛盾，更因为经验本身的偶发性、短暂性，因而感受到生命本体的无可捉摸。沈从文竭力从形形色色的生命现象中归纳出一种永远处于‘燃烧状态’的至纯至美的生命本质。……这个本质不仅成为个体生存的根本（‘爱’就是生的一种方式），同时也是社会文化存在以及民族精神重铸的根本。因此，他以极为执着的庄严感，往返于近乎迷狂的体验与失语的焦虑之中。”① 《看虹录》以男性主体作为叙事核心，将男女性事内嵌于男性主体的意识世界，呈现其对生命爱欲及现实经验的反思。《摘星录》中，沈从文则通过对女主人内心意欲的探察，呈现一种近乎无事的悲剧，一场几乎不为人所知的、发生在普通人身上的精神事件，它构成了存在的本质与困扰。在沈从文看来，正是这种日常生活的诗意以及对人们对于生活本质的洞察，影响并塑造了我们的生活。

图8-7　张充和

沈从文认为，“小说”包括了“社会现象”和“梦的现象”两个部分，“个人只把小说看成是‘用文字很恰当记录下来的人事’……既然是人事，就容许包含了两个部分：一是社会现象，即是说人与人相互之间的种种关系；二是

① 贺桂梅：《〈看虹录〉的追求与命运》，钱理群主讲《对话与漫游——四十年代小说研读》，上海文艺出版社1999年版，第137—138页。

梦的现象，即是说人的心或意识的单独种种活动。”他还说，“必需把‘现实’和‘梦’两种成分相混合，用语言文字好好装饰、剪裁，处理得极其恰当，方可望成为一个小说。”①

图8-8 张兆和与龙朱、虎雏

20世纪40年代，沈从文把基于爱欲本能的人之本性确立为自我的根源，并以此展开自我经验叙述。在主体爱欲经验的探索与叙述中，沈从文呈现出一种个别化的自我经验。他试图从形形色色的生命存在中剥离出一种神性的生命形式，彰显出抽象的生命本质。沈从文一直书写“常”与“变”“偶然”与“情感”，在1940年前后，思想发生了显著的变化，创作由“向自然凝眸”“向人生远景凝眸”转向“向虚空凝眸”，逐渐涉入人生的抽象之域，由探究人性转向探究神性，寻找“生命”的本质性答案，在对神性的探究中实现自己生命的平衡。他从神性的层面去观照生命形式，观照生命存在的意义与价值。小说中充满着具有抽象意味的比喻与隐喻色彩的叙述，人物、环境也都具有不确定性，显示出抽象的性质，同时，意境的营造也显得扑朔迷离，情绪、氛围、意象都显示出诗与思的融合，在“抽象的抒情”中指向一种超在的本质。②

《看虹录》《摘星录》包括“七色魇”中所写的绝非是世俗意义上的情爱故事，而是对生命本质的追问与对生命神性的抒写。20世纪40年代的沈从文内心充满矛盾，他已经脱离了湘西世界与都市世界的二元对立书写模式，而是趋向于内倾性、抽象化创作，通过象征和隐喻性语言，寻求对生命本体的感悟和体验，希图站在更高的层面上追求生命超越性意义的实现，因而具有强烈的“抽象的抒情”性质。正如沈从文在《水云》结尾明确地承认：“我所有作品大多出于抽象的抒情，情绪的散步。”

① 沈从文：《小说作者和读者》，《沈从文全集》第12卷，北岳文艺出版社2009年版，第65页。
② 贺桂梅、钱理群：《沈从文〈看虹录〉研读》，《中国现代文学研究丛刊》1997年第2期。

张兆和曾说，《看虹录》这篇小说可能一半是真情，一半纯属幻想。沈从文就曾直言艺术乃“精巧的说谎”：

> 说文学是“诚实的自白”，远不如说文学是“精巧的说谎”。想把文学当成一种武器，用它来修正错误的制度，消灭荒谬的观念，克服人类的自私，懒惰，赞美清洁与健康，勇敢与正直，拥护真理，解释爱与憎的纠纷，它本身最不可缺少的，便是一种“精巧的说谎”。一个文学作家首先得承认这种精巧的说谎，其次便得学习这种精巧的说谎。[①]

沈从文与生命中的“偶然”触发了他对人性、生命的思考，在文学之外，他仍然守护着自己的家庭。他和高青子的关系没有一直维持下去。高青子就像一颗流星在沈从文生命的天空划过。彩云易散，霁月难逢。短暂的婚外恋情敌不过稳定、漫长的家庭生活，这注定是沈从文生命中的一段插曲。关于第四个“偶然”，目前的证据不够充分，仅以推测而论，还需慎重。

图8-9 晚年沈从文与张兆和

1946年，沈从文为纪念结婚十三年创作同名小说《主妇》，总结了自己十多年的情感历程，也是写给妻子的忏悔书，“和自己的弱点而战，我战争了十年。”小说里，人物的情感和理性依然矛盾，但在现实中，出于对主妇和全家的责任，他选择了一种庸常的生活，并且从这种庸常的生活中有了新的收获：他“发现了节制的美丽”，“忠诚的美丽”，“勇气与明智的美丽”，重新找回了“尊严和骄傲”，“平衡感和安全感”。在与张兆和的相处中，沈从文把比自己小八岁的兆和当作“小妈妈”“圣母”，她的沉稳性格、处理日常事务的能力，能够让他感觉到安宁，尽管有时嫌其乏味、倦怠。

① 沈从文：《“诚实的自白”与“精巧的说谎”》，《沈从文全集》第17卷，北岳文艺出版社2009年版，第390页。

与张兆和的婚恋，无论春和景明，还是狂风骤雨，也无论是逃离，还是回归，沈从文都将他们转化成了精美的作品。张兆和在1995年整理出版《从文家书》的时候，写过一段《后记》：“六十多年过去了，面对书桌上这几组文字，我不知道是在梦中还是在翻阅别人的故事。从文同我相处，这一生，究竟是幸福还是不幸？得不到回答。我不理解他，不完全理解他。后来逐渐有了些理解，但是，真正懂得他的为人，懂得他一生承受的重压，是在整理编选他遗稿的现在。过去不知道的，现在知道了；过去不明白的，现在明白了。他不是完人，却是个稀有的善良的人。”

行文最后，想起Victor Levin的影片《爱情限时恋未尽》中的一句话：Your favorite story， whatever it might be， was written for one reader. 你最爱的故事，无论它是什么样的，都只为一个人而写。

图8-10　沈从文墓碑

参考文献与阅读书目

沈从文：《沈从文全集》，北岳文艺出版社2009年版。

凌宇：《沈从文传》，东方出版社2009年版。

解志熙：《欲望的文学风旗》，人间出版社2012年版。

金安平：《合肥四姊妹》，郑至慧译，时报文化出版企业股份有限公司2005

年版。

李辉：《沈从文图传》，长江文艺出版社2006年版。

金介甫：《沈从文传》，国际文化出版公司2005年版。

吴世勇编：《沈从文年谱》，天津人民出版社2006年版。

康长福：《沈从文文学理想研究》，人民出版社2007年版。

九、戴望舒：单恋者的绛色沉哀

我觉得我是在单恋着，/但是我不知道是恋着谁：/是一个在迷茫的烟水中的国土吗，/是一支在静默中零落的花吗，/是一位我记不起的陌路丽人吗？/我不知道。/我知道的是我的胸膨胀着，/而我的心悸动着，像在初恋中。

图9-1 戴望舒

在烦倦的时候，/我常是暗黑的街头的踯躅者，/我走遍了嚣嚷的酒场，/我不想回去，好像在寻找什么。/飘来一丝媚眼或是塞满一耳腻语，/那是常有的事。/但是我会低声说：/“不是你！”然后踉跄地又走向他处。

人们称我为“夜行人”，/尽便吧，这在我是一样的。/真的，我是一个寂寞的夜行人，/而且又是一个可怜的单恋者。（《单恋者》）

这首《单恋者》诗歌是戴望舒对自己感情世界的描述。“单恋者”，爱情中一个注定的悲剧主角，情感的付出永远比得到的多。戴望舒一生爱过三个女人，每一次都热烈地投入，但都因年龄、性格的差异而琴瑟难谐。戴望舒对爱情的执着酿成了他的苦恋，他对苦恋的感伤倾诉形成了他的苦吟诗。他的感情路走得颇为艰辛。他的欢乐是短暂的，孤苦和寂寞是长久的，他忧郁地吟唱着恋爱的忧伤与喜悦。阅读他的诗歌，我们可以真切地触摸到诗人内心的爱恋喜忧，感受诗人对于爱情的渴求与苦痛，与诗人一起体验他真实而感伤的生命。

一

戴望舒，1905年出生于浙江杭州，并在这里度过了平淡而略带苦涩的童年和青少年。他在寂寞中成长，三岁时的一场天花在他脸上留下了斑痕，生理上的缺陷给敏感而自尊的他带来了很深的创痛。

在杭州宗文中学，戴望舒开始了文学创作。他和张天翼、杜衡、施蛰存等人组成了一个叫“兰社”的小型文学团体，并创办《兰友》旬刊。这几个人结下了终生不渝的友谊。

1923年秋季，戴望舒入读上海大学，进入了一个新的天地，不仅结识了沈雁冰、田汉等进步和革命的师友，还参加了社会政治斗争的实践，并从事诗歌创作。1925年秋，戴望舒进上海震旦大学法文特别班学习，这是一个法国教会主办的学校。戴望舒希望在这里学习法文，然后拿着震旦的文凭到法国留学。后因参加共青团被抓，释放后回到杭州，国民党浙江省党部扩大反共，他仍感无法安身，遂到松江县施蛰存家里暂避。施家楼上的小厢楼，成为他的政治避难所和文学工场。施蛰存后来有诗吟咏：“小阁忽成捕逃薮，蛰居浑与世相忘。笔耕墨染有劳务，从今文学有工场。”①在这里戴望舒从事翻译和写诗。戴望舒这个阶段的诗作保留下来的有存于《我底记忆》“旧锦囊”一辑中的12首新诗。在诗作中，戴望舒抒写了自己的爱情哀愁：

怀着热望来相见/冀希从头细说/偏你冷冷无言/我只含踏着残叶/远去了，自家伤感。（《自家伤感》）

① 施蛰存：《浮生杂咏·四十八》，《沙上的脚迹》，辽宁教育出版社1995年版，第207页。

泪珠儿已抛残，/只剩了悲思。/无情的百合啊，/你明丽的花枝。/你太娟好，太轻盈，/使我难吻你娇唇。

人间伴我的是孤苦，/白昼给我的是寂寥；/只有那甜甜的梦儿/慰我在深宵：/我希望长睡沉沉，/长在那梦里温存。

可是清晨我醒来/在枕边找到了悲哀：欢乐只是一幻梦，/孤苦却待我生挨！/我暗把泪珠哽咽，/我又生活了一天。（《生涯》）

你盈盈地低泣，低着头，/你在我心头开了烦忧路。

你哭泣嘤嘤地不停，/我心头反复地不宁，/这烦忧是从何处生，/使你坠泪，又使我伤心。（《静夜》）

戴望舒此时有着青春期的爱情萌动，但却缺少真切的体验，敏感多情，他把有限的感情生活经验夸大，诉说着“少年不识愁滋味，为赋新词强说愁”的感伤浪漫的情愫。

图9-2　施绛年

戴望舒住在施蛰存家里，与施家人也就熟悉了，并爱上了施蛰存的妹妹施绛年。施蛰存有四个妹妹，施绛年（1910—1964）是其大妹，当时还是上海女中学生，亭亭玉立，活泼开朗，她的靓影印在诗人的心湖，爱情的幼苗在诗人心田萌生。但是戴望舒生性腼腆，对爱情羞于出口。他在1929年4月出版的第一本诗集《我底记忆》的扉页上题字“A Jeann”，这是法语，Jeann与“绛年”音近，是“致绛年”的意思，献给施绛年，借此向她表白。[①]诗人情感虽然炽热，可是施绛年却对诗人没有多少情愫，戴望舒一直在苦苦追寻着，并通过诗歌表达自己的烦忧与期盼。

在《残花的泪》中他以“残花”对蝴蝶“泣诉”的形式诉说着爱情失意的悲伤，在“残花”的背后，隐藏着诗人的拟女性心理，借女性的身份和心理诉说表达诗人对于现实爱情的隐忧与渴求：

① 王文彬：《雨巷中走出的诗人：戴望舒传论》，商务印书馆2006年版，第101页。

寂寞的古园中，/明月照幽素，/一枝凄艳的残花/对着蝴蝶泣诉：

我的娇丽已残，/我的芳时已过，/今宵我流着香泪，/明朝会萎谢尘土。

我的旖艳与温馨，/我的生命与青春/都已为你所有，/都已为你消受尽！

你旧日的蜜意柔情/如今已抛向何处？/看见我憔悴的颜色，/你啊，你默默无语！

你会把我孤凉地抛下，/独自蹁跹地飞去，/又飞到别枝春花上，/依依地将她恋住。

明朝晓日来时/小鸟将为我唱薤露歌；/你啊，你不会眷顾旧情/到此地来凭吊我！

在脍炙人口的成名作《雨巷》中，戴望舒通过"丁香姑娘"的意象抒写自己的哀愁："撑着油纸伞，独自/彷徨在悠长、悠长/又寂寥的雨巷/我希望逢着/一个丁香一样地/结着愁怨的姑娘"。诗歌采用比拟的手法，为读者创造了一个"丁香一样的结着愁怨的姑娘"形象：颜色是丁香般的，芬芳是丁香般的，就连惆怅也是丁香般的。"丁香一般的姑娘"虽然集众美于一身，但她就像梦一般默默地走近诗人，在诗人眼前飘过，"像梦一般地/像梦一般地凄婉迷茫"，恍恍惚惚，若即若离，可望而不可即。如镜花水月，美丽而虚幻，让人怅然若失。"她静默地远了/远了"，带走了诗人的理想和希望，把他一个人孤单地留在这个悠长、昏暗的雨巷里面。据戴望舒的长女戴咏素说："我表姐认为，施绛年是'丁香姑娘'的原型。施绛年虽然比不上我妈以及爸爸的第二任太太杨静美貌，但是她的个子很高，与我爸爸一米八几的大高个很相配，气质与《雨巷》里那个幽怨的女孩相似。"[①]

《路上的小语》一诗，通过"我"同恋人的一问一答，惟妙惟肖地呈现彼此性格和感情不协调的情态：

① 陈桔：《杭州·顺着雨巷·寻找戴望舒》，《钱江晚报》2007年3月4日第4版。

——给我吧，姑娘，那朵簪在发上的/小小的青色的花，/它是会使我想起你的温柔来的。

——它是到处都可以找到的，/那边，你瞧，在树林下，在泉边，/而它又只会给你悲哀的记忆的。

——给我吧，姑娘，你的像花一般燃着的，/像红宝石一般晶耀着的嘴唇，/它会给我蜜的味，酒的味。

——不，它只有青色的橄榄的味，/和未熟的苹果的味，/而且是不给说谎的孩子的。

——给我吧，姑娘，那在你衫子下的/你那火一样的，十八岁的心，/那里是盛着天青色的爱情的。

——它是我的，是不给任何人的，/除非有人愿意把他自己底真诚的/来作一个交换，永恒地。

一方是热烈的追求，苦恋，一方是落落大方，冷冷静静的闪避。诗人和他的恋人之间有难以沟通的隔阂：凡是诗人珍重的，感到温柔和甜蜜的，姑娘都视为平凡，并认为只会给诗人带来悲哀和苦涩。

他无助地呼唤“回了心儿吧”，“回来啊，来一抚我伤痕”，“Aime un peu（法语“给我一点爱）！我把无主的灵魂付你 /这是我无上的愿望和最大的希冀。”但他的呼唤没有换来回应，他觉得自己是一个寂寞的“夜行人”、孤寂的“单恋者”。他在《Spleen》中绝望地哀号：“我如今已厌看蔷薇色，/一任她娇红披满枝。//心头的春花已不更开，/幽黑的烦忧已到我欢乐之梦中来。//我底唇已枯，我底眼已枯，/我呼吸着火焰，我听见幽灵低诉。//去吧，欺人的美梦，欺人的幻象，/天上的花枝，世人安能痴想//我颓唐地挨度这迟迟的朝夕！/我是个疲倦的人儿，我等待着安息。”

戴望舒忍受不了这种令人徒然、绝望的期待。他一手拿着安眠药水，一手拿着求婚戒指，向施绛年求婚，说不接受戒指则服安眠药水。一说要跳楼自杀。聪敏的施绛年回答说：“此事尚待考虑，我不能即行答复你。”没有回绝，也没有允诺，戴望舒只好作罢。不久，施绛年考入上海市邮政汇业局，仍未允婚，望舒只好返回杭州，一个月后，又回到上海，继续求婚，终而得到应允。于是，命运有了转机。戴望舒请父母到松江向施绛年的父母提亲。施绛年的父母过去是不同意这桩婚事的，如今在这种情势下，加上施蛰存的支持，勉为其难地应承了。1931年9月，戴望舒和施绛年举行了订婚仪式，散发请柬，邀请双方亲友参加。《新时代》第1卷第3期以《戴望舒与施蛰存之妹订婚》为题对此进行了报道。

至此，戴望舒的感情生活出现了柳暗花明的一页。短短一个月内，他写了《村里的姑娘》（《村姑》）、《三顶礼》、《二月》、《我的恋人》、《款步》、《小病》、《昨晚》和《野宴》八首诗，可见当时是如何神采飞扬、文思泉涌。

《我的恋人》这首诗，显现了诗人沉浸在恋爱的喜悦中：

我将对你说我的恋人，/我的恋人是一个羞涩的人，/她是羞涩的，有着桃色的脸，/桃色的嘴唇，和一颗天青色的心。

她有黑色的大眼睛，/那不敢看我的黑色的大眼睛——/不是不敢，那是因为她是羞涩的；/而当我依在她胸头的时候，/你可以说她的眼睛是变换了颜色，/天青的颜色，她的心的颜色。

她有纤纤的手，/它会在我烦忧的时候安抚我，/她有清朗而爱娇的声音，/那是只向我说着温柔的，/温柔到销熔了我的心的话的。

她是一个静娴的少女，/她知道如何爱一个爱她的人，/但是我永远不能对你说她的名字，/因为她是一个羞涩的恋人。

诗歌写得细腻、甜蜜，荡漾着柔和而神秘的诗意光辉。这个“羞涩的恋人”是具象，也是想象中的理想恋人，她的温柔娴静美丽，甚至淡淡的“天青色”里饱含的清愁都让人心生爱怜。从这首诗歌我们可以看出诗人对于恋人的纯真爱恋，诗人用一种幸福满足的心情把恋人的美丽温柔记录下来，希望有人可以分享恋爱的欢欣，同时又想要独自珍藏那种喜悦，这个“羞涩的恋人”就是现实中的“恋人”，也可以说是诗人怀着美好愿望为自己设计的一位理想的“羞涩的恋人”。

《我的恋人》展示热爱恋人的青年男子的心态，而《村姑》则抒写了正值婚嫁岁月有了意中人的少女情怀。诗人以拟作的方式描写少女“在泉边吻她的少年”，劳作时“她的心是在泉边的柳树下”，诗人把获得爱情后的欢乐隐伏在一个普通农家画面里。少男少女心有所悦的心态表明了诗人此时的心情。

在日常生活中，戴望舒和施绛年常常一道看电影，逛公园，拍照，到亲友家去。诗人内心春意盎然，在诗中甚至想象大自然在为他和他的恋人举行婚筵：“这边是做夏天客人闲花野草，/它们穿着新装，像在婚筵里，/而且在微风里对我们作有礼貌的礼敬，/好像我们就是新婚夫妇。”（《款步（一）》）

在喜悦之余，戴望舒也有莫可名状的担忧。果然，婚期拖延了，施绛年提出了条件，希望戴望舒出国留学，在取得学业回来有稳定的收入后，方可完婚。戴望舒又一次陷入感情的低谷，“虽然残秋风还未来到，/我已经从你的缄默里，/觉得它的寒冷。”（《款步（二）》）这个时期，他写了《有赠》《游子谣》《秋蝇》《夜行者》《微辞》《妾薄命》《深闭的园子》《寻梦者》《乐园鸟》等。在《微辞》中用“蝶褪了粉蜂褪了黄”这一典故，巧妙而痛苦地表达了他和他的恋人非为同类，不可能彼此心心相印①。他对爱情感到悲观，经历了春、夏、秋也没有结果，何况现在是冬天：“明天的梦已凝成冰柱；/还会有温煦的太阳吗？/纵然有温煦的太阳，跟着檐溜，/去寻坠梦的玎王冬吧?”（《妾薄命》）诗人太痴情了，他要做一个“寻梦者”“乐园鸟”，孤零零地在茫茫的空中飞翔，寂寞地飞翔着。

戴望舒太爱施绛年了，面对施绛年提出的条件，他只有义无反顾。1932年10月8日，戴望舒在经济非常困难的情况下，为了兑现爱情的预约，他乘坐达特安号邮船离沪赴法留学。在西去的航船上写着炽烈的情书，自10月8日到11月8日，航海途中留下了一份完整的“感伤日记”，记录他离沪情景和海上生活。

戴望舒人在巴黎，心头郁结的是对远在故国的恋人的眷恋之情。《见毋忘我

① 王文彬在《雨巷中走出的诗人：戴望舒传论》中对此有详细注解：戴望舒的“蝶褪了粉蜂褪了黄”的比喻是从李商隐《柳枝五首（一）》和《闺情》等诗的诗句中点化而来的。《柳枝五首（一）》：“花房与蜜脾，蜂雄蛱蝶雌。同时不同类，那复更相思?”《闺情》：“红露花房白蜜脾，黄蜂紫蝶两参差。”谓蝶宿花房（花蕊），蜂酿蜜脾（蜂巢），黄蜂与紫蝶，虽同时出现，不是同类之物，比喻男女非同类同心，不可能彼此相思。见该书第107页注②。

花》和《微笑》两首小诗谱写了这一心曲。毋忘我花，小小青色的花，爱情之花，尽管在异国的阳光下、树林间沉默地开放着，却像飘动不熄的青色火苗，沟通并温暖着诗人和远隔重洋恋人的心灵，它仿佛为了恋人的怀念，也是为了诗人的怀念而郁悒地开放着："它重数我们用凝望/远方潮润的眼睛，/在沉默中所说的话，/而它的语言又是/像我们的眼一样沉默。//开着吧，永远开着，/挂虑我们的小小的青色的花"（《见毋忘我花》）彼此像眼一样在潮润的凝望中彼此牵挂，含蓄，深沉，缠绵，语短意遥。在《微笑》中，诗人把微笑比喻为远山飘开的岚，水蜘蛛在静水上徘徊，尽管面对异国山川，也觉得"无限意，无限意："有人微笑，/一颗心开出花来，/有人微笑，/许多脸儿都忧起来。"（《微笑》）恋人钟情于诗人，诗人当然心花绽放，而没有得到爱的人只能忧郁起来。诗人把这隐伏深情的微笑，作为"定情之花的点缀"，"迢遥之旅愁之凭藉"。相思，愁苦，也是爱情的滋味，不失为一份甜蜜的慰藉。

施绛年始终没有爱上戴望舒，因为她早就心有所属，爱上一位开茶叶店的小老板，只是迫于外界的压力和戴望舒的要挟而勉强答应，至于要戴望舒出国更是一个缓兵之策。为了戴望舒在海外安心，施蛰存一直没有告诉他实情。1935年4月间，戴望舒回到上海，确证施绛年已经移情别恋。戴望舒既痛苦又气恼，正如他在译诗《恋爱的风》里痛苦的吟唱，"恋爱啊，我的冤家/我啃着你苦味的根！"他在愤怒之下当众打了施绛年一记耳光，登报解除了婚约。施绛年后来也没有后悔于自己的选择，面对岁月的风风雨雨，顽强地走完了自己的人生之路，1964年病逝于台湾。[①]

戴望舒对施绛年的这份感情，是他的初恋，非常热烈执着，但可惜只是"单恋"，在恋爱的季节遇上了一个"不正确"的人。虽然他盛怒之下一巴掌结束了八年的感情长跑，但这份感情烙在他的心底，对之后的婚姻生活投下了阴影。

① 王文彬：《雨巷中走出的诗人：戴望舒传论》，商务印书馆2006年版，第164页。

二

图9-3 戴望舒与穆丽娟

戴望舒的第二位爱恋对象是穆丽娟，是他的另一个好友——“新感觉派的圣手”——穆时英的妹妹。刘呐鸥、穆时英和施蛰存是新感觉派小说的三个代表性作家，戴望舒和他们一起开办书店、出版刊物。穆时英对戴望舒非常钦佩，他还常把戴望舒的诗句化用到自己的小说中。他对戴望舒回国后的婚姻变动甚为关注，安慰戴望舒：“施蛰存的妹妹算得什么，我的妹妹要比她漂亮十倍，我给你介绍。”①穆时英因倾心其文、赏识其人进而同情其所遭受的失恋打击，所以竭力撮合自己的妹妹穆丽娟与之相爱，帮助戴望舒走出无爱的阴影。

穆丽娟出生于1917年，时年方十八，中学刚毕业，受哥哥的影响也喜爱文艺，与穆时英的文友都很熟识，很自然地和戴望舒也就有交往。戴望舒教穆丽娟学打法国式桥牌，请她在书房为他抄文稿。穆丽娟在交往的过程中对戴望舒由崇拜而发展为清纯的恋情。戴望舒已熄灭的爱情之火也在这个娴雅文静、端庄美丽的可爱少女身上不觉又得以复燃。1935年冬，杜衡受戴望舒之托向穆母提亲，有穆时英的支持，亲事顺利得到允诺。诗人由失恋的痛苦深渊一步步登上了爱情的快乐峰巅。在写于1936年的《小曲》中，他以自问自答的方式表达了快乐的心声：

啼倦的鸟藏喙在彩翎间，/音的小灵魂向何处翩跹？/老去的花一瓣瓣委尘土，/香的小灵魂在何处流连？//它们不能在地狱里，不能，/这那么好，那么

① 王文彬：《雨巷中走出的诗人：戴望舒传论》，商务印书馆2006年版，第166页。

好的灵魂！/那么是在天堂，在乐园里？/摇摇头，圣彼得可也否认。//没有人知道在哪里，没有，/诗人却微笑着三缄其口；/有什么东西在调和氤氲，/在他的心的永恒的宇宙。

从诗句中可以看出戴望舒已从无爱的绝望走向感情的新生，诗人的“微笑”是幸福心境的流露。

1936年7月，戴望舒与穆丽娟在上海四川路新亚饭店举行婚礼①，7月18日的《东南日报》“作家动静”一栏有“戴望舒与穆丽娟（穆时英之妹）结婚”的短讯。在婚礼的签到簿上有人写下了打油诗：

戴了橡皮圈
望着穆丽娟
舒舒服服像登仙

这首打油诗的藏头是“戴望舒”，在善意的调侃中寄寓着对他们婚姻的祝福。婚后的生活是宁静而幸福的，同时又是充实而多彩的。戴望舒一边翻译《吉诃德爷》和法国诗歌，一边创作新诗，筹办《新诗》杂志。周日，他和妻子去新亚茶室与文学圈的朋友们见面，一起饮茶、聊天。他后来在《跋〈山城雨景〉》中回忆：“上海的文士们总聚集在北四川路虬江路角子上的那间‘新亚茶室’，谈着他们的作品，他们的计划，或仅仅是清谈。他们围坐在一张大圆桌周围高谈阔论着，从早晨9时到下午1时，而这段时间，穿梭来往着诗人，小说家，戏剧家，散文家和艺术家，陆续地来又陆续地走，也不问到底谁‘背十字架’，只觉得自己的

① 戴望舒的父亲于1936年6月初因脑出血病故。他们于一个多月后举行婚礼。王文彬先生认为这是戴望舒担心延期会发生变化，遂不顾守孝礼数，如期完婚。其实在民间，如笔者故乡安庆，就有在男方长辈丧后一个月内娶亲的风俗。公婆去世，未过门的媳妇要来尽孝，要么就要到三年后才能完婚，因为孝子的服期是3年，倘此前婚期已定，碰上丧事，大孝在身，如不趁此时迎娶，婚姻便拖延太久。民间还认为，婚期一确定，不宜延后，宁可提前，俗称“赶凶”。

确已把一个休暇的上午有趣地度过了而已。”[①]有时候他们外出跳舞，或者在家举办一个小型舞会，或者一道去看电影。自由自在，无牵无挂，日子在安宁温馨中度过。柔情似水的妻子是他在无爱的海洋里挣扎了八年后得到的温馨港湾，他在《眼》（1936年10月19日）中抒发了自己沐浴在爱人眼眸中身心相溶、如醉如痴的幸福感受：

在你的眼睛的微光下，/迢遥的潮汐升涨：/玉的珠贝，青铜的海藻……/千万尾飞鱼的翅，/剪碎分而复合的/顽强的渊深的水。

无渚崖的水，/暗青色的水；/在什么经纬度上的海中，/我投身又沉溺在/以太阳之灵照射的诸太阳间，/以月亮之灵映光的诸月亮间，/以星辰之灵闪烁的诸星辰间，/于是我是彗星，/有我的手，/有我的眼，/并尤其有我的心。

我晞曝于你的眼睛的/苍茫朦胧的微光中，/并在你上面，/在你的太空的镜子中/鉴照我自己的/透明而畏寒的/火的影子，/死去或冰冻的火的影子。

我伸长，我转着，/我永恒地转着，/在你永恒的周围/并在你之中……

我是从天上奔流到海，/从海奔流到天上的江河，/我是你每一条动脉，/每一条静脉，/每一个微血管中的血液，/我是你的睫毛/（它们也同样在你的/眼睛的镜子里顾影）/是的，你的睫毛，你的睫毛，

而我是你，/因而我是我。

诗人用了一系列的繁复的意象，抒写自己仿佛沐浴在爱人的眼神中身心相融的快乐体验，感受到两人世界中“我是你的每一条动脉/每一条静脉/每一个微细血管中的血液/我是你的睫毛……”“而我是你/因而我是我”的最高境界。在极度喜悦中，他甚至迸发出郭沫若《天狗》式的狂放奔腾的诗行，多年来渴望得到回馈的爱如同“死去或冰冻的火的影子”终于燃烧、奔流起来。

不久，抗战爆发，戴望舒决定把家迁到香港。1938年5月，与徐迟两家六人

① 戴望舒：《戴望舒全集·散文卷》，中国青年出版社1999年版，第185页。

坐邮船到香港。他本打算安顿好妻女后自己回大后方参加文艺界的抗敌工作，因偶然的原因而留下来担任《星岛日报》“星座”副刊编辑，并从事“文协”香港分会的抗战宣传工作。

戴望舒到香港后先居学士台后迁到林泉居，诗人非常享受这里的幽静。这是他一生中最幸福的时光，夫妻琴瑟和谐，日常生活散发着温馨，充盈着甜美。1944年3月，在与穆丽娟分手后，戴望舒痛苦而深情地追忆过往的幸福：

这样迟迟的日影，/这样温暖的寂静，/这片午饮的香味，/对我是多么熟稔。

这带露台，这扇窗/后面有幸福在窥望，/还有几架书，两张床，/一瓶花……这已是天堂。

我没有忘记：这是家，/妻如玉，女儿如花，/清晨的呼唤和灯下的闲话，/想一想，会叫人发傻；

单听他们亲昵地叫，/就够人整天地骄傲，/出门时挺起胸，伸直腰，/工作时也抬头微笑。

现在，可不是我回家的午餐？/桌上一定摆上了盘和碗，/亲手调的羹，亲手煮的饭，/想起了就会嘴馋。

这条路我曾经走了多少回！/多少回？……过去都压缩成一堆，/叫人不能分辨，日子是那么相类，/同样幸福的日子，这些孪生姊妹！

我可糊涂啦，/是不是今天出门时我忘记说“再见”？/还是这事情发生在许多年前，/其中间隔着许多变迁？

可是这带露台，这扇窗，/那里却这样静，没有声响，/没有可爱的影子，娇小的叫嚷，/只是寂寞，寂寞，伴着阳光。

而我的脚步为什么又这样累？/是否我肩上压着苦难的岁月，/压着沉哀，透渗到骨髓，/使我眼睛朦胧，心头消失了光辉？

为什么辛酸的感觉这样新鲜？/好象伤没有收口，苦味在舌间。/是一个归途的设想把我欺骗，/还是灾难的岁月真横亘其间？

我不明白，是否一切都没改动，/却是我自己做了白日梦，/而一切都在那里，原封不动：/欢笑没有冰凝，幸福没有尘封？

或是那些真实的岁月，年代，/走得太快一点，赶上了现在，/回过头来瞧瞧，匆忙又退回来，/再陪我走几步，给我瞬间的欢快？

有人开了窗，/有人开了门，/走到露台上/——一个陌生人。

生活，生活，漫漫无尽的苦路！/咽泪吞声，听自己疲倦的脚步：/遮断了魂梦的不仅是海和天，云和树，/无名的过客在往昔作了瞬间的踌躇。（《过旧居》）

对逝去的家庭生活难以释怀的感情让他于同年6月再度怀念过去的幸福，并沉重而热切的嘱咐他和穆丽娟唯一的女儿朵朵（戴咏素）“记住那些幸福的日子”，记住“我们曾有一个安乐的家”：

记得那些幸福的日子，/女儿，记在你幼小的心灵，/你童年点缀着海鸟的彩翎，/贝壳的珠色，潮汐的清音，/山岚的苍翠，繁花的锈锦，/和爱你的父母的温存。

我们曾有一个安乐的家，/环绕着淙淙的泉水声，/冬天曝着太阳，夏天笼着清荫，/白天有朋友，晚上有恬静，/岁月在窗外流，不来打扰，/屋里终年长驻的欢欣，/如果人家窥见我们在灯下谈笑，/就会觉得单为了这也值得过一生。

我们曾有一个临海的园子，/它给我们滋养的番茄和金笋，/你爸爸读倦了书去垦地，/你呢，你在草地上追彩蝶，/然后在温柔的怀里寻温柔的梦境。

人人说我们最快活，/也许因为我们生活得蠢，/也许因为你妈妈温柔又美丽，/也许因为你爸爸诗句最清新。

可是，女儿，这幸福是短暂的，/一霎时都被云锁烟埋；/你记得我们的小园临大海，/从那里你一去就不在回来，/从此我对着那迢遥的天河，/松树下常常徘徊到暮霭。

那些绚烂的日子，像彩蝶，/现在枉费你摸索追寻，/我仿佛看见你从这间房/到那间，用小手挥逐阴影，/然后，缅想着天外的父亲，/把疲倦的头搁在小小的绣枕。

可是，记得那些幸福的日子，/女儿，记在你幼小的心灵，/你爸爸仍旧会来，像往日，/守护你的梦，守护你的醒。

戴望舒夫妇琴瑟和谐的美好生活只持续了3年左右，最终画上了令人叹惋的句号，“这幸福是短暂的/一霎时都被云锁烟埋。”戴望舒与穆丽娟离异的原因，据穆丽娟所言，是戴望舒对她没有什么感情，他的感情都给施绛年了。对此，采访过穆丽娟的王文彬分析，穆丽娟性格温柔，美丽沉静，像一朵水仙。随着岁月的流逝，人生阅历的加深，她对感情的理解和追求也有了更深刻的内容。戴望舒在追求施绛年的时候，心扉是敞开的，渴望与她交流。而他和穆丽娟的结合，来得顺利，几乎没有什么波澜，因而缺乏像对施绛年那样有力的冲动和深沉的激情。他把比自己小12岁的穆丽娟看成不懂事的“小孩子”，家中的事情都由他做主。他没有注意到丽娟的内心，也缺少与她深层的感情交流。他把爱封闭在自身。戴望舒不能欣赏丽娟，不能深入理解，也没有看到她的价值，缺少体贴和温柔，有时为偶尔一些小事，又很冲动，出语粗蛮，性格中灰暗的一面往往无节制地表露。这样，两人的性格和心理的矛盾慢慢积聚起来，两个人的世界，由温馨逐渐趋于冷漠。经由穆时英被刺杀和穆母去世两件事，穆丽娟开始认真考虑自己的命运和前途。她不想糊里糊涂过一辈子，于是通过书信正式向戴望舒提出离婚。[①]

穆丽娟于1940年离开香港去上海后，戴望舒力图挽救婚姻。他去上海找妻子以求和解，遭到拒绝；他回到香港后，寄钱写信呼唤妻子的归来，换来的却是穆丽娟离婚的决心。曾经和暖融融的氛围开始冷凝，自己又一次从幸福之巅跌落到痛苦深渊，心中的美好和幸福一再从自己身上滑脱消逝，将追求完美的诗人再一次抛向了绝望的边缘……他第二次为感情而选择了自杀，所幸被救，但这次打击

① 王文彬：《雨巷中走出的诗人：戴望舒传论》，商务印书馆2006年版，第245—254页。

让他陷于痛苦，几乎无法自拔。他在《致萤虫》中思考生与死，“萤火，你来照我”，“我躺在这里，让一颗芽／穿过我的躯体，／我的心，／长成树，开花；//让一片青色的藓苔，/那么轻，那么轻，/把我全身遮盖。”“萤火，萤火/给一缕细细的光线——/够担得起记忆，/够把沉哀来吞咽!”

戴望舒在他的诗歌中四次使用“沉哀”。两次是施绛年给他的，《山行》中的“见了你朝霞的颜色，／便感到我落日的沉哀”，《林下的小语》中的“什么是我们的好时光的纪念吗？／在这里，亲爱的，在这里，／这沉哀的，这绛色的沉哀。”两次是穆丽娟给他的，《过旧居》中出现一次，《致萤虫》中又出现一次。宿命似的，戴望舒浓烈的感情得不到回报，他只得抒写着单恋者的绛色的沉哀。

三

1942年3月，日军占领香港，开始搜捕隐蔽战线上的抗日爱国人士，戴望舒被捕，并受到严刑拷打。经过叶灵凤的营救，保释出狱，但健康被严重损坏。

图9-4 周黎庵

其时，香港和上海已中断交通和邮路，戴望舒和穆丽娟的离异协议以半年为期，现在已经逾限，恐怕已另有安排了。戴望舒是凄凉的，寂寞的，他的伤痕累累的心灵也需要抚慰、滋润。其间，他认识了年仅16岁的少女杨静（丽萍）。杨静（1925—1997），浙江海宁人，当时在大同图书印务局上班。戴望舒也在此供职，他们结识了。1942年11月24日，戴望舒致函穆丽娟“同意离婚”，两个月后又寄出“离婚契约”，随后又把穆丽娟的衣物寄回上海，好聚好散。戴望舒曾委托《宇宙风》杂志编辑周黎庵（周劭）代为照应穆丽娟。周时常来问寒嘘暖，暇时还教穆丽娟学点英语，二人逐渐产生感情，在离婚契约寄来后半年，周与穆丽娟结婚，两人一起相伴到2003年。

1943年5月30日，由胡好作介绍人，戴望舒与杨静在香港大酒店举行婚礼，开始了新的生活。新婚初期，他们生活得安定而幸福。第二年和第三年，二女儿咏絮和三女儿咏树相继出生，给家庭带来新的欢乐。他们在战火笼罩的乱世结合，患难夫妻，苦涩又甜蜜。人到中年，又经历了这么多的人生风雨，戴望舒需要一种宁静的生活。与施绛年和穆丽娟相比，戴望舒写给杨静的爱情诗很少，但《赠内》一诗真实地表现了他对宁静生活的向往和对当时婚姻生活的满足：

图9-5　戴望舒、杨静与三个女儿

空白的诗贴，/幸福的年岁；/因为我苦涩的诗节/只为灾难树里程碑。

即使清丽的词华/也会消失它的光鲜，/恰如你鬓边憔悴的花/映着明媚的朱颜。

不如寂寂地过一世，/受着你光彩的薰沐，/一旦为后人说起时，/但叫人说往昔某人最幸福。

戴望舒认为，自己过去写下的清词丽句，在时间的淘洗中，会失去光鲜，如同妻子鬓边的鲜花会憔悴一样，但是这一切都不会遮掩妻子的“明媚的朱颜”。他告诉妻子，他可以忘记过去痛苦的一切，可以舍弃诗歌和拥有的诗名，只希望能在妻子“明媚的朱颜”的“光彩的薰沐”下，寂寂地度过一生。

可是，又一次的，戴望舒与妻子之间的情感发生了变故。在港期间，戴望舒和杨静业已发生龃龉，离港来到上海后，分歧加深。杨静头脑活络、要强，喜欢独来独往，主动与人打交道，常常到美国军营去跳舞，回来较晚。戴望舒还是依然故我，此时贫病交困，加之在港被捕保释名节受到怀疑所带来的伤害，更为烦躁易怒。杨静活泼好动的特点，有时也给异性造成别有深意的感觉。戴望舒对此不悦乃至恼火，矛盾经常显露出来，有时甚至吵闹。

1947年春，戴望舒应几个文艺青年之请，在上海“香雪园”茶室的小型聚会上即席赋诗："和世界之间是墙，/墙和我之间是灯，/灯和我之间是书，/书和我之间是——隔膜！"诗人的世界由墙、到灯、到书，空间尽管一再缩小，但仍然是隔膜，抒发了他的不被理解，他的孤寂。

不久，杨静与住在同一幢房子姓蔡的青年学生相爱了。这个青年与杨静年龄相仿，毕竟是年轻人，爱得热烈，率性而为，不顾后果。杨静虽然结婚六年，并且有了两个女儿，却是初次体验到这种奔放进乎狂热的恋情。尽管使君有妇，罗敷有夫，且又都有儿女，他们却双双计划到一个想象中浪漫的国度——法国去留学，于是，杨静向戴望舒提出离婚。这一次，戴望舒很成熟，尽管很痛苦，然而还是很冷静，谈判是在平和的气氛中进行的，为了挽救即将破裂的家庭，戴望舒做了许多工作，但杨静仍然坚持已见。1949年2月21日，戴望舒成全杨静的心愿，在离婚书上签了字。他们两人各带一个女儿，咏絮归戴望舒，咏树归杨静。杨静与姓蔡的青年相偕出走，戴望舒也携带咏素、咏絮搬到叶灵凤家客厅暂住。杨静和戴望舒分手后，她的这段恋情由于对方的妻子坚决不愿离婚而中断，男友独自赴法，加之杨静自己割舍不下儿女之情，所以她在给望舒的回信中说："法国之行，已取消。"为了生计，杨静独自到重庆航空部门去谋事，也没有成功。戴望舒对杨静并没有丝毫责备，而是继续鼓励她对人生道路做出慎重的选择。离婚后他写给杨静的书信，充分说明了戴望舒的胸襟气度以及他对杨静含蓄的、深沉的、升华了的感情。

1949年，戴望舒携女回到北平，参加全国第一次文代会，调入新闻总署，从事法文编译工作。1950年2月28日，上午8点多钟，他照例自己打麻黄素针，但那天可能想早一点治好病，他加大了剂量，注射后不久，心脏跳动剧烈，昏迷过去，虽经全力抢救，已无法苏醒，至下午1时，停止呼吸。3月1日，《人民日报》发表《戴望舒逝世》的消息，并发表胡乔木文章《悼望舒》。3月5日，全国文联和新闻出版总署联合举行追悼会，茅盾、胡乔木和乔冠华主祭。3月7日，灵柩由政府安置于万安公墓，与李大钊、朱自清的墓地相邻。茅盾亲自写了"诗人戴望舒之墓"的墓碑。

穆丽娟知悉戴望舒去世消息后，到戴望舒姐姐戴瑛处表示哀悼慰问。杨静带着三女儿咏树也从香港赶到北京。戴望舒的三个女儿和老母等，政府均作了妥善安排，杨静被安排在新闻局从事图书馆资料工作。

戴望舒一生基本上是孤寂、抑郁，多愁善感的，他是一个感情至上的抒情诗人。他执着于爱情，却又常陷入苦苦追寻而得不到回应的烦忧与郁闷。虽然也有获得爱情后的喜悦、恬静与温馨，但更多的是凄苦、感伤与绝望。他朝盼暮想着美好的爱情，留下的却只是“寂寞的呜咽”（《印象》）和单恋者的绛色沉哀。

参考文献与阅读书目

戴望舒:《戴望舒全集》，王文彬、金石主编，中国青年出版社1999年版。

王文彬:《雨巷中走出的诗人：戴望舒传论》，商务印书馆2006年版。

王文彬:《戴望舒穆丽娟》，中国青年出版社1995年版。

北塔:《雨巷诗人：戴望舒传》，浙江人民出版社2003年版。

刘保昌:《戴望舒传》，崇文书局2007年版。

陈丙莹:《戴望舒评传》，重庆出版社1993年版。

孙玉石主编:《戴望舒名作欣赏》，中国和平出版社1993年版。

十、施蛰存：爱欲的心理分析报告

图10-1 施蛰存

施蛰存（1905—2003），原名施德普，字蛰存，又用笔名施青萍、安华、薛蕙、李万鹤、陈蔚、舍之、北山等，原籍浙江杭州，八岁时随家迁居松江。1922年考进杭州之江大学，次年入上海大学，开始文学活动和创作。1926年转入震旦大学法文特别班，与戴望舒、刘呐鸥等同学，一起创办《璎珞》旬刊。1927年回松江任中学教员。1928年后任上海第一线书店和水沫书店编辑，参加《文学工场》《无轨列车》的编辑工作。1930年与戴望舒等编《新文艺》月刊。1932年主编大型文学刊物《现代》。从1937年下半年起担任教职，先后任教云南大学、厦门大学和华东师范大学。

施蛰存从1922年开始创作，到1937年因抗日战争封笔，大约写了70多个短篇小说，印行九个单行本：《江干集》（1923），《娟子姑娘》（1928），《追》（1929），《上元灯》（1929），《将军的头》（1932），《李师师》（1932），《梅雨之夕》（1933），《善女人行品》（1933），《小珍集》（1936）。施蛰存后来把自己的创作生命从1928年算起，认为《江干集》是“青少年时期的描红练习”，《娟子姑娘》和《追》“摹仿多于创造，也是一个文艺学徒的习作”[①]。

施蛰存家境小康，有着追求艺术的宽松环境；远离政治，是个典型的自由主义知识分子。他既醉心于意象富丽、浪漫诡异的古典诗词，又通晓英法德几国文字，阅读外文原版书，对现代主义格外关注，可见传统与现代在他身上奇妙地融合着。在生活中，他是一个普通人，不像戴望舒、刘呐鸥、穆时英等人“有故事”。他24岁与陈慧华女士结婚[②]，陈女士比他略大一岁，是他妹妹的同学。他们恋爱的故事在小说《幻月》中有隐约地表现。施蛰存是个标准的好丈夫，没有绯闻，顾家，听太太话，一点也不像他作品中的男性那样风流放纵。但施蛰存又是敏感的、心思细腻，具有内倾性格。在著名的散文《鸦》中他这样叙述自己的童年与心性：

> 我到如今也常常惊异着自己的小时候的性格。我是一向生活在孤寂中，我没有小伴侣，散学回家，老年的张妈陪伴着母亲在堂上做些针黹，父亲尚未回来，屋宇之中常静悄悄地，而此时我会得不想出去与里巷中小儿争逐，独自游行在这个湫隘又阴沉的天井里。这是现在想来也以为太怪癖的。秋日，桂叶繁茂，天井便全给遮蔽了，我会得从桂叶的隙缝中窥睨着烟似的傍晚的天空，我看它渐渐地冥合下来，桂叶的轮廓便慢慢地不清楚了，这时候，一阵鸦噪声在天上掠过。跟着那住在我们的桂树上的几个鸦也回来了。他们在树上哑哑地叫喊，这分明是表示白日之终尽。我回头看室内已是灯火荧荧，晚风乍起，落叶萧然，这时我虽在童年，也好像担负着什么人生之悲哀，为之怅然入室。

① 施蛰存：《十年创作集》，华东师范大学出版社1996年版，引言第3页。

② 陈慧华2001年去世，两人共同生活了七十多年。关于施蛰存与陈慧华的结婚时间有两说，黄德志、肖霞的《施蛰存年表》中为1928年，杨迎平的《我所认识的施蛰存先生》说是1929年。施达的《忆父亲施蛰存先生》中没有明确年份，但所述母亲陈慧华去世为2001年。杨迎平文中为2002年。结合施达文中信息，他大哥1930左右出生，前面还有一个更大的姐姐，施蛰存结婚应为1928年。施蛰存是24岁时结婚，为虚龄，杨迎平大概是算实龄，推断为1929年。

施蛰存的性格中有着孤独、伤感和忧郁，他为人处世从不显山露水，宁愿当陪衬，可丰富、敏锐的内在思想和情愫却无时不在等待勃发之日。后来弗洛伊德的学说为他敞开心灵提供了凭据。弗洛伊德让人正视自我、理解超我、重视本我，他指出，性和自我合成Eros，即食色本能，它是生之基础，是爱和一切美好事物展开的渊源。在这些理论的影响下，施蛰存将积蕴已久的对女性心理的敏感、对性冲动带来的心理躁乱和日常生活中各种心理的瞬间反应，以独特的手笔铺展开来，成为中国现代文坛心灵艺术的书写者。

一

施蛰存在20世纪90年代初接受台海作家郑明俐、林耀德采访时，试图辩明他的小说的特点是“心理分析”而不是“心理小说”：

> 心理小说是老早就有的，十七、十八世纪就有的。心理分析是二十世纪二十年代的东西。我的小说应该是心理分析小说。因为里头讲的不是一般的心理，是一个人心理的复杂性，它有上意识，下意识，有潜在意识。这和十八世纪的写作不一样，那时的心理学还没有挖到这么深的地步。[①]

施蛰存一直在各种场合告诉别人，他的写作受三个人的影响最大——弗洛伊德、蔼理士和施尼茨勒（也有译为显尼志勒）。他所说的“心理分析”尤指以弗洛伊德的方法，研究人的潜在被压抑的性意识。他追求所谓“内在深度”，也就是在人的心理层面，全盘构建与身体感觉相对应的意识基础。施蛰存要以完整论述心理和意识的“内在现实”为基础，重新构造出一个都市现代主体，即对现代人之“人性”的想象。

① 施蛰存：《沙上的脚迹》，辽宁教育出版社1995年版，第176页。

> 我最早受影响的是奥地利的显尼志勒，……看了显尼志勒的小说后，我便加重对小说人物心理的描写。后来才知道，心理治疗方法在当时是很时髦的，我便去看佛洛伊德的书。
>
> 当时英国的艾里斯出了一部“Psychology of Sex”（《性心理学》），四大本的书，对佛洛伊德的理论来个大总结和发展，文学上的例子举了不少。我也看了这套书。所以当时心理学上有了这新的方法，文艺创作上已经有人在受影响，我也是其中一个。[①]

施蛰存对人物心理的描述、分析主要是性心理。他的早期作品《娟子》叙述大学教授芜村在得知寄女娟子与他的学生恋爱后，心理饱受折磨，在伦理、师尊以及婚姻忠诚的重负下他积压了多时的情欲终于爆发出来，小说刻画了人被情欲控制后的迷幻和疯狂。施蛰存在《我的第一本书》里谈到，《娟子》一文“是一种高超的模仿”，“还不能说是创作。因此，我也不承认它是我的第一本新文学创作”[②]。但作为第一篇以潜意识与性心理解释人物行为的作品，它却真正开启了施蛰存的一系列文学实验。

“都会的人，现代的人，你知道，一个青年，一定是好色的”[③]，施蛰存就是以这样的叙述为起点，观察都市社会，细致描写人物，主要是男性的性心理。《花梦》男主人公桢韦本是一个普通的“都会好色青年”，邂逅了一位神秘的摩登女郎，原想在她身上揣摩爱的意义和可能，徘徊于调情—恋爱的两极矛盾心理中。当发现了女人乃是一个靠身体交易钱财的货色时，他决定不再犹豫，来一次单纯的欲望消费，“摩登女郎”成了他眼中彻底的商品。小说结尾，男主人公对女人感到兴味索然。实际上小说开篇不久，作者就已经透露了女主人公进入这场游戏的真实动机，她并不神秘，对男子想谈恋爱而蔑视为“十八世纪的乡下傻子”，因此男主人公的心理变化构成了小说的唯一悬念。施蛰存在都市男子与摩登女郎的调

① 施蛰存：《沙上的脚迹》,辽宁教育出版社1995年版，第175—176页。

② 施蛰存：《沙上的脚迹》,辽宁教育出版社1995年版，第73页。

③ 施蛰存：《花梦》,《十年创作集》，华东师范大学出版社1996年版，第692页。

情游戏中来观察人物的内在心理。

施蛰存感兴趣的是描写、剖析青年以至中年男子由于受性欲力比多的驱使所设法寻求的性欲的满足与快感，在叙述中，叙述者在不能自己约束自己的冲突中经常自问行为出于什么动机，在向外猎奇同时也意味着对自己内心世界的探究，它涉及都市人格与主体的自我询唤。这一特点在施蛰存的代表作《梅雨之夕》里有更集中和成熟的表现。

《梅雨之夕》里的男主人公是都市的普通上班族，生活有着固定的轨道，“早上撑着伞上公司去，下午撑着伞回家，每天都如此”。小说并没有直接描写“我”的日常生活之单调苦闷，只是告诉读者“我”喜欢观看街景，以至于在雨季也不愿坐车回家。在潮湿、烦闷、压抑的梅雨之夕，“我”邂逅一位少女，通过护送她回家这一小小事件，体验到了一成不变的生活轨道之外的某种幻觉。女子本身很平淡，没有“摩登”色彩也没有任何神秘可言，但在梅雨之夕，“我”与女子贴身行走，在雨幕之中似乎发生了一种陌生化的效果，在淅漓淫雨中“我”无所顾忌地释放自己的意识流，疑惑、好奇、羞赧、种种猜度和拟想，乃至轻微的罪恶感与恐惧，所有的感觉都来自对身边少女的欲念。当“我”想象少女是其初恋情人而感到兴奋时，突然又觉察到街边有一女子“用着忧郁的眼光”看着他们，仿佛是“我”的妻，这打断了“我”对少女的绮思，“我再试一试对于她的凝视，奇怪啊，现在我觉得她并不是我适才所误会着的初恋的女伴了。她是另外一个不相干的少女。眉额，鼻子，颧骨，即使说是有年岁的改换，也绝对地找不出一些踪迹来。而我尤其嫌厌着她的嘴唇，侧看过去，似乎太厚了一些”，顿时失去了对少女的迷恋。

图10-2　施蛰存《梅雨之夕》

《梅雨之夕》正是通过男主人公在两位主要女性角色间的心理的摇摆，体现了男性“自我”与“本我”的交锋。男主人公开始自诩是一个懂得欣赏美的正人君子，既懂得守规矩也懂得不紧不慢地享受生活享受美，换句话说他认为自己是个可以在“自我”与“本我”间获得协调与平衡的新时代男性。可是随着情节的发展，我们可以发现这种平衡慢慢被打破，在原始“本我”驱使下，他显而易见地在“少女”与“妻”两个女人间犹豫与挣扎了。开头，男主人公面对绵绵梅雨，只能孤寂地呆立，可心却向少女靠去，小说通过连续几个设问，体现了男主人公内心“自我”与“本我”的挣扎，如“我有着伞呢，而且大得足够容两个人的蔽荫的，我不懂何以这个意识不早就觉醒了我。但现在它觉醒了我将使我做什么呢？我可以用我的伞给她障住这样的淫雨，我可以陪伴她走一段路去找人力车，如果路不多，我可以送她到她的家。如果路很多，又有什么不成呢？我应当跨过这一箭路，去表白我的好意吗？好意，她不会有什么别方面的疑虑吗？或许她会得像刚才我所猜想着的那样误解了我，她便会得拒绝了我。难道她宁愿在这样不止的雨和风中，在冷静的夕暮的街头，独自个立到很迟吗？不啊！雨是不久就会停的，已经这样连续不断地降下了……”短短一段话里有五个问句，表达了男主人公面对心仪的少女害怕自己的唐突会让她疑虑，这是男主人公“本我”暂时的胜利，他原始的性冲动使他表现出最“本我”的一面。但是紧接着的一个问句——“我将用何种理由来譬解我的脸红呢？没有！但随即有一种男子的勇气升上来，我要求报复，这样说或许是较言重了，但至少是要求着克服她的心在我身里急突地催促着。”男主人公对少女的不一样的感情让充满社会性的“自我”感到羞愧，可是男主人公又暂时遵循了“本我”的潜意识，也就是性冲动，表现出了自己的“男子的勇气”。其中“事情会得展开到这个现状吗？她是谁，在我身旁同走，并且让我用伞荫蔽着她，除了和我的妻之外，近几年来我并不曾有过这样的经历。我回转头去，向后面斜看，店铺里有许多人歇下了工作对我，或是我们，看着。隔着雨的，我看得见他们的可疑的脸色。我心里吃惊了，这里有着我认识的人吗？或是可有着认识她的人吗？……再回看她，她正低下着头，拣着踏脚地走”和“我忽然好像发现这是我的妻，她为什么在这里？我奇怪”两段话通过内心的自问自答表现了男主人公精神中理性的“自我”的自省，对“本我”的冲动的纠正，在自己短暂的精神出轨中，“少女”和“妻子”分别代表着“本我”与理性的“自我”，“妻子”这一形象在男主人公与少女共擎一伞的过程中间或出现，正体现出这种意识对潜意识的纠正，体现了男主人公的摇摆以及“本我”“自我”

之间相互纠结的复杂关系。在“本我”的推动下，“我”甚至将对少女的情感进一步升华，把少女当成了初恋情人。这也是小说的第一个转折。“我”潜意识的欲望由“囚禁”转向“解脱”。“本我”第一次完全战胜了“自我”，获得了欲求上的满足。而小说的第二个转折，即少女委婉而坚定的道别。“我”重由“解脱”转向“囚禁”。在一系列细致入微的心理描写中，文章也渐至高潮。“我”在潜意识的性心理、性幻想中想入非非。可一切随着道别的话语戛然而止，不留踪迹，“我”怅然若失，又无可奈何。“本我”减弱，理性的“自我”重又占据主导，男主人公在踏入家门面对“妻”时，也暗示着“我”回归到了“自我”，重又成为一个理性伪装下的将“本我”隐藏的社会人。“我”经历着由压抑—解脱—再压抑的过程。

图10-3　施蛰存《善女人行品》

《在巴黎大戏院》通篇由内心独白组成，故事基本情节跟《梅雨之夕》有一点相似，讲述的是一已婚男子与某女性在巴黎大戏院同看电影的一段经历。但与《梅雨之夕》的含蓄相比，《在巴黎大戏院》对男性的性压抑有着大胆惊人的正面描写，“我”每一个细微的感觉变化都直接出自强烈的情欲。“我”身边的女子身上时刻散发出的挑逗性气味，使“我”对自己的性幻想没有任何自律，也没有追问自己行为动机的必要。由于作品展现了男主人公赤裸裸的情欲想象，从中更能看出其心理感受与身体感觉是如何融为一体的：

……哦，好香，这的确是她的香味。这里一定是混合着香水和她的汗的香味。我很想舔舔看，这香气的滋味是怎样的，想必是很有意思的吧？我可以把这手帕从左嘴唇角擦到右嘴唇角，在这手帕经过的时候，我可以把舌头伸出来舔着了，甚至就是吮吸一下也不会被人家发现的。这岂不很巧妙？好，电灯一齐熄了，影戏继续了。这时机倒很不错，让我尽量地吮吸一下吧……这里很咸，这是她的汗的味道吧？……但这里是什么呢？这样地腥辣？……恐怕痰和鼻涕吧？是的，确是痰和鼻涕，怪粘腻的。这真是新发明的美味啊！我舌尖上好象起了一种微妙的麻颤。奇怪，我好象有了抱着她的裸体的感觉了……

整篇小说并没有设置男女两人直接身体接触的情节，看上去男主人公的身体感觉全由心理上的狂想牵引而出。同时他愈是兴奋，愈是大量增生心理活动，可以说身体感觉——性的欲求也最大程度地扩张了他的心理感受。这两者之间本来可能存在的区别不仅被完全打破，而且在彼此融合与加强中，为男主人公制造出异乎寻常的体验，乃至一切原本绝对谈不上快乐的感受，都可能被组织到性的冲动与感觉之中。手帕这样一种日常物品却成为“我”想象与女人身体接触的中介，这或许象征了他要从心理体验入手，将更多普通人的日常生活感受“身体感觉化”。小说中，男子痴狂到近乎变态的地步，从买电影票、上楼、并肩而坐、读电影情节简介、吃冰激凌到用女子的手帕擦嘴再到看完讨论影星和出版公司，从头到尾都是男子一厢情愿地在不断地揣摩女子每个举措的用意，而且在男主人公眼里很多举动都被赋予了“另类”的性的寓意。施蛰存通过男主人公持续的内心独白，细密而深入地探讨了男性的性压抑，“沉淀了几千年的封建意识压抑着人的生命本能与原欲”[①]。

情欲在压抑之后往往寻求替代品“移情”。人受性欲“利比多”的驱使，在“一种盲目和不确定性的冲动”中，本能“总是随着某种确定性的外部环境来调整自己、调节自己的。这种外部环境给本能提供了既独特又难以恢复原状的形式”。[②]本能为了“恢复原状”就会寻求替代品去寻求性欲的满足和快感，文明的教养和生存的环境，都不允许他们做出有过分违背伦理道德的事情。在这种情况下，为了满足潜意识的性本能的满足和快感，就会寻求其他的东西作为自己感情的替代品。《在巴黎大戏院》中手帕实际上成了情人的替代品，《梅雨之夕》陌生女子的地位在主人公心目中代替了妻子的地位，她成了“我”和妻子之间的感情厌倦的替代品。

① 王俊虎：《施蛰存心理分析小说新论》，《学术交流》2013年第9期。

② 荣格：《未发现的自我》，国际文化出版公司2001年版，第46、44页。

性的压抑还表现为精神错乱。《魔道》中的主人公一路上被一个古怪的老妇人的幻影纠缠，遇见了乡下陈君的夫人以及都市咖啡馆里的女侍后，这种怪异的幻想与对女人的欲念融为一体，他的内心由此被情欲和恐惧所轮流盘踞。《旅社》中的主人公是都市里的神经衰弱者，他入住一间乡村旅店，想象床底下有女尸潜伏。《宵行》中的村人在独自毛骨悚然地夜行一路后，勾搭上了棺材店的老板娘。而《夜叉》中的主人公从上海奔赴乡村隐居，因感到被女夜叉缠身而发狂杀人。主人公在都市中受了快节奏生活的压迫和刺激，患上了神经衰弱症，企图去有着“乡野的风物和清洁的空气，再加上孤寂和平静”的乡村调节精神与心灵，但他们发现在乡村仍然难以摆脱都会式的色情诱惑。

《四喜子的生意》中的四喜子是一个在上海都市拉黄包车的乡下人，一个衣食尚不得周全的人，却仍频繁在潜意识中萌生着各种骚动，可见性欲驱动力之大。小说中四喜子的性幻想不止一次地骚动直至通过不当的途径爆发。在他看来，都是因为对妻子双喜妞儿——固有性对象的不满和憎恶引起的。四喜子在吵架负气后去拉夜车，随后一连串性对象此起彼伏地出现在了他的幻想中。先是发现溜进许生家的黑影，便怀疑是许生的女人偷汉子，进而在潜意识里将许生女人做了一次意淫。“许生女人究竟比双喜妞儿长的俏。她那个高高的大胸膛真也够你瞧一整天不想走，可是俏了人就坏啦，这个真不知是什么缘故。那天我不是给许生带一件油衣去，这女人，真大胆量，他为什么拧我一把？她为什么还冲着我笑？该死，那一天真勾引得我丢了心，我真想动手……”而等到和荣根交班的时候，荣根做妓女的妹妹翠英又如同幽灵一样飘进了他的思想，“可是翠英到底比许生女人长的俏，谁个看见了她不中意？老子有了五块钱，一准去找她。”而当四喜子拉车从临街的店铺前面经过时，橱窗里的假人模特竟也成了他的性欲对象。“那个女人做得真像是真的，站着，一只手伸出着，一只手叉着腰。她穿着的一件是什么样的衣裳，要是里面没的衬，不是什么都会透出来给人瞧见吗?”在照相馆门前，关于照片上的外国女人又浮想联翩地跳进他的世界，“一条胳膊也弯转一些儿，搁在椅子背上，看上去就怪有劲了。那个外国女人真照得不错，相貌也俏，比耶稣堂里的那个瘦长的女人强的多。”直到一个现实的外国女人坐上了四喜子的黄包车，他潜意识中的“力比多”已经达到了一个峰值，外国女人无形中对他的“挑逗”进一步刺激他性欲的爆发。“她跨上车，一阵香味带过，直冲我鼻子里攒，香得真厉害，不知搽的什么香水。她也穿这很薄很薄的衣裳，袖口短得好像是件背心，黄的和白的两个颜色做起来的。腰肚边横着一根红皮带。她年纪不大，脸儿也不错”“自从看见了她光着的腿，我就有点不规矩起来啦。”外国女人的赤脚不停地在四喜子的背上蠕动，“我回头一看，那女人也在对他笑，两片血红的嘴唇皮歪了一歪，好家伙，坐在车上还卖弄风骚”，“天又热，心又跳的厉害”，再加上对麻皮张飞的“壮举”的羡慕和心动，四喜子终于按捺不住，在一条漆黑的小路将外国女人拉下了车。

图10-4　施蛰存《十年创作集》

四喜子潜意识中的性欲在短短夜路中其实是一个不断增强的过程。首先在漆黑的夜里，人的“力比多”要比白天活跃，四喜子的此起彼伏的性幻想、金生夜班溜进许生女人的家里、麻皮张飞深更半夜做的生意等都是性心理激烈的表现。而对自己固有性对象或者平庸生活的懈怠、厌恶却是主人公一路性幻想乃至不伦之举的导火线，“双喜妞儿，你不跟我吵嘴，我不会闯这么一个祸事哪”，许生的女人、玻璃窗里的那个假女人、麻皮张飞以及不停催着他的外国女人又是他的性欲的激发者。但一言以蔽之，四喜子“欲望的实践”的根本因素还是他潜意识中难以控制的性本能，即“本我”。在弗洛伊德看来，无意识与人的压抑性欲密切相关，而这种关系直接又导致了“灵”与“肉”的冲突。在小说中，四喜子一路的幻想和自我的压制便是这种“灵”与“肉”的频繁冲突，“灵”最终败给了“肉”，而这种“肉欲”的胜利却侵犯了人伦的底线，便注定导致自己的“灵”的沦丧，注定这种“欲望的实践”是一种变态、扭曲的冲动。

二

施蛰存笔下的都市男性感知着摩登异性——现代尤物的色情诱惑，引发身体上的感觉与心理的欲念。而在《善女人行品》中则转向揭示女性的性心理。

《周夫人》中年轻寡居的周夫人在对一个相貌颇似亡夫的12岁男孩的注视中诱发了长期压抑的情欲。长期压抑的“性苦闷”和“性冲动”在一个年轻寡妇的身上得到了生动的展现：

> 她将一双手捧住了我的两个肩膀，她的脸对着我的脸，只隔了两三寸的空隙。她依旧是那样地痴望着我。我欲待摆脱了她，但是她的两手已在逐渐地搂紧我了。她的手从我肩膀上沿着我的项颈一径捧住了我的两颊。我是被她这样的抚弄，这样地痴望，颇觉得热得难受。她一回头看着灯光，更一回头。我看她脸上全都升满了红晕，娇嫣地如搽匀了胭脂一般，猛不防她用两臂将我全个身子都搂在她怀里；她抱住了我退坐在床上，她让我立着将上半身轻倚在她胸前。啊！天啊！她把她的粉霞般的脸贴上了我的。她在我耳轮边颤抖地说：
>
> “你不是很像他吗？”

周夫人对邻家少年介于母爱与性爱之间的变态心理和行为，表现了一个中产阶级寡妇在现实生活中的寂寞、无助和困惑，而叙写这一主题的角度却是一个未成年男子的角度，从他的角度看这位寡妇，他使用了“她脸上全都升满了红晕，娇嫣地如搽匀了胭脂一般”这样的修辞，说明这是一位对“性”有所感觉的心理早熟的男孩子，施蛰存用第一人称“我”来代表男孩子，突出了观察者充满性自觉的真实感受，这篇小说的大胆之处不仅是写了寡妇内心的情欲，还在于选择了一个少年的视角。

《善女人行品》中有两篇可以用来对读的小说《雾》和《春阳》，两位女主人公，一位是三十岁的老处女素贞小姐，一位是抱了牌位成亲的寡妇婵阿姨，她们都生活在上海近郊地区，某天都要从她们生活的内地到上海都市走一遭，而上海让她们的身心都发生了很大的变化。小说《雾》里，在火车上，大雾封锁了素贞小姐朝向窗外的视野，使她“不得不”观察到坐在对面的青年男子，三言两语之间，她已将他视作未来的理想夫婿，暗蓄期待。这位青年男子显然很懂得某种道理，捡了她丢失的手帕并不递还给她，而是“轻轻地放在她的膝上”，而素贞小姐也生平第一次开窍了，下车时“当她的腿在他膝骨上擦过的时候，她觉得一阵微细的快感”。《春阳》里的婵阿姨一到上海就发现自己穿得过多，在那和煦温暖的春天的阳光里热得流汗。更奇特的是，当她顺着南京路向永安公司走了几步时，突然觉得正是这阳光让她浑身活力大增，“不仅改变了她的体质，简直还改变了她的思想。真的，一阵很骚动的对于自己的反抗心骤然在她胸中灼热起来”。一向节俭到刻薄自己的婵阿姨竟然有了花钱享乐的冲动，对她寂寞了这么多年的人生选择也有了悔意，以至于想立刻在上海认识一个男朋友。两位女性都是朴素、幽静、保守自持的“善女人”，施蛰存首先将她们描写成在乡村生活环境中无法自洽，不是被封闭的环境耽误青春，就是传统伦理道德的牺牲品。而她们进城以后，立刻受到了都市生活的冲击——这种冲击甚至带有叙述者主观戏谑的成分。

《雾》的主人公是一个喜欢做“白日梦”的典型。文本重点描写了一个28岁的老处女素贞在去上海的火车上，对坐在对面的男青年所做的爱情梦，当看到“对面那个青年绅士在频频看着她”时，“素贞小姐忽然经验到了一种从来没有感觉到的光荣”，可当到达舅父家里，颇具传统思想的素贞，从表妹口中得知，这个漂亮的绅士只是一个“电影明星”的时候，“素贞小姐好像受了意外袭击，她疑心她听错了，要不然，一定是弄错人了。”当表妹问她和这个“戏子”之间的谈话的时候，“她觉得通身都松弛了，很疲乏”，美好的爱情“白日梦”在现实面前经受不住传统观念的冲击。

施蛰存抓住人物内心的梦来表现人物的潜意识，其作品中典型的“白日梦”代表，应该是《春阳》里抱着亡夫牌位成亲的婵阿姨，所做的对三个不同男人情欲渴望的白日梦。十三年前，婵阿姨是一个“康健的小姐，她有着人家所称赞为

'卓见'的美德"，可她的未婚夫却在吉期之前死掉，经过了两日两夜的考虑之后，她决定抱牌位做亲而获得了这大宗财产的合法的继承权。十三年后，她终于熬到翁姑去世之后，自己已拥有了一大笔财产，内心里也非常希望有一个男朋友在宽阔的大马路上陪着自己逛街。"看着自己的女伴都嫁了丈夫，有了儿女，成了家。即使有贫困的饿，但他们都另外有一种愉快足够抵偿经济生活的悲苦。而这种愉快，她是永远艳羡着，但永远没有尝味过"，使得她终于估量出"那被牺牲了的幸福，在她现在的衡量中，却比从前估价更高了"，正是因为这种长期对性欲的压抑，才使她在太阳底下做着情欲的梦。

婵阿姨过去一直是取完息金后直接回昆山的，但这次却没有急着回家，而是决定在马路上走走。是什么让婵阿姨发生了这样的变化呢？从表面上看，是春日的阳光刺激了她，让婵阿姨的身心都发生了改变。但从更深的层面看，是一直压抑着自己性本能的婵阿姨的潜意识里对性的渴望在潜移默化中支配着她的思想和行动。于是，婵阿姨在春天的阳光下，在"许多呈现着喜悦的容颜的年轻人的狂流中"，心情由害怕变为轻快，长期压抑在潜意识中的活力被激发了出来。三十五岁的婵阿姨没有正常的婚姻生活，她的本能欲望一直被压抑着得不到宣泄。当她在冠生园饭店吃饭时，看到坐在旁边的一家三口的家庭后，这种被压抑的对性的渴望开始复苏了，这又使她变得烦闷和孤独了。婵阿姨看着自己的对面是一个空的座位，桌面上是一副而不是三副碗箸，"她觉得有点难堪。她怀疑那妻子是在看着她……假如我来抚养他，他会不会有这样活泼呢？"婵阿姨假设自己可以取代那个女人的位置，可以有美满的家庭，有丈夫的陪伴，有活泼的孩子。婵阿姨这看似正常的对幸福生活的憧憬，实际上反映了她潜意识里对性的渴望，对男人的渴望。随后，婵阿姨在饭店里看到了一个文雅的男人，于是婵阿姨被压抑的潜意识欲望又冲了出来，她开始幻想这位男子在她身边坐下，微笑着与她攀谈，邀请她看电影，甚至冥想着和新交的男朋友在和煦的阳光下散步。婵阿姨的白日梦使她产生了一系列的幻觉，而"为什么他在上海银行做事"的疑问，则反映出在婵阿姨无意识的幻想中，已经把身边的男子当作了那个年轻的行员。回想自己取钱的情形，"她的确觉得，当她在他身边挨过的时候，他的下颌曾经碰着了她的头发。

非但如此，她还疑心她的肩膀也曾经碰着他的胸脯的”。这里婵阿姨的欲望已经上升到肉体的接触上了，由性欲受到压抑而产生的少女般的白日梦的幻想，揭示了人物内心隐秘的情绪和骚动。人的潜意识支配人的行动，为了再去见那个银行行员，婵阿姨借口自己忘了是否在匆忙中锁了保管箱，于是在潜意识中给自己找了一个理由，立刻去了上海银行。在婵阿姨的潜意识里是期待与行员发生点什么的，就像她在自己的白日梦里所幻想的那样。可是，当她把这一幻想付诸实践后，当行员叫她太太而叫另一个穿着艳服的女人密司陈的时候，她的梦破灭了，于是婵阿姨立刻坐上黄包车去了火车站。《春阳》主要是由三个梦组成。，婵阿姨所做的三个对男人不同的白日梦，实际上是一个人在长期受到性欲压抑后对情欲的幻想。

施蛰存在表现人物性心理的时候，常常喜欢选择一个特定的环境。他小说中的人物情欲产生的环境或者是发生在有月光的晚上，或者是发生在光线迷蒙的地点，如幽暗的电影院，下雨阴晦的天气等。从心理学上来说，这种环境更容易让人产生幻觉，在这种如梦如幻的环境下，人们更容易流露出自己潜意识的思想，并以一种放大的姿态而表现出来。我们每个人都具有多面性，在社会道德、文明以及周围环境的压榨之下，每个人都戴着多重的面具，而特定的环境为我们隐藏在冰山之下的意识心理的发泄或者是表现提供了一个平台，对于古老的性本能来说也是如此。

三

许道明在《海派文学论》中曾经评价施蛰存时说，“径直把人的性心理看成是人的全部困惑和矛盾的根源。它不仅适用于现代社会，也适用于整个人类生存的历史。”[①]他不仅表现现代都市人的内心隐秘欲望，而且也运用心理分析方法对“历史人物”进行揭秘。

① 许道明：《海派文学论》，复旦大学出版社1999年版，第197页。

《鸠摩罗什》是施蛰存第一部用精神分析的手法审视历史人物性心理的成功尝试。西域高僧鸠摩罗什先是被吕光灌醉了酒与表妹龟兹公主“犯下了奸淫”，然后是与妓女孟娇娘和宫女“生出关系来”。小说中罗什始终在佛家的清规与俗世的爱欲中痛苦挣扎。他一方面为了内心的欲求而冒犯戒律，食荤娶妻，眠娼宿妓；另一方面又在为自己的功德沦丧进行忏悔开脱。在繁华的都城长安，罗什总是企图用佛家的戒律和亡妻的面影去驱散色欲的诱引。在妓女和宫女的诱惑面前，他既“想用孟娇娘的幻想来破灭他的妻的幻像”，“又想真的超度超度这个出名的可怜的妓女”，而“夜间与宫女妓女睡觉”时，鸠摩罗什内心里深深地苦闷着，“但他是为了想起了妻而与这些宫女生出关系来的”。在鸠摩罗什身上“俗世的爱欲”最终超越了“佛家的戒律”，他既为自己违背戒律而忏悔，更为自己对情爱的不专而痛苦。“舌头”在小说中多次出现，成为一个重要的“性征”符号。龟兹公主临死前含住了罗什的“舌头”，罗什注视着放浪的孟娇娘时不禁“伸出了舌头去驱逐那个小虫子”，坐坛讲经的罗什看到坛下的宫女时又想起了妻子的幻像在他怀里“做着放浪的姿态”，“将他的舌头吮在嘴里”，最后佛家的戒律和罗什的肉身终于一起消亡，而象征情欲的“舌头”却一直留在了俗世，“留给了他的信徒”。

在《将军的头》中，虽然施蛰存说他表现的是“种族与爱的冲突”，但作品的精彩处却是在对将军花惊定潜在性意识的表现。小说开始表现了率领唐兵去攻打自己本族吐蕃人的花惊定将军的矛盾心理，但很快描写的重心已完全落在了花惊定对大唐少女的迷恋上。大唐少女“深而大的眼，纯黑的头发，整齐的牙齿，凝白的肌肤”，“使将军每一眼都不禁心跳”，幻想着“自己的手正在抚摩着那少女的肌肤，自己的嘴唇正压在少女的脸上，而自己所突然感到的热气也就是从这个少女的裸着的肉体上传过来的”。“头”在文本中有着重要的象征意义。被砍了首级的花惊定坐在马背上屹立不倒，竟然是为了实现少女“只有砍了头才能成就这恋爱”的戏言，但最后却在少女的嘲笑中轰然

图10-5　施蛰存《将军的头》

倒地。支撑和摧毁花惊定的是内心深处的“性欲”，“头”便是这一符号的象征。

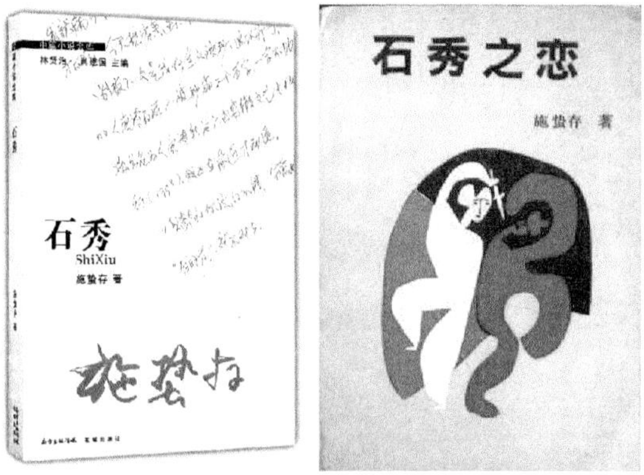

图10-6 施蛰存《石秀》

《石秀》是“用力在描写一种性欲心理”[①]。“年少热情”的石秀被“通身发射出淫亵气息”的潘巧云所诱惑，从开始的“因为爱她，所以想睡她”畸变为后来的“因为爱她，所以要杀她”。《石秀》把《水浒传》中“石秀杀嫂”的英雄传奇改写成一篇心理小说，由此创造了一个“新石秀”，他在这里不是侠义的武士，却变得敏感而神经质的“青年男性”，这位梁山好汉已不是宋代人的气息，分明“打着现代超级色情狂者的印记”[②]。他始终关注着自己的性心理的满足，为它受撩拨而兴奋，受压抑而变态，受侮辱而萌生杀机。小说不仅刻画了石秀心中“友谊与爱欲”的冲突，而且将其变态心理揭示得淋漓尽致。他来到杨雄的家一见潘巧云就迷上了，从那天起对她的隐秘的情热在他心中蠢动起来。再加上，潘巧云屡次跟他溜眼和调情，使他思绪紊乱，对她的爱欲更猛烈了。爱欲的苦闷和烈焰所织成的魔网完全抓住了他的心，对他来说，自己禁抑着这个爱欲的奔泻是一件非常痛苦的事情。然而他尽量遏制了这种妄想，因为不该也不能背叛一份与杨雄的兄弟之情。潘巧云卖弄风情，使石秀“神魂震荡”，连正眼也不敢瞧一下，进而产生了“熊熊地炽热于胸的一个壮年男子底饥饿着的欲望”，恨不得“俯地吻她底圆致美好底脚踝”，然而一想到对杨雄的不义之感，石秀爱欲的苦闷和烈焰所织成的魔网，就全部熄灭了。后来他窥破一位报恩寺的和尚与潘巧云奸通的事实时，炽热着的爱欲和强烈的嫉妒，对杨雄的怜悯，纷纷地扰乱了他的内心。尤其嫉妒戴着正义的面具引发了他的报复心理。他曾从潘巧云的美艳的身上预感过未见的恐怖，而现在恍惚产生了“因为爱她，所以要杀她”这种奇妙的念头。在他那里，一个青年男人的饥饿着的性欲与异常的杀机微妙地结合在一起，透露着一种变态

① 施蛰存：《〈将军的头〉自序》，《十年创作集》，华东师范大学出版社1996年版，第793页。
② 严家炎：《中国新感觉派小说选》，人民文学出版社1985年版，第33页。

图10-7 晚年施蛰存

的虐待症（sadism）心理[①]。他要想杀潘巧云的心又与以前他不小心弄得一个娼女受伤而看见她手指上流着鲜艳的血那场景以及那时感到的快感连在一起，使他更加烦躁和发疯了。他的眼前浮荡着潘巧云和她的丫鬟迎儿的赤露着的躯体、黑润的头发、白的肌肉、鲜红的血。他一想象这样强烈的色彩的对照情景就疯狂起来，终于故意怂恿杨雄杀害自己的妻子。在杨雄的尖刀之下，潘巧云的恐惧不安的美艳相更勾引起石秀的奇诞的欲望，使他渴想女人的奇丽的血和妖娇的裸体。他目击着杨雄将尖刀一旋从潘巧云的心窝里割下去到肚子，又伸手进去取出心肝五脏，接着把她的四肢和两个乳房都割了下来。石秀站在旁边欣赏着桃红色的每一个肢体又觉得一阵满足的愉快了。他看着那细洁而白净的肌肤上淌满了鲜红的血，就感到反而异常的安逸、和平、美丽以及爱欲。引人注目的是，他的残酷性与变态心理底层翻腾着性的欲望之流。从他的无意识深层埋着的性的冲动、烦恼、妒忌、报复心理中，可以窥探爱欲与杀害的欲念、快感与欲望的密切关系。

施蛰存的历史小说以现代人的爱欲观来阐释古人的故事，其中体现了自我、本我与超我的关系。鸠摩罗什在青年时便成为著名的僧人，但是面对天女似的表妹，他心旌动摇，但他的ego（自我）战胜了id（本我）。无意识中他爱恋着表妹，当吕光攻破龟兹国，他起了留恋之心，这一丝牵挂，是他无意识中对表妹的爱引起的，虽然吕光用奸计使他们成为夫妻，但如果罗什的无意识没有爱着表妹，他不会一陷再陷，而且成婚后罗什也意识到对表妹的爱欲深重。在表妹去世后，他更明白如果表妹在他身边，他不会空虚烦躁。此时他的superego（超我）和ego（自我）则极力压制id（本我），但是id（本我）最终冲破ego（自我），使他成为一个日间讲经、夜间与宫女妓女睡觉的僧人。而ego为保全自身则以巫术欺骗世

① 1991年3月14日施蛰存在一封致孙康宜的信中说："你看过我的小说《石秀》没有？李欧梵和严家炎都不理解石秀既恋潘巧云，为什么要杀死她？我告诉李，这就是Sadism（虐待狂，源于萨德），他大约回美去看了Sade，还给我寄了一本lustine来。"见《施蛰存海外书简》，大象出版社2008年版，第33页。

人和一干僧人，他的ego胜利了。他享受尊崇直至死去，而火化后他的舌头，那曾为妻子临死前亲吻过的舌头，那在以巫术欺骗世人时良心闪念而被针刺且常隐隐作痛的舌头，却未曾焦朽，并为世人奉作他的舍利子。这极具寓意的结尾，隐喻的是人性与良知的胜利。《鸠摩罗什》揭示的是id面对ego的压抑和superego的追求超越的巨大的压力，竟然冲破出来，而superego彻底失败，ego只能强自支撑。爱在这里代表人性，而superego无疑是神性的，所谓神性是一种社会地位的标志，或许只是一个空虚，而获得它就要牺牲人性，但是人性最终还是战胜了空虚的神性。

花惊定将军在遇到他钟爱的少女之前，他的superego是蔑视众生的。对于部下他是感到蔑视和憎厌的。他屡建战功，但因为部下的贪财好色、劫掠百姓，使他的英雄梦蒙尘，他就怀念起故乡吐蕃武士的正直勇武，动了背叛之念。在大唐与吐蕃边界担任戍边职责的部下旧病复发更坚定了他的决心。可是当遇到一个被他部下调戏的美丽少女时，他踌躇了，他爱上了她，即使在战场上他仍挂念着她，竟逃离战场要回去保护她，因此而被一个吐蕃将领所杀，英勇的将军也杀了敌人。他的理想之我——一个无头尸，提着敌人的头颅纵马去寻找少女，这一意象确实让人惊心动魄，但是当无头尸以坚强的意志出现在少女面前，少女并不认得这个无头且浑身是血的战士，她讥笑他快去死。爱，超越生死的爱，在这一瞬间毫无意义，只成一个空虚，将军扑倒在地，并且流泪，而吐蕃将领的头却露出笑容。李欧梵先生认为头是将军理智意志的象征，失去头的将军便听凭爱欲支配，而吐蕃人的头代表着英雄之梦，两个头颅正是人格分裂的象征。

施蛰存的历史小说总是试图消解传统文化赋予个体尊贵而又神圣的光环，并以现代人的思想重新赋予古人以生命，以人性的发展阐释故事的因由。那些历史人物在传说中是神性的，但在他笔下是人性的，他立足文化，以人性解构神性，以人欲阐释人生故事，而不再以神性的光环禁锢凡人的肉胎，现代人的爱欲心理是施蛰存剖析历史人物灵魂世界的主要着眼点。精神分析方法的借鉴，为他向人的内在世界探寻独辟蹊径，他笔下大段的精神分析文字在中国现代文学堪称独步，既精确犀利，又摇曳多姿，是别人难以望其项背的。

施蛰存描写都市中的人物，他笔下的城市是作为“欲望的症候”来处理的，对现代都市人的变态心理的描写与分析也成为他创作的新奇手法，“欲望”与其说是内容，不如说是形式。他在描写人物的性心理时也是情大于性，情与欲的比重在他们之间也不一样。黄献文认为，施蛰存的作品情大于欲，“描写时显得腼腆，用笔矜持，很少正面的男女交媾色情图。女性气质的洁癖使他很少写都市里的妓院、舞厅、酒吧、赌场这些藏污纳垢之所，大都含蓄地一笔带过。即便有躲避不了的肉欲描写，也用感觉、心理、梦幻之雾遮掩稀释掉”；“而刘呐鸥、穆时英作品中则欲大于情，人物甚至互不认识，便凭着动物式的异性相吸原理而幽会野合，完全甩脱了道德的束缚，造成一种强烈的感官刺激，因而显得烂熟而偏于浊”[①]。施蛰存对现代社会的“欲望”分析，达到了现代精神分析学的深度，同时又以从容的叙事、简洁华美的语言传达现代诗意。

参考文献与阅读书目

施蛰存：《十年创作集》，华东师范大学出版社1996年版。

李欧梵：《上海摩登》（修订版），毛尖泽，人民文学出版社2010年版。

沈建中编撰：《施蛰存先生编年事录》，上海古籍出版社2013年版。

张柠：《民国作家的观念与艺术——废名、张爱玲、施蛰存研究》，山东文艺出版社2015年版。

张屏瑾：《塑造自我：“性心理—内在现实”与都市里的人性观——重论施蛰存的都市小说》，《现代中文学刊》2009年第6期。

王俊虎：《施蛰存心理分析小说新论》，《学术交流》2013年第9期。

① 黄献文：《风格即人——论施蛰存的性格、气质对其他创作的影响》，《上海师大学报》1999年第2期。

十一、曹禺：只要你在我身边，那原野也是天堂

曹禺（1910—1996），原名万家宝，号小石，中国二十世纪最优秀的剧作家之一。他的笔名是由姓“萬”字分解而来的，上面是“艹”，下面是“禺”，因为“艹”字不像个姓，作家就按照谐音选了个“曹”字。曹禺创作的黄金时间是1933—1942年，他最好的几部作品均产生于这个期间。他剧作中塑造了一系列女性形象，如蘩漪、陈白露、花金子、瑞珏、鸣凤、愫方等，但是这一系列女性形象前后发生了很大变化，由现代型向古典型转变，其行为方式从“自我中心”转向了“他者中心”。这不能用时代环境变化来解释女性审美变化，只能从曹禺的个人生活中捕捉作家女性审美转向的蛛丝马迹。正如有研究者说，“不懂得曹禺的婚恋，就很难深入曹禺的戏剧世界”①，确实道出了曹禺创作与个人情感生活的关联性。

一

曹禺的父亲万德尊，到日本留学，回来考中清政府的陆军步兵科举人，被直隶总督端方任命为卫队标统。他娶过三位夫人，第一位姓燕，生了万家修和万家瑛一对儿女，后病死。万德尊续娶了武昌商人女薛氏，一年后薛氏生下万家宝，

① 田本相、刘一军编著：《苦闷的灵魂——曹禺访谈录》，江苏教育出版社2001年版，第210页。

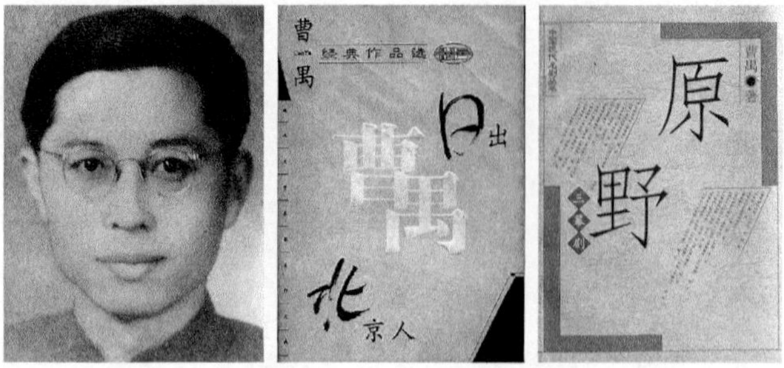

图11-1　曹禺与他的作品

得产褥热死亡，年仅19岁。后，万德尊又娶了薛氏的孪生妹妹薛咏南。薛咏南没有生育，视万家宝为己出。继母是个戏迷和小说迷，《雷雨》中关于蘩漪的舞台提示就有她的影子：“她是一个中国旧式女人，有她的文弱，她的哀静，她的明慧，——她对诗文的爱好”。曹禺在接受田本相的采访时说：“周朴园有我父亲的影子，在蘩漪身上也可以找到我继母的东西，主要是那股脾气。”①

兄长万家修毕业后不仅没有成家立业，反倒沉溺于鸦片烟，因此万德尊把光宗耀祖的希望都放到万家宝身上。万家宝进南开中学，加入校长张伯苓的弟弟、从美国哥伦比亚大学留学归来的张彭春主持的南开新剧团，开始演剧生涯。他演过易卜生的《国民公敌》中的女主角裴特拉，《娜拉》中的娜拉，还参演过霍普特曼的《织工》、丁西林的《压迫》、田汉的《获虎之夜》、未来派戏剧《换个丈夫吧》，还有高尔斯华绥的《争强》。

在参与演剧活动的同时，曹禺还与同学章方叙（靳以）、孙毓棠等人一起为天津《庸报》创办了《玄背》文学副刊。1926年9月，《玄背》第6期开始连载曹禺的小说《今宵酒醒何处》，至第10期连载完毕。这是万家宝第一次以曹禺为笔名发表的文学作品。按照曹禺本人的说法，《今宵酒醒何处》是在郁达夫的《沉沦》《春风沉醉的晚上》等小说的影响之下创作出来的一篇自传性小说：“我记得这篇小说是受一个漂亮的女护士的触动。大约是一次坐船时，见到了这个姑娘，长得很漂亮，又加上郁达夫小说的影响，就写了这篇东西。”②而郑秀和孙毓棠则有过另一种说法：《雷雨》中的周冲就是曹禺本人。他的同学、好友孙毓棠在《雷雨》创作时就曾悄悄告诉过当时正与曹禺热恋着的郑秀：“多拉，我看了家宝写的剧本

① 田本相、刘一军编著：《苦闷的灵魂——曹禺访谈录》，江苏教育出版社2001年版，第56页。
② 田本相、刘一军编著：《苦闷的灵魂——曹禺访谈录》，江苏教育出版社2001年版，第144页。

的几张草稿，你知道他那个剧本里头的周冲是谁吗？就是家宝。他同他们家的一个小丫头，就曾有那么点意思。这事，他以前亲口告诉过我的。”①

按照曹禺写作的习惯，这个初恋应该与“梅”有关。《今宵酒醒何处》中的恋人叫梅璇，《雷雨》中侍萍当姑娘做女仆时原本姓梅。曹禺对初恋刻骨铭心，也激发了他创作的灵感。小说叙述夏震与谢文伟都是由江南家乡来到北方的B地K大学任教的青年教授，夏与梅璇恋爱，谢一直充当着夏、梅二人自由恋爱的保护神，“他时常鼓励着，使他们的爱建设在巩固的地基上，不落在进锐退迅的深谷里。”暑假期间，谢文伟返回江南和母亲及情人团聚，夏震却置母亲一封接一封的家书于不顾，留在B地经受着一场失恋之苦。由于“黑胖的野村三郎”一面对梅殷勤，一面向梅的叔父讲夏震的坏话，再加上“外界及梅的叔父对他们的不满”，夏震与梅璇之间的恋爱关系难以为继。在没有与野村三郎订婚之前，梅璇曾有过与夏震一同私奔（elope）的浪漫（romantic）打算。失恋之后的夏震在致谢文伟的书信中描述着：

> 你走后一个月中我的生活是美满的，也是凄迷的。我同她在溶溶的小河中划舟，月光下常在麦地间散步。那里空气带着土香，黄长的麦杆暗地迎风欺凌而呼号。回视村中，红光点点，闪烁着如远处的萤火。然而她抽噎了，她诉说野村三郎不形于色的忌妒和逼迫，叔叔时时对她的行动的干涉，她忿激地哭求我与她一起elope。请你想彼时的情景，满地浮幻着月的海银光，夜半的夏风摇曳她的衣裙向我飘摇。这时一个女人倚着肩儿哭泣，哭诉她的痛苦，轻轻地吐出elope字的颤声，这是如何的Romantic。②

但是，怯弱而又自以为很聪明的夏震，并没有表现出与梅璇私奔的勇气。在自己的私奔要求得不到响应的情况下，梅璇只好暂时屈从叔父的安排，投入自己

① 曹树钧、俞健萌：《曹禺》，中国青年出版社1993年版，第105—106页。

② 《今宵酒醒何处》，田本相、刘一军主编：《曹禺全集》（第六卷），花山文艺出版社1996年版，第8页。

所不爱的“黑胖的野村三郎”的怀抱之中。夏震眼见自己的恋人投进别人的怀抱，既不去致力于实现“要做世界的伟人”的宏誓大愿，也不去与有“恶魔”之称的“黑胖的野村三郎”正面抗争，而在“心花已经枯槁了”的失魂落魄中，到酒铺里纵于酒，到妓院里纵于欲，再到醉梦之中去寻求精神上的慰藉：“昨夜我又梦见我的姆妈，仿佛已晓得儿子的遭遇，她抱着我哭，我投在她的怀里大嚎，醒来还是孤孤凄凄的自己。”

写作《今宵酒醒何处》时的曹禺17岁，与《雷雨》中的周冲同龄。《雷雨》中关于周冲的舞台提示，很大程度上是曹禺自己传神写意的自画像：“他身体很小，却有着大的心，也有着一切孩子似的空想。他年青，才十七岁，他已经幻想过许多许多不可能的事实，他是在美的梦里活着的。”曹禺与万公馆的“梅姑娘”的初恋还在初始阶段，带有“为赋新诗强说愁”的矫情。到了1928年上半年，曹禺在《南开双周》上接连发表三首抒情诗，第一首《四月梢，我送别一个美丽的行人》，直白而又感伤地交代了“我”与一个“美丽的行人”的分手离别：

> 古城啊，古城／日后墙外不飞袅袅柳絮，／日后楼头不见纸鸢轻影。／这一夜半，／枝头的湿花滴沥着／凄伤的泪，／便飘飘地沾埋污泥，／又投入流水伴你长征。／明晨熹光斜照一堆／残颓的花，／你已无踪无影。

第二首的《不久长，不久长》表现的是一个既聪慧敏感又空洞虚弱的灵魂，对于彼岸有“水晶，路”和“清澄的光”的天堂净土的神圣向往：

> 不久长，不久长，／乌黑的深夜隐伏，／黑矮的精灵儿恍恍，／你忽而追逐在我身后，／忽而啾啾在我身旁。／啊，爹爹，不久我将冷硬硬／睡在衰草里哟，／我的灵儿永在／深林间和你歌唱！

从小说与诗歌来看，以粗暴方式干涉恋情的是周朴园的原型——曹禺的父亲万德尊。1929年，万德尊中风而亡，时年44岁。1930年暑假，因曹禺不喜欢南开课程枯燥与思想保守，在继母的支持下考取清华大学西洋文学系二年级的插班生。清华也有演剧传统，在这里，他认识了自己的第一位夫人郑秀。

二

郑秀（1912—1989），出生于南京，是一位标准的大家闺秀。父亲郑烈，字晓云，是辛亥革命元老，参加过广州起义，曾任南京国民政府最高法院大法官和最高检察署检察长。外曾祖父林鸿章，是前清最后一个状元；舅舅林文是黄花岗七十二烈士之一；姨父沈璇庆曾在海军部任职。郑秀，先后就读于北京贝满中学、清华大学法律系。她性格活泼，气质高雅，容貌秀丽，是很多男士倾慕的对象。

进入清华后，一次大礼堂上演名剧《娜拉》，演出结束，刚刚卸完装的同台演员指着曹禺，向郑秀介绍："这是万家宝同学，今天扮演娜拉的就是他。"郑秀一听大吃一惊。面前站着的这个矮个子男青年，圆圆的脸，戴一副近视眼镜，穿一件竹布长衫，貌不惊人，简直想象不到刚才台上活蹦乱跳的娜拉就是他。曹禺看着眼前这位陌生的姑娘：高高的鼻梁，红润的脸颊，身材苗条，面容清秀，一双又大又亮的眼睛发出诱人的光彩，不由地，曹禺第一面便对她产生了一种亲近感。

1933年春天，一年一度的校庆戏剧排演活动又开始了。热爱话剧演出的几个同学一商量，快要临近毕业了，没有精力排人多场面大的戏了，决定排演英国杰出作家约翰·高尔斯华绥创作的三场话剧《最前的与最后的》（又名《罪》）。剧本由曹禺翻译，全剧只有哥哥、弟弟、女孩三个人物。曹禺建议让孙毓棠演哥哥基恩·戴兰特，他演弟弟拉里，布景设计由成已担任。女孩汪达由谁来演呢？曹禺说："让法律系的郑秀来演吧！"曹禺知道郑秀在中学时就演过戏，就通过同学孙浩然来找她参加演出，也想借演戏的机会接近郑秀。

曹禺当时在南开威望很高，考入清华的几个南开女生就说服郑秀。排练在二院91号曹禺的宿舍里进行。前后排了约一个月。每次排完戏之后，曹禺都送郑秀回新南院宿舍。在一个月的接触中，郑秀感到曹禺这个人聪明、富有才华，对自己有一种灼热的、特殊的热情；但又觉得他个子太矮，自己穿着高跟皮鞋比他还

图11–2　曹禺毕业照

高一点，不是理想的朋友。她想找一个学理工科的，人再漂亮一点，更有魅力些。

有一次，曹禺约郑秀出去走走。他说有话要说，可是停顿了好一会，他又不吭声了，只是一个劲地朝前走。走着走着，忽然左臂夹着的一叠书散落在地上。曹禺忙蹲下去捡书。慌乱中，眼镜又掉了下来。郑秀见他的窘状，禁不住咯咯笑了起来，忙帮他将眼镜捡起来。这时，她忽然发现曹禺的一双眼睛炯炯有神，闪现出异样的光彩，蕴含着深邃的智慧之光，似乎有一种摄人魂魄的美。郑秀凝神注视着曹禺，曹禺也深情地看着她。好一会儿，郑秀才醒过神来，满脸绯红，掩饰地说："天不早了，该回去了。"

5月26日，三场剧《罪》在清华同方部公演了。演出轰动了清华园，演了七八场，曹禺与郑秀一时间成为清华园中的名人。从此，他们几乎天天见面，形影不离。

1933年暑假，因为日军侵略华北，北平的时局非常险恶。清华大学当局决定，免除应届毕业生的期终考试，以全年平均分数评定毕业成绩，提前放暑假。曹禺是33届西洋文学系的应届毕业生，考入了清华研究生院。6月初开始放暑假。曹禺留在校园没有回天津的家，郑秀也没有回南京。两人整天在清华园图书馆的西洋文学系阅览大厅东北一隅，靠近借书台附近的一张长条桌的一端，相对而坐，除了低声交谈一两句话之外，便分别着手做自己的事。曹禺埋头创作剧本《雷雨》，郑秀用工整娟秀的字迹誊写出来。郑秀是《雷雨》的第一位忠实读者，他俩也由相识到相知，坠入热恋之中。清华园暑天的傍晚，他俩从图书馆出来，荷花池畔、小山石上，促膝而坐，娓娓而谈……8月初，初稿完成。1933年的深秋，《雷雨》在清华园诞生了。

据田本相说，《雷雨》是以天津周家为原型的。天津的周学熙，曾经在袁世凯的政府做过财政总长，曹禺的父亲万德尊同周家的周七爷、周九爷有来往。曹禺对周家的事情很熟悉。周家的后代、著名的儿童作家周骥良，就说《雷雨》写的是周家的故事。曹禺后来说，“说《雷雨》同周家有关，是指周家的摆设、气派、格局，《雷雨》布景的描写，确实有对周家的印象在内。《雷雨》第一幕的布景，就是根据周家的客厅设计的。”繁漪的故事，是曹禺在南开中学的同学陆以洪告诉他的。曹禺说：“陆以洪，我们是相当要好的，有时是无话不说，天南海北，甚至是他的隐私。写繁漪这个人物，就是他把一个类似繁漪女人的故事告诉了我，在我的心中放了一把火。”据陆以循告诉田本相，繁漪的原型就是他的嫂子：“谈起我的嫂子，他是我的堂哥（同祖父）的爱人。堂哥在黄河水利委员会工作过，比我那位嫂子大十几岁。堂哥这个人不开朗，很老实，长相也很死板。我这个嫂子25岁还没有结婚，那时20岁就该结婚了，总是找不上合适的，因为年岁太大了，就找了我这位堂兄，很是委屈。我这位嫂子会唱昆曲，她家是世代的业余昆曲爱好者。人长得漂亮，又比较聪明，丈夫那么呆板，不顺心。我嫂子比较苦闷，堂哥多方面都不能满足她，思想感情不能满足，生理上也不能满足她。在老式家庭中，我这位嫂子是比较活泼的，她不算是新式妇女，不是那么稳重的。”

图11-3　曹禺《雷雨》

周冲对四凤的爱情追求，那种海天云帆的浪漫激情，和当年曹禺追求郑秀的情境有关。里面也还有前面所说的曹禺早年的生活影子。《雷雨》中的周萍对于繁漪的又爱又怯又怜的复杂情感，也透露着曹禺与郑秀间爱恨交加的蛛丝马迹：

> 他要把自己拯救起来，他需要新的力，无论是什么，只要能帮助他，把他由冲突的苦海中救出来，他愿意找。他见着四凤，当时就觉得她新鲜，她的“活”！他发现他最需要的那一点东西，是充满地流动这在四凤的身里。她有“青春”，有“美”，有充溢着的血，固然他也看到她是粗，但是他直觉到这才是他要的，渐渐地他厌恶一切忧郁过分的女人，忧郁已经蚀尽了他的心；他也恨一切经些教育陶冶的女人（因为她们会提醒他的缺点），同—切细致的情绪，他觉得腻！

图11-4　曹禺与郑秀

《雷雨》写好后，曹禺把它交给在南开中学的同学、挚友靳以。靳以拿不准，就推荐给巴金。巴金非常赏识曹禺的才华，即刻在他和靳以创办的《文学季刊》上陆续刊登。

1934年暑假，为了筹集出国留学的经费，曹禺任教天津河北女子师范学校。1935年，唐槐秋率领中国第一个话剧团体中国旅行剧团，在天津新新影戏院公演《雷雨》。演出期间，曹禺与"中旅"的唐槐秋、戴涯、陶金、唐若青、赵慧深等主要演员过从甚密，并且经常在他们租住的惠中饭店留宿。惠中饭店里既有挥金如土的大款，更有以饭店为家的交际花，从而为《日出》提供了一部分的现实素材和创作灵感。1936年，曹禺在天津写了《日出》，连载于巴金、靳以主编的《文季月刊》1—4期。

"中旅"女演员唐若青是陈白露的原型之一，但更重要的一个原型是民国美女王右家。田本相在《苦闷的灵魂》一书中，记录了曹禺晚年关于王右家详细的介绍，只是把王右家的名字错写成为王又佳："点燃陈白露形象的王小姐，她的父亲和我的父亲要好，是朋友，我就是这样同她认识的。她不是陈白露，也不是交际花，但她长得确实非常漂亮，也非常聪明。真正的交际花我也见过，但王小姐不是。她是胡闹，她是不卖钱的。我同她家不十分熟，但这个人呢，却一下子把我写陈白露形象点燃起来了……"[①]曹禺说与王右家不熟，黄佐临在接受田本相采访时说："陈白露的模特儿我见过，此人姓王，叫什么我忘了。她是罗隆基情人，人们叫她王小姐，长得很漂亮。曹禺跟这个王小姐是有交往的，相当熟悉；他自己就是那个方达生了。潘经理我也见过，天津一个银行的经理，是外交部副部长章文晋的父亲，与罗隆基是同学，在英国也是同学，又在南开大学共同教课。罗隆

① 田本相、刘一军编著：《苦闷的灵魂——曹禺访谈录》，江苏教育出版社2001年版，第114页。

基是结了婚的，经常同老婆打架。王小姐是官僚的女儿，家里有钱，她不是陈白露那种交际花。北京、上海都没有像她这样漂亮的。在重庆时，曹禺常提起这个王小姐，他还陶醉那段生活。……王小姐在曹禺创作生活中是很关键的人物。张骏祥知道得更清楚些。曹禺和王小姐，不是为猎奇而猎奇，而是朋友的关系。”①

1936年9月，在余上沅的游说下，曹禺赴南京，任教于成立不久的国立戏剧专科学校。郑秀毕业后，由她的父亲找到南京审计部当了一名职员，主管大学经费的审核工作。经过3年的恋爱，经两家协商，他们决定在南京举行订婚仪式。1936年10月26日，在南京平仓巷德奥瑞同学会（一个类似国际俱乐部的组织），曹禺和郑秀举行了隆重的订婚仪式。当天，许多文化名人，像巴金、靳以、马彦祥、张天翼等都专程前往参加了这次订婚仪式。巴金还特地挑选了一个洋娃娃送给他们，作为庆贺的礼物。田汉送了一个中堂过来。

1937年3月至8月，曹禺在爱情与事业的双重收获和满足中，创作完成了他的第三部经典戏剧《原野》，在靳以主编的《文丛》杂志第1至5卷连续刊载。据曹禺回忆，《原野》的剧名得之于波斯诗人欧涅尔的一首小诗："要你一杯酒，一块面包，一卷诗，只要你在我身边，那原野也是天堂。"②当时在南京四牌楼附近安家的曹禺，正在与郑秀商谈婚姻大事。"只要你在我身边，那原野也是天堂"的浪漫情怀，正是这对谈婚论嫁的青年男女的心理。

1937年8月，日军大肆轰炸上海、南京。国立戏剧专科学校迁至长沙。10月，他们奉令在长沙就地开学。曹禺和郑秀从武汉赶到长沙，两人决定在这里举办婚礼。婚礼在长沙女青年会举行，吃的是西餐，吴祖光为介绍人，国立戏剧专科学校校长余上沅做证婚人，参加婚礼的共有20余人。婚礼比较简单，郑秀希望将来回南京时再补办一次。

1938年初，因为日机轰炸，剧校又开始从长沙向重庆搬迁。剧校到重庆后先在七星岗，后定址于北碚上清寺。曹禺与郑秀安家于枣子岚垭。到重庆后，余上沅聘请曹禺任教务主任。

---

① 田本相、刘一军编著：《苦闷的灵魂——曹禺访谈录》，江苏教育出版社2001年版，第233页。
② 高瑜：《沉睡中的唤醒——曹禺谈〈原野〉》，《北京艺术》1982年第8期。

1939年4月，日本飞机大肆轰炸重庆，剧校又奉命疏散川南小城江安，设校址于城西紧靠城墙的文庙中。1940到1941年，郑秀先后生下女儿万黛和万昭。曹禺此时发现与郑秀在性格志趣及生活习惯上矛盾渐大。小城生活单调乏味，曹禺忙于事业，郑秀闲来无事，常与剧校几位师母打牌，还常拉曹禺陪打。不久，她与曹禺这段炽热感情产生裂痕，其最直接的原因是曹禺在江安爱上了"一位愫芳式的人物"——方瑞。

三

方瑞本名邓译生，安徽怀宁人，是清代著名书法家邓石如的重孙女。父亲邓初，又名邓庆初、邓仲存、邓仲纯，毕业于日本帝国大学医学专业。其叔父邓以蛰历任北京大学、清华大学教授，现代美学家，曾是曹禺的老师。母亲方愫悌，是清代散文家方苞的后代。

1930年4月，邓初的好友杨振声被任命为国立青岛大学的校长。杨一上任，便请好友邓初来校任医务室主任。邓初携带全家来校，与杨振声、赵太侔等人合租住在黄县路7号小楼。期间，邓初夫妇同意杨振声为邓译生的干爹。他们几家亲密无间。

邓译生自幼在家自学，没有读过大学，但文化素养很高，书法和绘画都有很高的造诣。1932年9月，杨振声去教育部，主持中小学国语教材工作。杨与邓初夫妇商议，带干女儿译生和自己的儿女杨蔚、杨起一道去北平。杨振声对邓译生视同己出，将她与自己的儿女一起精心培养。吴祖光回忆道："……方瑞没上过大学，像杨振声、赵太侔这些教授都建议她的父亲不要送她上大学，就在家里读书。他们把她培养成中国最后一位闺秀……"

全面抗战后，杨振声任西南联大常务委员兼秘书长，后任西南联大在云、贵、川结合部分校的主任，全家入川。邓译生随父亲邓初一家在江津。1938年秋，曹禺随剧校迁到重庆。1939年又随校迁到川南小城江安。邓译生的胞妹宛生在曹禺教的班上。1940年暑假，邓译生与表弟方瑄德从江津来到江安，看望胞妹，就借住在吴祖光（时任戏剧学校校长室秘书）的大院，对门就是曹禺的家。邓译生早就读过曹禺的剧本，对他很是景仰。尤其是听说曹禺是清华英文系毕业的，就想请曹禺指导指导她学习英文。这样，邓宛生和方瑄德就带她拜会了曹禺。

曹禺见到邓译生，不知不觉就被她那沉静的气质和浑身散发出的书卷幽香吸引住了。当邓译生请曹禺帮她补习英文时，曹禺不假思索地一口答应。在中国文人的心目中，娇喘微微，“黛玉悲秋”式的古典美人，远比雍容华贵、八面玲珑的薛宝钗更能激发男人的想象和才情。邓译生的沉静、素雅、病恹恹的美以及那眸子里隐隐流露的淡淡忧伤，不时在拨动着曹禺的心弦。他们在不知不觉中相爱了。按吴祖光的说法，“……曹禺很喜欢方瑞，一下子就看上了。”①

图11-5　曹禺

曹禺从1934年至1939年连续发表了《雷雨》《日出》《原野》《全民总动员》《正在想》《蜕变》等剧本，声名大噪，在戏剧界的地位不断上升，但他与郑秀的婚姻却不断滑向死亡的谷底，经常为琐事而争吵。曹禺对第一次婚姻彻底失望。当曹禺看到有大家闺秀风韵的邓译生，青春的火焰又燃烧起来，他们相知，热恋起来。邓译生崇拜戏剧大师曹禺的才华，曹禺喜欢译生的温婉的声音、温柔的性格，哀静动人的幽丽……他们书信往来、约会。郑秀曾说过，曹禺这个人“热起来叫人受不了，冷起来也叫人受不了”。

不久，曹禺与邓译生的浪漫恋情被郑秀察觉，郑秀大闹了一场。“先是邓译生替他抄写稿子，我和邓译生闹了一次。有个杨嫂（方瑄德家的用人），扮演了一个传递信件的角色。有一天，杨嫂来了，向曹禺使眼神，我看见了。杨嫂待了一会儿，曹禺就外出了。我从后面尾随，曹禺没发现。他到一个茶馆里坐下，便看邓译生的信，我从后边把信夺了过去。是毛边纸写的，有一些留在曹禺手里，他便

① 田本相、刘一军编著：《苦闷的灵魂——曹禺访谈录》，江苏教育出版社2001年版，第207页。

吃进肚里去了。我便掌握了他的秘密。”①

自从结识了邓译生之后，曹禺感到邓译生最合他的心意，是他心目中理想的妻子；而邓译生对曹禺也很中意。面对已婚的曹禺，她表现得毫不懦弱，勇敢地与曹禺出双入对。戏校的学生们都知道他们的婚外恋情，也都觉得万老师与邓女士是很合适的一对。郑秀大闹一场之后，曹禺遂提出离婚，但遭到拒绝。消息传到江津，邓初大怒，要邓译生与曹禺了断情感，否则断了父女的关系。邓译生坚持与曹禺的爱情，邓初则不许译生再姓邓了。这样，邓译生就改名方瑞。

和清华园里漫溢着激情热恋郑秀不同，曹禺与方瑞的相爱充满着秋日般的宁静、安详与成熟。曹禺已经走出了情感的“郁热期”，进入了生命的“沉静”状态。他们在郊外散步，在月下谈心，爱情像润物细无声的春雨一样，滋润着彼此的心灵。和方瑞的爱情激发了曹禺的创作热情，曹禺开始创作《北京人》了，他在构思愫方的形象时，想到的就是自己心目中的可人——方瑞。

> 见过她的人第一个印象便是她的“哀静”。苍白的脸上宛若一片明静的秋水，里面莹然可见清深藻丽的河床。她的心灵是深深埋着丰富的宝藏的。在心地坦白人的眼前，那丰富的宝藏也坦白无余地流露出来，从不加一点修饰。她时常忧郁地望着天，诗画驱不走眼底的沉滞。像整日笼罩在一片迷离的秋雾里，谁也猜不透她心底压抑着多少苦痛的愿望与哀思，她是异常的缄默。
>
> ……她温厚而慷慨，时常忘却自己的幸福和健康，抚爱着和她同样不幸的人们。然而她并不懦弱，她的固执在她无尽的耐性中时常倔强地表露出来。
>
> 她的服饰十分淡雅。她穿着一身深蓝哗叽织着淡灰斑点的旧旗袍，宽大适体。她人瘦小，圆脸，大眼睛，蓦看怯怯的，十分动人矜惜。她已过三十，依然保持着昔日闺秀的幽丽，谈话声音温婉动听，但多半在无言的微笑中静聆旁人的话语。

① 田本相、刘一军编著：《苦闷的灵魂——曹禺访谈录》，江苏教育出版社2001年版，第215页。

曹禺是想着方瑞来写愫方的，他把对方瑞的感情和思恋都写进了愫方的形象里。很多年以后，谈及愫方形象的塑造，曹禺还饱含深情地说："愫方是《北京人》的主要人物。我是用了全副的力量，也可以说是用我的心灵塑造成的。我是根据我死去的爱人方瑞来写愫方的。为什么起名叫愫方，'愫'是她取了她母亲的名字'方愫悌'中的'愫'；方，是她母亲的姓，她母亲是方苞的后代。"

图11-6 曹禺、方瑞（中）与张瑞芳

曹禺几乎调动了他生活中的全部经验和积累投入《北京人》的创作。现实生活中他与郑秀、方瑞的三角关系在剧中转化为曾文清、曾思懿和愫方的三角关系。《北京人》初版扉页上有"海内存知己，天涯若比邻"的题记，不难看出是曹禺题给自己"不忍互通款曲"却又偏偏要"互通款曲"的婚外恋人方瑞的，同时也是题给剧中处在婚外恋中"不忍互通款曲"却又偏偏要"互通款曲"的曾文清和愫方的。

1941年10月24日，《北京人》由中央青年剧社在重庆抗建堂首次公演。由张骏祥导演，张瑞芳主演愫方。演出大厅观众爆满，场外还拥挤着许多买不到票的观众。方瑞也应邀来到了抗建堂。当舞台上演到远方的军号声缓缓传来，愫方的情感升华到了顶点，她悲喜交集地对瑞贞说："活着不就是这个样子吗？我们活着就是这么一大段又凄凉又甜蜜的日子啊！叫你想想忍不住要哭，想想忍不住要笑啊！"方瑞听了，不由得想起自己，情不自禁地用手帕抹眼泪。

1942年年初，曹禺辞去戏校的职务，由江安来到重庆。在复旦大学教授英语和外国戏剧。方瑞也来到重庆，二人开始了同居生活。由于与郑秀离不了婚，曹禺每周还要到江安，看望郑秀和两个女儿。

1942年夏天，在重庆附近唐家沱的长江上浮泊着的一只江轮里，曹禺开始了对巴金小说《家》的改编。他俯扑在一张餐桌上，打着赤膊，背上流着一串一串汗珠，昼夜不停地写。每写完一段，便把原稿寄给方瑞。方瑞总是寄来热情鼓励的回信，同时还在原稿上改动一些，或者添补、删去一些，然后再工工整整的复写一遍。据后来曹禺介绍："我写《家》，那时正与方瑞通信，她信写得好，我摘了几句放在《家》里，就是鸣凤对三少爷说：'这脸只有小时候母亲亲过，现在你挨过，再——有——再有就是太阳晒过，月亮照过，风吹过了'。"曹禺在那艘轮船上度过了整整一个夏天，完成了《家》的改编。像《北京人》一样，曹禺的《家》又一次现身说法，宣泄了自己的情感苦闷。巴金小说着重反映觉慧等青年一代的奋斗、反抗和成长，曹禺剧中人物的叙述重心已经由原著的觉慧转变为觉新、瑞珏和梅表姐在婚姻上的不幸和痛苦。曹禺和郑秀、方瑞之间的情感纠葛显然是剧本改编的现实背景，这里寄寓着曹禺个人感受中最深的东西。

巴金非常理解曹禺的改编，他曾经这样评价曹禺改编的《家》："整整一个夏天，他写出了他所有的爱和痛苦。那些充满激情的优美的台词，是从他心底深处流淌出来的，那里面有他的爱，有他的恨，有他的眼泪，有他的灵魂的呼号。他为自己的真实感情奋斗。"

1946年，曹禺去美国讲学，期间写信给郑秀，再次要求离婚，郑秀没有答应。1947年曹禺从美国归来后，留在上海。郑秀搬到南京他父母那里，由于郑秀不同意离婚，曹禺只得往返于上海和南京两地，照顾两个家庭。

1948年底，经中共地下组织安排曹禺经香港转道解放区，方瑞与之同行，于1949年3月18日到达北京。1950年年初，郑秀来到北京，在中国人民银行工作。曹禺任中央戏剧学院副院长。按照新的婚姻法规定，经朋友做工作，曹禺与郑秀正式办理了离婚手续。据董健在1997年12月13日河北师范大学曹禺研讨会上透露，由于郑秀要曹禺拿出500元钱的补偿金才答应离婚，曹禺又实在没有这笔巨款（相当于旧币500万），离婚之事再一次陷入僵局。周恩来了解到这一情况后，当即帮助曹禺解决了这笔款项，曹禺感激涕零。[①]对此，郑秀说："抗战胜利后，

① 张耀杰：《曹禺：戏里戏外》，东方出版中心2012年版，第261页。

我回到南京，从审计部调到财政部，曹禺再没有给过生活费……据说我父亲在上海《新闻报》登过一则启事，说：郑秀和曹禺是合法的婚姻，其他人都是非法的……后来，我还是从政治上考虑，从他的前途考虑，答应离婚了……曹禺做了检讨，他哭了。他那时每月的工资是2 000斤大米，拿900斤大米抚养孩子，条件是到大学毕业。我当时说：‘为了爱，我同你结婚，同样为了爱，我同意离婚。’”①

不久，曹禺与方瑞正式结婚，结束了他们十来年的同居生活。这对历经磨难的有情人终于走到了一起。婚后至“文革”前，是方瑞一生中最幸福的时光。她没有出去工作，在家帮助曹禺整理材料，做一些文字抄写工作。闲暇时，写字画画。她画的山水、石子、竹子等，古雅清幽，就像她的为人，有一种静谧的气息。

图11-7　曹禺、方瑞与女儿

1952年，方瑞与曹禺生下女儿万方（剧作家），后又生女万欢。同年8月，北京人民艺术剧院成立，曹禺任院长。1956年，曹禺加入中国共产党。在“文革”中，曹禺被打成“反动学术权威”，遭受批斗，先后在北京人艺和宿舍看大门。孩子又小，又有一个年老体弱的老母亲，方瑞苦苦支撑着这个家，默默地把爱献给孩子，献给曹禺。她的内心当然是痛苦的，但外表上很镇静，每天靠吃安眠药过日子。

① 田本相、刘一军编著：《苦闷的灵魂——曹禺访谈录》，江苏教育出版社2001年版，第216页。

图11-8　女儿万方

1974年的一天，方瑞因服食过量的安眠药去世，死时床边堆积着很多大小不等的药片。曹禺面容憔悴，惶惶不安，站在旁边走来走去，口中不停地说："共同生活了几十年，就这样走了……"

1978年，平反后的曹禺，在《为了不能忘却的纪念——〈家〉重版后记》中，为"舍身爱人"的方瑞，写下这样一段话："自从我写《北京人》，我所有的文稿都是经过所爱的朋友的手，或抄誊过，或改动过。我的这位朋友，在'四人帮'横行时，经常不断地探视我，在相对无言中，曾给了我多大的勇气与韧力啊！但是她身体衰弱了，没有等到粉碎'四人帮'的胜利到来，终于过早地离开我和孩子们。对于革命，对于社会，我的朋友是默默无闻的。然而我将永远感激她。因为她通过我，总想为人民的事业尽一点力。"

四

方瑞去世，曹禺不但失去了生活与心灵的伴侣，更没了照料他饮食起居的人，这时，他与郑秀的女儿，学医的万黛，更多地负起了这个责任。而万黛也从不否认，自己对父亲的照料当中，倾注着母亲郑秀的心血，若不是郑秀对曹禺的生活饮食习惯了解得非常清楚，她也很难将父亲照料得如此无微不至。而郑秀在与曹禺离婚后并未再婚，现在方瑞已死，女儿们的心里都盼着二人有机会复合，甚至从万黛的叙述中可以看出，郑秀也有此意。可是，曹禺却似乎完全没这么想过，他某一天突然向家人宣布，自己要再婚了，对象是著名戏剧演员李玉茹。

图11-9　李玉茹戏装

李玉茹，原名李淑贞、李雪莹，1924年7月出生于北京旗人家庭，父亲原是北平的贫民，很早就过世了。她从小没念过什么书，与母亲和姐姐靠做针线活讨生计。她幼从票友李墨香学老生。1932年考入北京中华戏曲专科学校，工旦角，师承王瑶卿、梅兰芳、程砚秋等名家，为该校第四班“玉”字辈学生，与侯玉兰、白玉薇、李玉芝并称中华戏曲专科学校“四块玉”。1940年毕业后，组织“如意社”，自任社长并担任主要演员，先后与马连良、杨宝森、谭富英等名家合作演出。抗战胜利后，李玉茹定居上海，自1946年起在天蟾舞台与叶盛兰、李少春等以“十大头牌”轮流挂牌演出。

图11-10　李玉茹

曹禺与李玉茹也是老相识。1947年，李玉茹刚23岁。那年秋天，她正参加大来演出公司组织的剧团，在上海挂牌演出。一起挂牌的，有李少春、叶盛兰、叶盛章、袁世海等人，有时还能与大师周信芳等名角同台演出。

有一天，李玉茹和周信芳同台演毕麒派名剧《坐楼杀惜》，遇到两位在行的观众。其中年轻一点的一位对她说：“您的戏，传统规范都有了，可是缺少神，淡而无味；与周信芳先生相比，内心的东西少。您要学他的戏的节奏，不要程式化，要化程式，不要被四功（唱做念打）五法（手眼身法步）捆住。”这位跟他说话的人，就是刚从美国回来不久的曹禺；另一位则是他的好友巴金。

李玉茹听说这位直言不讳的先生就是曹禺时，心里既紧张又高兴。她看过的第一个话剧，就是曹禺的《日出》。后来，她迷上了曹禺所有的戏：《雷雨》《北京人》《原野》。如今，这位大师就在自己的眼前，还对自己有这么中肯的指导，她觉得十分可贵。就这样，李玉茹把曹禺当成了自己的老师和朋友。那段时间，曹禺正在构思一部以女演员为主角的剧本，也常找李玉茹谈心。他曾向她倾诉过婚姻的不幸，还向她表达了自己的爱意。但因为母亲的反对，李玉茹未跟曹禺进一步发展。后来曹禺与方瑞结了婚，两人也就很少联系了。

两人再次联系是在“文革”之后。1978年，《人民文学》发表了曹禺的《王昭

图11-11　曹禺与李玉茹

君》。当时，李玉茹正担任上海京剧院三团团长，很想把《王昭君》和原有的京剧《昭君出塞》合并起来，搞个京剧《王昭君》，于是就主动给曹禺打电话，说明此事。谁知曹禺在电话那头回答说："你现在太胖了，不能演王昭君了。"

这年12月8日，曹禺到上海参加活动，李玉茹去宾馆看望他。两人同是在"文革"中受到迫害的文艺战线的人，又是老相识，现在又都成了自由身，见面后相聊甚欢。李玉茹得知，"文革"以及丧失爱妻方瑞后，曹禺得了严重的神经官能症，全靠安眠药度夜。安眠药也把曹禺害得很苦，有时他在大会发言，说着说着突然就会陷入沉睡状态。有时他在跟人谈话之际，也变得神思恍惚。

早在30年前，曹禺在李玉茹的楼下等她时，却不被李玉茹的母亲欢迎；30年后，他俩再相见，爱情的火花再度点燃。回到北京以后，曹禺开始天天往上海写信、打电话。这里有两人互赠的《如梦令》。曹禺写道：

寄友人
三十年前旧梦，今日又来相抚。
瞬息又离别，谁知何日再睹？
再睹，再睹，春风小楼独主。
1979年1月3日

李玉茹的回应是：

答友人
三十年已逝矣，今日大地春回。
喜意外重逢，暂离相会有期。
有期，有期，小楼坐待生辉。

1979年1月8日

1979年春天，李玉茹带领上海京剧团赴欧洲演出4个月。同年6月6日，曹禺写信给李玉茹女儿说："我唯一的烦恼，就是感到腹中空空，知识太少。你妈妈以为我有点学问，你也认为我是个什么什么！其实都不是！我现在不知写什么！甚至于怕写不出什么来了！也许你妈妈会治我这种恐慌症、空虚病，但是妈妈那样远，她像是在什么行星上遨游，而我是一粒尘土黏在泥泞道路上。小如茹，我十分想念妈妈啊！有了她，我可以说出许多话，许多感情，而她又是多么能劝解、分析、解释。我只是怕她累病了！你看，又许久不见她一个字了！这怎么好啊！"①

一来二去，两人就决定共同组织家庭。1979年12月7日，56岁的李玉茹和69岁的曹禺，在北京悄悄办理了结婚手续。曹禺和李玉茹都极为珍视这份"黄昏情"，他们共同携手生活了17年。1996年12月13日，曹禺去世。李玉茹伴随他走过了人生的最后岁月。2008年7月11日，李玉茹因患肺癌于上海逝世，享年84岁。

郑秀离婚后始终未再婚，于1989年10月去世。曹禺以自己的名字送了个巨大无比的花篮。受过高等教育的郑秀，坚持无望地守候曹禺一生，即使难免有从一而终的思想，必然也是发自内心对曹禺执着的真感情。晚年，曹禺回忆起他与郑秀的并不美满的婚姻，感慨地说："在这件事上，她有错，我也有错。"曹禺最后给自己的论定是："我是有很多缺点和缺陷的人，但是，我是没有罪孽的一个人。"

参考文献与阅读书目

曹禺：《曹禺戏剧全集》全5册，人民文学出版社2013年版。

田本相：《曹禺传》，东方出版社2009年版。

① 李如茹：《怀念老爸爸曹禺》，李玉茹、钱亦蕉编《倾听雷雨：曹禺纪念集》，上海文艺出版社1999年版，第50页。

田本相、刘一军编著：《苦闷的灵魂——曹禺访谈录》，江苏教育出版社2001年版。

张耀杰：《曹禺：戏里戏外》，东方出版中心2012年版。

钱理群：《大小舞台之间——曹禺戏剧新论》，北京大学出版社2007年版。

朱栋霖：《曹禺：心灵的艺术》，北京大学出版社2010年版。

曹树钧：《曹禺经典的新解读与多样化演绎》，上海远东出版社2013年版。

邹红主编：《曹禺研究1979—2009》，吉林文史出版社2010年版。

十二、张爱玲：半生缘，不了情

图12-1　张爱玲

在张爱玲的笔下，未婚的女人大都是一些“女结婚员”，她们需要通过婚姻来谋取一份好的生活，而离婚的女人和丧偶的女人则更直接，嫁夫的目的就是寻找穿衣吃饭的保障。所以女人们的命运是悲哀的，她们一生“讲的是男人，念的是男人，怨的是男人，永远永远”[①]。但张爱玲又对女人的这种无可奈何的处境满怀悲悯，在《谈女人》一文中，她说：“以美好的身体取悦于人，是世界上最古老的职业，也是极普通的妇女职业，为了谋生而结婚的女人全可以归在这一项下。这也毋庸讳言——有美的身体，以身体悦人；有美的思想，以思想悦人，其实也没有多大分别。”[②]

她的小说告诉我们，生在这世上，满目沧桑，没有一样感情不是千疮百孔的，然而——到底还是有爱的，那就千疮百孔地爱着吧。张爱玲点遍人间姹紫嫣红，尽皆成断井颓垣，惊醒世人的痴梦。然而，她自己却是那个最不肯醒的痴

① 张爱玲：《有女同车》，《流言》，北京十月文艺出版社2012年版，第87页。

② 张爱玲：《谈女人》，《流言》，北京十月文艺出版社2012年版，第69页。

人。痴心所系，仍是那千古难求的纯情的才子佳人梦。张爱玲与胡兰成的爱情，生生就是现代世界的才子佳人故事。在古代，才子佳人要一见钟情，要饱经磨难，最后总归要曲终奏喜地大团圆。现代世界礼崩乐坏，样样都荒腔走板，有始无终，所以有了一见钟情的遇见，有了饱经磨难，最后却不能花好月圆，哪怕是差强人意的“小团圆”也没能实现，这真是让人不能甘心。与赖雅也是如此，身无分文的过气作家，不早不晚恰好遇见了，也就是不二之选。

张爱玲的小说写得那么苍凉，对世事人情洞察彻悟，其实她的情感经历、人世阅历还是比较单纯，在一副看透世情阅遍人生的背后，充满罗曼蒂克的热情，这就是张爱玲理想中的爱情。张爱玲爱胡兰成，爱得全无计较，低到尘埃里。胡兰成浪子情薄，不能懂张爱玲的热烈和浪漫，只觉得这是她自愿委曲求全，不知道这原来是她的一往情深。纵然之后分手，仍是半生缘，不了情。

一

图12-2　李鸿章与张佩纶

张爱玲，1920年9月30日出生于上海麦根路（今泰兴路），原籍河北丰润，原名张煐。张爱玲系出名门，祖父张佩纶（1848—1903）是清末名臣，祖母李菊耦（1866—1912）是李鸿章的长女。父亲张志沂（1896—1953），字廷重。母亲黄素琼（1896—1957），字逸梵，亦是出身显赫，外祖父黄翼升是清末长江七省水师提督，在对东捻的战斗中立下功劳，功封男爵。

张廷重和黄逸梵原是远房表兄妹，自幼便定亲，22岁结婚，两人门当户对，才貌般配，是人人称羡的“金童玉女”。黄逸梵尽管出身于传统官宦世家，思想上却因为清末民初民主自由气氛的渲染而极为开化，是那个时代的新女性。她不甘于深闺宅院里传统妇女的生存方式，渴望能与一个志同道合、民主新潮的伴侣，共同营建完全不同于祖辈的新世界，还拜师学油画，跟徐悲鸿、蒋碧薇这些个社会名流都很熟识。因此，她无法容忍丈夫吸食鸦片、嫖妓、娶姨太太，更看不惯他无所作为，婚后的黄逸梵与张廷重每日都是争吵，争吵，日益升级的争吵，终至不可调和，致使黄逸梵多次出走国外，最终两人的婚姻破裂，黄逸梵后来一生漂泊在国外，最后孤苦地死在异国他乡，成为我们中国第一代“出走的娜拉”。

图12-3 张爱玲祖母李菊耦（后立者）

家族的日趋衰败，家庭的不幸，父母的离异，自然给张爱玲留下了抹不去的阴影，对她的创作产生了重要的影响。分析张爱玲的经历和情感之路，我们会发现，在她的成长过程中，她经历了一个亲情逐渐褪色的过程，父母亲的离异，父亲的再婚，一次对她的暴戾举动与囚禁，彻底伤害了她的情感；而当她逃到母亲家里之后，母亲经济上的困窘使母女之间原本稀薄的爱一点一点地磨损。少女张爱玲在情感上孤立无援，赤裸裸地站在天底下。

张爱玲的文学启蒙是父亲张廷重。这个晚清遗少带有那个没落阶级的坏毛病，唯一的长处是满腹诗书。张爱玲曾这样描绘父亲：“我父亲一辈子绕室吟哦，背诵如流，滔滔不绝一气到底。末了拖长腔一唱三叹地做结。沉默着走了没一两丈远，又开始背另一篇。听不出是古文时文还是奏折，但是似乎没有重复的。我听着觉得心酸。因为毫无用处。”父亲的满腹诗书使他面对有文学天赋的女儿时有了用武之地，于是，小说、诗词、报纸、背诵，这些都成了营造父女情感的主要元素。张爱玲对文字的把握，对文学的品位都带有父亲那一代人的精神气息。没落的家族、颓废的风气、繁华后的苍凉、人情浇

图12-4 张爱玲的父母及家人

薄的世事、残缺破损的世界，这些气息是张廷重这一代跨越新旧两个时代的人才有的，“五四”以后、1920年出生的张爱玲原本不会有这些感悟。可以说，张廷重对张爱玲的影响是非常重要的。张子静回忆说：“我父亲离婚至再婚的三四年间，可说是我们与他最亲近的一段时间。我记得姊姊放学回家，多在他的书房看书，和他闲谈对哪一本小说的看法。父亲细心地听着，也会把他的看法说给她听。他们闲谈的时候，我都在一旁听着。我记得姊姊最爱谈的是《红楼梦》。曹雪芹创作这部书的时代背景，他的家庭，以及书中主要人物的刻画，我父亲都曾详细地分析给她听。”张廷重还对张爱玲写的《摩登红楼梦》拟了回目。这个落拓才子，陪着张爱玲度过了童年和少年。

图12-5　母亲黄逸梵

在文学的世界里，张爱玲建立了对父亲的爱。在张爱玲的情感取向上，我们可以找到她明确的恋父倾向，比如她一生中的两次婚姻对象都是比自己年龄大很多的男人，而且她在择偶的问题上有鲜明的立场，她说：“男子的年龄应当大十岁或是十岁以上，我总觉得女人应当天真一点，男人应当有经验一点。”在《茉莉香片》中，她也有类似的表达：“大部分的男子的美，是要到三十岁以后才更为显著……”在她成长的阶段，很少有其他的男性进入她的世界，她的母亲又抛下她们姐弟出国，剩下她与父亲相依为命，成为感情的共同体，这很容易令她产生对父亲的依恋。后来因为后母的介入才摧毁了父女情感。她的小说《心经》就是讲述了少女小寒的“恋父情结”（亦称“厄勒克特拉情结”“爱烈屈拉情结”“依莱特接情结”）。女主人公小寒是一个古怪精灵的女孩，她的父亲是一个事业有成的体面中年人，小寒对男女之爱有着自己独到的理解，她认为男人对于女人的怜悯，也许是近于爱。然而一个女人决不会爱上一个她认为楚楚可怜的男人。并且郑重强调：女人对于男人的爱，总得带点崇拜性。天真而偏执的小寒幻想着成为父亲的恋人、情人和爱人，一辈子不结婚，只永远陪在父亲身边，她要“守在家里做一辈子孩子”，不管是作为一个“女儿”的身份，还是作为一个“女人”的身份，“我是一生一世不打算离开你的”。她肆意地勾引她的父亲，慢慢地离间乃至扼杀她父母之间的爱情，取代母亲的位置。最后，她的父亲许峰仪借着小寒的同学绫卿逃开了这段畸恋。当小寒知道父亲爱上了自己的同学之后，有这样一段描写：“啊，七八年前……那是最可留恋的时候，父女之爱的黄金时期，没有猜忌，没有试探，没有嫌疑……小寒叉着两手搁在胸口，缓缓走到阳台边上。沿着铁栏杆，编着一带短短的竹篱笆，木槽里种了青藤，爬在篱笆上；开着淡白的小花。夏季的黄昏，充满了回忆。”

图12-6　张爱玲与弟弟张子静

张爱玲曾说：“《传奇》里的人物和故事，差不多都‘各有所本’的”，并且说，“……写小说的间或把自己的经验用进去，是常有的事。至于细节套用实事，往往是这种地方最显出作者对背景的熟悉，增加真实感。作者的个性渗入书中主角的，也是几乎不可避免的，因为作者大都需要与主角多少有点认同。”在小寒身上，是不是也有张爱玲自身的心理情感呢？

二

张爱玲的小说多取材家族人物，她笔下的男女情感千疮百孔，但她祖父母的传奇姻缘却成为她心中炫目的风景，她对他们的故事极其着迷。在《对照集》中，她展示了家族的照片，打捞了祖父母的文字情缘，“我太罗曼蒂克”，“我没赶上看见他们，所以跟他们的关系仅只是属于彼此，一种沉默的无条件的支持，看似无用，无效，却是我最需要的。他们只静静地躺在我的血液里，等我死的时候再死一次。我爱他们。”[①]

① 张爱玲：《对照集》，《重访边城》，北京十月文艺出版社2012年版，第216—217页。

不同于她后来的小说中的男女情感，张爱玲自己骨子里对爱情还是相信与渴望的。张爱玲中学毕业时，校刊《凤藻》上为毕业班的同学出了一个问卷调查式的专辑，名为“一碗什锦豆瓣汤”，“豆瓣”是对同学的爱称，每个同学是一个“豆瓣”，要求每人在一个表格中按要求填写。其中有最喜欢吃的食物、最喜欢的人、最怕的事、最恨的事、常常挂在嘴上的话、自己的拿手好戏等条目。在“最喜欢的人”一栏张爱玲写的是“Edward Ⅷ”，也就是英王爱德华八世，他为世人所瞩目的真正原因是他的传奇恋情。这段恋情在当时惊动世界，被称为“20世纪最轰动的爱情”。因为他所爱的是美国的一个离了婚的平民女子，为了这段爱情，他不惜舍弃王位，在巴黎与爱人结婚。这份爱情犹如尘世间的一个童话故事，质地清纯，完美动人。这也正是张爱玲所憧憬的爱情。

在散文《爱》中，张爱玲讲述了一个故事：有个村庄的小康之家的女孩子，生得美，有许多人来做媒，但都没有说成。一个春天的晚上，她立在后门口，手扶着桃树。对门住的年轻人同她见过面，可是从来没有打过招呼的，他走了过来，离得不远，站定了，轻轻地说了一声：“噢，你也在这里吗？”她没有说什么，他也没有再说什么，站了一会，各自走开了。后来这女子被亲眷拐了，卖到他乡外县去作妾，又几次三番地被转卖，经过无数的惊险的风波，老了的时候她还记得从前那一回事，常常说起，在那春天的晚上，在后门口的桃树下，那年轻人。“于千万人之中遇见你所遇见的人，于千万年之中，时间的无涯的荒野里，没有早一步，也没有晚一步，刚巧赶上了，那也没有别的话可说，唯有轻轻的问一声：‘噢，你也在这里吗？’”[①]她相信这样的爱情。

1943年，23岁的张爱玲发表了她作为职业作家的第一部小说《沉香屑——第一炉香》，讲述一个涉世不深的少女葛薇龙对一个浮浪子弟乔琪不可救药的爱。乔琪惯于在花丛中行走，被女人宠坏了，葛薇龙热烈的情爱从他这里得不到公平的回应。但葛薇龙已经是泥足深陷，欲罢不能，那也只有认命，简直是视死如归。偶尔的，她也希望乔琪能说点好听的话，哪怕是骗骗她。乔琪笑着说：“你也用不

① 张爱玲：《爱》，《流言》，北京十月文艺出版社2012年版，第85页。

着我来编谎给你听。你自己会哄自己。总有一天，你不得不承认我是多么可鄙的一个人。那时候，你也要懊悔你为我牺牲了这许多！一气，就把我杀了，也说不定！我简直害怕！”葛薇龙却自有认赌服输的气概：“我爱你，关你什么事？千怪万怪，也怪不到你身上去。”慷慨悲壮得像个爱情烈士。真是宿命般的，张爱玲也遇上了，并且就爱上了这样的男人。

胡兰成（1906—1981），浙江绍兴人，追随汉奸汪精卫，抗日战争时期出任汪伪政权宣传部副部长，因其为汪精卫执笔而被列为著名汉奸。他的《今生今世》详细描述了他在爱情与政治上的摇摆不定。有人称这部书是胡兰成的“群芳谱”，书中写了与他有关系的8个女人，分别是发妻玉凤、女教师全慧文、护士小周、斯家姨娘范秀美、日本女子一枝，一位红歌女，临水照花的才女张爱玲，上海滩的大姐大佘爱珍。

图12-7 胡兰成与《今生今世》

在张爱玲的心目中，胡兰成是一个旧式有学问的人，惯常穿一袭中式长袍，态度和蔼，外表也讨人喜爱。年龄虽然比爱玲大了十五岁，但年龄的差异反而增加了吸引力。过去，她又惯于把外面的社交世界关闭在她的运行轨道之外，男人很少有机会闯进她的生活中去，因此，当第一个男人一旦闯入的话，就会笔直走进她的心里。就好像她锁上了门，关起了窗，但是却忘了收好保险箱的钥匙，因此，第一个男人一旦走进了房门，就很容易攫住所欲求的。

对于张爱玲来说，这是一次真正的初恋，也是头一次结婚。她生性不喜见人，但是毕竟还没有打死结，她还是初次遇到这么个以为堪以托付终身的人，而且胡兰成的年龄也无疑使她颇有安全感。张爱玲对胡充满了一种浪漫的崇拜感情，这种感情与其说是出自一位极通世故的作家，倒不如说是出自一个学龄的纯洁少女更为恰当。在一帧送给他的照片上，张爱玲题写道：“见了他，她变得很低

图12-8 陷入爱情中的张爱玲

很低，低到尘埃里，但她心里是欢喜的，从尘埃里开出花来。”

胡兰成是个朝秦暮楚的荡子，他对女人，见一个爱一个，情虽不伪，却也不专。张爱玲则不同，她与人交往很矜持，不善交际，不见生客。与胡兰成相爱，是非常偶然的，胡兰成说：“她想不到会遇见我。”但一旦遇见了，便不能自拔。张爱玲接受胡兰成，与其说是欣赏他的才，不如说是有感他的“知”。张爱玲爱才，是必然的，她觉得与不聪明的人交往是件痛苦的事情。但胡兰成对她的吸引，首先是“知”，其次是才。张爱玲最看重的是她与胡兰成之间的懂得和相知，张爱玲被胡兰成的“相知”而深深地打动了。他们互相欣赏，“是男女相悦”。在《论张爱玲》一文中，胡兰成说：“张爱玲先生的散文与小说，如果拿颜色来比方，则其明亮的一面是银紫色的，其阴暗的一面是月下的青灰色。是这样一种青春的美，读她的作品，如同在一架钢琴上行走，每一步都发出音乐。但她创造了生之和谐，而仍然不能满足于这和谐。她的心喜悦而烦恼，仿佛是一只鸽子时时要想冲破这美丽的山川，飞到无际的天空，那辽远的，辽远的去处，或者坠落到海水的极深去处，而在那里诉说她的秘密。她所寻找的是，在世界上有一点顶红顶红的红色，或者是一点顶黑顶黑的黑色，作为她的皈依。”“起先，我只读了她的一小部分作品，有这样的担心，以为青春是要消失的，她对于人生的初恋将有一天成为过去，那时候将有一种难以排遣的怅然若失，而她的才华将枯萎。现在，我不再这么想来。我深信她的才华是常青的。就因为她不仅是希腊的，而且是基督的。”“这里有着她对于人生之虔诚。她不是以孩子的天真，不是以中年人的执着，也不是老年人的智慧，而是以洋溢的青春之旖旎，照亮了人生。”胡兰成还说，“鲁迅之后有她。她是个伟大的寻求者。和鲁迅不同的地方是，鲁迅经过几十年来的几次革命和反动，他的寻求是战场上受伤的斗士的凄厉的呼唤，张爱玲则是一枝新生的苗，寻求着阳光与空气，看来似乎是稚弱的，但因为没受过摧残，所以没一点病态，在长长的严冬之后，春天的消息在萌动，这新鲜的苗带给人间以健康与明朗不可摧残的生命力。”

1944年，胡兰成的第三任妻子英娣不能忍受胡兰成的背叛而提出离婚，这使得没有指望能结婚的两个人终成眷属，张爱玲与胡兰成秘密结婚。胡兰成说，因顾到日后时局变动不致连累，没有举行仪式，只写婚书为定：“胡兰成张爱玲签订终身，结为夫妇，愿使岁月静好，现世安稳。”前两句出自张爱玲之手，后两句是胡兰成所撰。好友炎樱为证婚人。

在晚年写的《小团圆》中，张爱玲描述盛九莉在邵之雍的三楼客房里由少女转变为少妇：

> “怎么今天不痛了？因为是你（盛九莉）的生日？”他（邵之雍）说。他眼睛里闪着兴奋的光，像鱼摆尾一样在她里面荡漾了一下，望着她一笑。

小说令人印象深刻的是，张爱玲还描写了她的性爱初始体验：

> 他忽然退出，爬到脚头去。
>
> “嗳，你在做什么？”她恐惧的笑着问。他的头发拂在她大腿上，毛毵毵的不知什么野兽的头。
>
> 兽在幽暗的岩洞里的一线黄泉就饮，汩汩的用舌头卷起来。她是洞口倒挂着的蝙蝠，深山中藏匿的遗民，被侵犯了，被发现了，无助、无告的，有只动物在小口小口地啜着她的核心。暴露的恐怖糅合在难忍的愿望里：要他回来，马上回来——回到她的怀抱里，回到她眼底——。

结婚后三个月，1944年11月，胡兰成到武汉，因为他看到“南京政府日觉冷落”，在日本靠山池田的安排下，他主持了武汉《大楚报》的工作。来武汉不到一个月他就与汉阳医院一个十七岁的护士周训德相好。胡兰成说：“人家说刻骨相思，我们却天天在一起，亦一时不见就我寻她，她寻我，……人世如高山流水，我真庆幸能与小周为知音。”胡兰成说：“我与爱玲说起小周，却说的来不得要领。一夫一妇原是人伦之正，但亦每有好花开出墙外，我不曾想到要避嫌，爱玲这样小气，亦糊涂得不知道妒忌。”“我今这样，对爱玲是否不应该，我亦憬然思省，但思省了一大通，仍是既不肯认错，又不能自圆其说。”胡兰成是样样明白，但样样错事都是明知故犯。

九个月后，日本投降，胡兰成便开始了他的逃亡生活。胡兰成逃亡期间，要改名换姓，张爱玲说：“那时你变姓名，可叫张牵，又或叫张招，天涯地角有我在牵你招你。”可怜张爱玲一片痴心，但她终没把胡兰成“牵”住“招”回。胡兰成逃亡到温州，在去温州的途中就与范秀美同居，而且用了一个张家的关系所取的名字：张嘉仪。胡兰成对自己行为的说法是：“我在忧愁惊险中，与秀美结为夫妇，不是没有利用之意。要利用人可见我不老实。但我每利用人，必定弄假成真，一分情还他两分，忠实与机智为一，要说这是我的不纯，我亦难辩。我待秀美，即真心与她为夫妇，在温州两人同同走街，一面只管看她的身上脚下，越看越爱，越看越亲，越看越好。”

胡兰成是只顾自己享乐，哪管他人痛苦不痛苦，也不管这样做有理没有理。“我已有爱玲，却又与小周，又与秀美，是应该还是不应该，我只能不求甚解，甚至不去多想，总之它是这样的，不可以解说，这就是理了。”

张爱玲一边拼命写作、出书，凑钱寄给胡兰成，还千里迢迢特地去温州看望胡兰成，希望给他以抚慰。胡兰成见到张爱玲，其态度是惊而不喜，甚至没有感激，因为他已与秀美以夫妻的身份住在一起，怕邻居看出破绽。面对张爱玲的爱，胡兰成说：“我待你，天上地上，无有得比较，若选择，不但于你是委屈，亦对不起小周。人世迢迢如岁月，但是无嫌猜，按不上取舍的话。”胡兰成还辩解说：“这对张爱玲，我是无言可表，但亦不觉得怎样抱歉，因为我待张爱玲，如我自己，宁可克己，倒是要多顾顾小周与秀美。”张爱玲不无委屈地说：“你与我结婚时，婚帖上写现世安稳，你不给我安稳。”胡兰成是难得给任何女人安稳的。实际上，从潜意识里来讲，从年纪到心态，从文化层次到情感需求，张爱玲其实不是在找恋人，而是在找“家”，找“家园”，找“传统”之父，找“安稳”，找父亲的影子，找能和她一起靠回忆回到那古老时代和环境的同行者。

别后的一年多时间，张爱玲等待着相知的胡兰成能够相随，但没有。一年半之后，极度绝望的张爱玲于1947年6月10日寄给胡兰成一封决绝信：“我已经不喜欢你了。你是早已不喜欢我了的。这次的决心，我是经过一年半的长时间考虑的，彼时唯以小吉（小劫的隐语——笔者注）故，不欲增加你的困难。你不要来寻我，即或写信来，我亦是不看的了。”

图12-9　张爱玲《小团圆》

张爱玲在写给胡兰成的诀别信中表示，分手后她“不能再爱别人，我将只萎谢了”[①]。在《小团圆》的结尾，张爱玲却抛出一个令人感到十分意外的梦境表述，可视为是张爱玲刻意让我们看到她梦中（深层意识内）的另一种愿望：一家数口的天伦之乐的梦想／仙境。在20世纪30年代的爱情电影《寂寞的松林径》的音乐调子中，她来到山上一间红棕色的小木屋，碧蓝的天空下，阳光和树影摇晃着，出现了几个孩子，那些都是她的孩子；然后，更令人惊异地，出现了另一个人的身影：邵之雍。这个梦中的男人微笑着把她带往木屋，她羞涩起来，手拉手，“两人的手臂拉成一条直线”；然后，梦就醒了。醒来后，盛九莉“快乐了很久很久”。这一场“梦一般”的恋歌式的描写，不难让人感受到，张爱玲经过30年的岁月洗礼后，内心里对当年那一场爱恋，产生出有如梦幻般的感觉，浪漫不减。浩浩荡荡的爱情，重开了过去／上海时期和未来／美国时期的追忆之门，而将恋人依偎缠绵的场景，写得丝丝入扣，如梦如幻。书中结局的“梦境团圆”之笔，似乎为我们解开了这一场“小团圆”之谜底：现实世界中的相遇可解为“大团圆”，而梦中的相聚与重逢，则只能视为“小团圆”。在“小团圆”的背景上，即使在盛九莉和邵之雍最终分手的见面场合，她和这个男人的过去“像长城一样，在地平线绵延起伏”，尽管这长城已经没有用处了，其中的追怀之意十分浓郁，有如长城般占据了她的心头。张爱玲在给宋淇夫妇的信

① 胡兰成：《今生今世》，中国社会科学出版社2003年版，第246页。

中对《小团圆》有一段自我解读："这是一个热情故事，我想表达出爱情的万转千回，完全幻灭了之后也还有点什么东西在。"

对于张爱玲，这爱情虽是千疮百孔，但也还是爱情，要从心里拔除，必然痛苦异常。不论是《倾城之恋》中实现却悬置的爱，还是《封锁》中不近情理不可能实现的爱情梦，张爱玲的爱情书写都肯定了爱的渴望在人心中的存在与爱的人生的意义。《小团圆》里，张爱玲写九莉，"那痛苦就像火车一样轰隆轰隆一天到晚开着，日夜之间没有一点空隙。一醒过来它就在枕边，是只手表，走了一夜"。虽然张爱玲的姑姑张茂渊对她说"没有一个男人值得这样"，但对坚信"爱就是不问值不值得"的张爱玲来说，这份爱情够她回味一生了，这份爱情之痛也够她一生来疗治了。

三

张爱玲自己陷入感情中野火烧不尽，但她对人世却洞察透彻。她说："生命是一袭华美的袍，爬满了虱子。"在张爱玲的笔下，看不到风花雪月的爱情，看不到一往情深的追求，也看不到相濡以沫的婚姻，看到的只是和谋生一样谋爱的女人，和游戏爱情的男人。

她笔下女性人物众多，不管是为人女还是为人妻为人母，爱情于她们是一轮高悬空中的月亮，冷冷悬在她们苍凉人生的上头，她们无望亦无缘去摘取它。《金锁记》中的女儿长安、《花凋》中女儿川嫦，爱情出现在生命中，她们本以为可以抓住，但伸出手，却发现不过是水中月、镜中花，爱情本不属于她们，不能不收手。长安以"一个美丽、苍凉的手势"挥别爱情，从此生命"一级一级，走进没有光的所在"；川嫦在对爱放手的同时，也放弃了对生命的执着。如果说女儿的青春女性情怀使她们在面对爱情时更注重在精神上追求和谐、丰

图12-10　张爱玲《传奇》

富、欣赏、发展与享受，那么，走进婚姻的女性则随其身心的进一步成熟而自然地要求一种灵肉结合的爱情婚姻。长安、川嫦等女儿们在爱的无望中失去对人生的憧憬与生命的希冀，而与七巧、银娣一样走进无爱婚姻的女性则在身体与情感的双重煎熬中，生命要么疯狂、变态，要么绝望、枯萎。与七巧、银娣一样，《第一炉香》中的梁太太亦在老夫少妻的金钱婚姻中被扭曲，以致在丈夫死了获得大量钱财后寻求一种变态的情欲满足。更多婚姻中女性则在无爱婚姻中生命走向枯萎、绝望，《花凋》中的郑夫人是“一个美丽苍白的，绝望的妇人”，她的一生是“一出冗长的单调的悲剧”。与长安、川嫦相比，《红玫瑰与白玫瑰》中的烟鹂怀着对爱的憧憬，幸运地走进了婚姻，但婚姻中的烟鹂很快变成“一个乏味的小妇人”，发起脾气来总像是做小伏低惯了的，脸上不时掠过婢妾的怨愤，其他如《等》中的太太们，《鸿鸾喜》中的娄太太，《小艾》中的席五太太，等等。从女儿到妻子、母亲，女性无爱、苍凉的人生“一级一级，走进没有光的所在”，沦入无边的黑暗。从女儿时起，她们是“没点灯的灯塔”（《花凋》）；步入婚姻，她们是“玻璃匣里鲜艳而凄怆的蝴蝶标本”（《金锁记》）、“绣在屏风上的白鸟”（《茉莉香片》）；直至成为婆婆，生命彻底异化，沦为宗法父权天宇里一轮“灼灼的小而白的太阳”（《金锁记》），演绎着无爱人生的苍凉传奇。

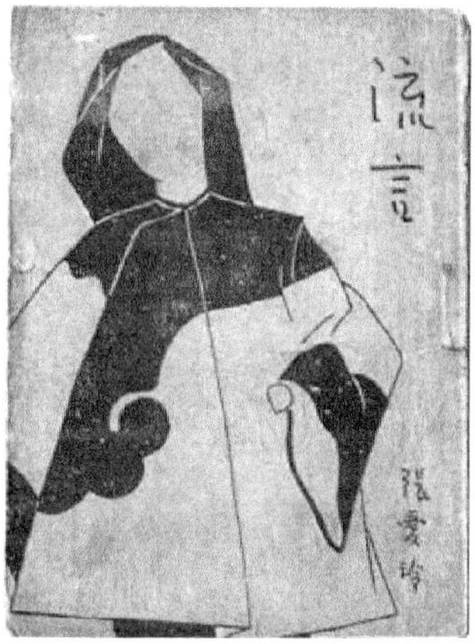

图12-11　张爱玲《流言》

女性由于生存的迫切及自身的依附意识，选择以“谋爱”来“谋生”，功利原则是其在面对爱情婚姻时的首要原则。男性，却在爱情中处于失位状态，他们要么在追求人生飞扬时背弃了日常情感生活，人生在无爱中呈现出苍凉空洞的底色；要么在肉欲狂欢中灵肉错位，生命由此扭曲、异化。张爱玲的爱情书写依然充满对人性的透视与对男性走出传统樊篱的质疑。张爱玲文本中的男性世界，以封建遗老遗少、洋场阔少为主，既无温柔敦厚、洁身自好的君子风范，亦无壮怀激烈、保家卫国的英雄气概，而只是在父权文明庇荫下依历史惯性享有种种特权的一具具“泡在酒精缸中的孩尸”，他们在纵情于肉欲狂欢的同时，却丧失了起码的一点爱的意识与能力。《花凋》中的郑先生，“有钱的时候在外面生孩子，没钱的时候在家里生孩子”，他的生命是“连演四十年的一出闹剧”。《小艾》中的席五爷为一时的兴趣，强奸了婢女小艾，为着美貌的姨太太忆妃，将新婚的妻子如敝屣般弃置家中，而忆妃一旦生病色衰，又敝屣般抛弃，另结新欢。另如《怨女》中的姚三爷、《金锁记》中的姜三爷、《倾城之恋》中的白三爷、白四爷等等，无不是闯荡红粉丛中随处留情却从不用情的浮蜂浪蝶。

《倾城之恋》中的流苏，在强大的生存压力下，铤而走险香港，试图谋得有钱的范柳原的爱情而取得经济上的安全。生存的迫切，使她无暇顾及“心”的需求，“她承认柳原是可爱的，他给她美妙的刺激，但是她跟他的目的究竟是经济上的安全。”在功利原则的遮蔽下，流苏与柳原无法获得彼此的沟通、谅解，爱情被搁置，在生存逼迫下，流苏再下香港，与柳原达成妥协，以做情妇换得经济上的安全。“把爱情和谋生紧紧联系起来，让爱情在物质的算盘珠子上拨过来拨过去，成为女人谋生的一种方式，直白地说就是女人通过谋爱来谋生，这是张爱玲小说中的一大特色。”①通过谋爱来谋生，是张爱玲文本中众多女性不约而同的选择，爱情不是她们对未来生活的首要期待，获取经济的安全才是当头之重。因为女性在传统禁锢下，既失去了自谋生存、自立社会的能力，亦养成了对社会的怯懦心态与对男性的依附心理，时代虽为女性生命洞开了前所未有的自由空间，但对女性的禁锢与压抑并未完全解禁，却将女性抛置于巨大的生存压力之下。“娜拉”们出走，“不是堕落，就是回来”，爱情在强大生存压力挤兑下，再度被边缘化。所以有人说，“如果说在张爱玲的男性世界里，女人承载着男性欲望的各种载体，我们从中很难看到爱情、找到爱情，男人‘谋爱’的目的更多地是为了‘谋欢’。那么，那些生活在男权统治下永无救赎希望的女人们，生活际遇就更加不幸。因为‘谋欢’是男权社会持有经济操控权的男人们的特殊专利，制度和观念以及经济实力为他们提供了从容享受女人肉体服务的便利机会。而女人就远没有这份幸运和

① 刘思谦：《张爱玲：走出女性神话》，《首都师范大学学报》（社会科学版）1993年第3期。

优裕。处于经济劣势的她们首先面临的是生存，她们所有的人生愿望包括爱情的期冀都不得不让位、还原于最基本的生存需要。而婚姻是获取生存的保障，恋爱是获得保障的途径，谋爱是为了谋生——这就是女人苍凉而现实的人生。”[①]

《红玫瑰与白玫瑰》叙述了一个现代男人的情感生活，佟振保是社会上“顶天立地的好人”，他生命中有两个重要的女人圣洁的妻孟烟鹂和热烈的情人王娇蕊。佟振保曾与朋友之妻王娇蕊有过如火如荼的情爱生活，也有身体也有心，但这不合社会伦理道德的情爱显然与振保的前途相冲突，与振保一贯奉行的男性中心主义价值标准相左右，当爱的热情退却，此时，母亲的意愿、事业成功、社会责任成为他退出的最合乎天理人情、不可抗拒的理由，“现在正是报答他母亲的时候。他要一贯地向前，向上。第一先把职业上的地位提高。有了地位之后他要做一点有益社会的事，譬如说，办一个贫寒子弟的工科专门学校，或是在故乡的江湾弄个模范布厂，究竟怎样，还是有点渺茫，但已经渺茫地感到外界的温情的反应，不止有一个母亲，一个世界，到处都是他的老母，眼泪汪汪，睁眼只看见他一个人。”显然，在佟振保这个现代男人身上，爱情为他享受情欲、放纵生命提供了美丽的借口，而社会、传统对男性的角色期待又为其自私打算、安然退出情场提供了另一崇高的借口。

张爱玲的小说反复书写的是“小团圆”而不是“大团圆”。但即使这个小小的团圆愿望，也往往是以“悲凉”收场。所以，张爱玲笔下“圆满收场”的爱情故事非常罕见。张爱玲所写的，与其说是爱情，不如说是爱情的渴望、爱情的不可能、爱情的遭遇；不如说是两人之间的“小团圆”；她与其说是在写“爱情”，不如说是在写“战争”，一个人与众多人之间的“战争”，这个人往往是女性，因为男性可以轻而易举地走到“外面”去，或者到传统文化的堕落生活中去（如嫖赌纳妾）。因此，张爱玲从来也不将爱情当作与世隔绝的美梦。即便如此，张爱玲和她笔下的人物，没有放弃和对个体生命意义上的“小团圆”的追求，也没有怀疑“爱情”本身的意义。《色·戒》就是一个例证。王佳芝，原本是要用爱情做诱

① 常彬：《以“五四”爱情神话为背景谈张爱玲的小说》，《郑州大学学报》（哲学社会科学版）2003年第3期。

饵，去实施暗杀敌人易先生的集体计划。但在最后的关头，“爱”的力量突然占了上风。“快跑！”二字，使得她拒绝了一次“大团圆”（或者说将被拒绝），完成了一次“小团圆”（或者说仅仅是在她自己的内心完成的）。而“小团圆”的另一方的易先生，并没有做这样的选择，而是选择了他们自己的“大团圆”。

张爱玲创作的黄金时期是1943—1944年，自从与胡兰成的婚姻出现危机之后，张爱玲的创作也进入了一种艰涩的状态。在最犹豫苦痛的1946年，她的创作竟然是一片空白。就在这一时期，张爱玲开始撰写电影剧本。一个作者的创作过程通常是将他们的痛苦通过变形成为艺术作品，感情因悲剧作用而得到净化。亚里斯多德认为悲剧犹如一服清泻剂，可把人们的肝肠荡涤一下。张爱玲的《不了情》，正可为这种梦境般的变换过程，以及它们的清泻效应，提供明显的例子。

电影剧本《不了情》，后来又改成小说《多少恨》，1947年5月出现在《大家》月刊上。故事中的男女主角夏宗豫和虞家茵在一家电影院中偶遇，后来机缘巧合，虞家茵为生计出来做家庭教师，却发现学生的父亲就是自己在电影院中偶遇的男人。夏先生是一个事业有成的中年商人，而夏太太是个未曾受过教育的乡下女人，缠绵病榻。家茵与她的学生，夏家八岁的女儿相处得很好，后来在了解了夏先生的为人后，与他的交情也不错。家茵的父亲在许多年前抛弃了她们母女俩，现在到上海来想得到家茵的帮助。尽管心中怨恨他，但是出于孝道，家茵还是尽力相助。家茵和夏逐渐相爱起来，虞老头听到这个风声后，要求夏在公司中给他谋个职位，谁料他在公司中不知自爱，滥用职权，还引起数起丑闻，使家茵大为丢脸。夏先生因深爱着家茵，不便解雇虞老头，但是最后不得已还是辞退了他。虞老头又想把家茵卖给夏做妾，使他们两人极端厌恶。这个计划失败后，他又企图与夏太太联合起来，因为当时夏太太已赶来上海以缓解离婚危机。夏太太恳求家茵不要夺走她的丈夫，但是家茵拒绝了。家茵虽然拒绝了，然而有两个原因使她觉得难以与夏缔结姻缘。其一，她的父亲是一个十足的无赖，他会紧盯不舍，毁了她的一生；其二，她担心夏的女儿将来总有一天会怨恨夏，就像她恨自己的父亲那样，因此，假造个托词与夏分手，使夏伤心不已。从此家茵离开上海到厦门去教书了。

这篇小说是按照《简·爱》或《蝴蝶梦》的模式写成的，可是令人注目的倒是故事与张爱玲的真实生活十分相似。女主人翁二十五岁，与张当时的年龄相仿，也是一个自食其力的女人。张爱玲的原名是“煐”，读音与“茵”相近，而以上海方言发音则相同。于是，煐就变为家庭中的茵或家茵。那个染有老派上等人恶习的父亲形象以及可怕的后母形象，都是张爱玲家庭生活中所熟悉的。夏比家茵大十岁，与张和胡的年龄差大致相当。1946年或1947年，张爱玲写作剧本/小说时，正面对着她第一次婚姻不可避免的破裂，并因此给她带来了痛苦。对她来说，胡兰成多次背叛她的事实是难以使她无动于衷的，于是，通过一种变形过程，只把胡兰成身上有吸引力的部分，投影到了小说中的主角夏先生身上，使夏先生变成值得女主人翁为他奉献爱心的人，因此，恋爱虽然结束了，爱心却没有结束，电影片名《不了情》明白地暗示这层意思。男主人翁既然是完美无缺的，爱情的破碎就自然不能归咎在他身上，而由另两个人物来扮演反派角色。女主人翁主动地控制了事态的发展，自己出走厦门，而不像张爱玲，她是在最后才不得已被动地与胡断绝关系。张爱玲将一连串所谓“满足愿望”的变形产物投影到她的创作中去，就像在梦中一样，梦通常是人们在幻境中“满足愿望”。文学作品是高度变形的一种行为，也即把真实的生活状况变换成虚构文字里的生活状况，但是把事实逐个转变直到适合作者的意愿为止，作者往往是在潜意识情况下这样做的。《不了情》便是这种梦境般变形的明证，它是张在严重的个人危机中将情感升华的结果。当她在婚姻中受挫时，通过创作改造真实生活中的事件，使自己获得安慰。她是爱胡兰成的，但人世乖张，胡兰成不能与她一夫一妻地相守，虽然他给了她至高的爱情期许，说自己待她的情分是天

图12-12　胡兰成

上地下无有得比，但她要的是纯粹的爱情，所以她决定离他而去，但情是最难以割舍的东西。在《自己的文章》一文中，张爱玲曾经说过，那种极端觉悟的彻底的人物毕竟是少数，而斩钉截铁的事物也不过是例外，所以她不喜欢壮烈，而喜欢苍凉，苍凉虽然有一种不彻底的悲哀，但毕竟是真实的可信。这样的话是她标明自己文章风格的，其实也同样标明了她对人世人性的态度。《不了情》中的虞家茵坐船走了，张爱玲也从温州坐船离开了胡兰成，虽然她回到上海后已经做出了与胡兰成分手的决定，但那份情却是了犹未了。

与胡兰成的这段经历，让张爱玲耗尽了心力。张爱玲后来在《十八春》写道："不管别人对她怎样坏，就连她自己的姊姊，自己的母亲，都还没有世钧这样使她伤心"，"对于年轻人，三年五载就可以是一生一世，他和曼桢从认识到分手，不过几年的工夫，这几年里面却经过这么许多事情，仿佛把生老病死一切的哀乐都经历到了。"

四

1946年7月，正处于情感危机中的张爱玲，应柯灵之邀参加了一个宴会，这个宴会设在一位年轻的导演桑弧的家中。

桑弧（1916—2004），原名李培林，生于上海，原籍浙江宁波，著名的导演、编剧。桑弧身材瘦瘦，个子不高，双目炯炯有神。他原本在中国银行任职，凭着过人的文学素养和对电影的爱好，他自1941年起从事电影剧本创作，创作了《灵与肉》（又名《肉》）、《洞房花烛夜》《人约黄昏后》等，在影剧界颇有声名。1946年夏，他与当时的老电影家、民族资本

图12-13　桑弧

家吴性栽计划合办上海文华影业公司，并由他来担任编导。自此桑弧在电影行业中显示出不同凡响的功力。有人对桑弧的影片有这样的评介：没有黄钟大吕的洪亮，亦没有交响乐的激昂，而更接近于一把悠扬的胡琴，平缓却委婉地演绎着凡俗的小曲。桑弧置身在时势的漩涡之外，却俯首于情感分合、家庭摩擦、亲友关系的世俗纠纷之上，以揶揄的态度对之进行喜剧式的讥讽。他的作品浅显而生动，虽缺乏大历史的深度但有着人生的质感，尽管只是芸芸众生的悲欢离合，却也力透纸背地表达了活着的幸与不幸。①

文华影业希望借柯灵的关系请张爱玲加盟，宴会之后桑弧与担任宣传的龚之方一起登门邀请张爱玲为文华公司写剧本，经过两人的劝说，张爱玲答应尝试一下，她与文华影业公司的友谊就此开始了。在半个月之内，张爱玲写成了《不了情》，稍做修改后由桑弧执导开拍，1947年4月公映。该片上映后一炮打响，卖座极佳。借着《不了情》造成的轰动效应，桑弧想乘胜追击，再请张爱玲写个剧本。桑弧构想一部喜剧，已经有了腹稿，把电影构想告诉张爱玲后，她一气呵成，很快写出了《太太万岁》的剧本。《太太万岁》是文华公司的第二部影片，阵容强大，荟萃了张伐、蒋天流、上官云珠、石挥等明星。这部影片叙述了在一个庸俗纷扰的城市背景中，陈思珍嫁给了一个没出息的丈夫。为丈夫能开办公司，她骗得父亲资助，但丈夫得钱后却结交了交际花，最后几乎破产。陈思珍提出与丈夫离婚，最后发现丈夫对自己的真情，俩人又重归于好。该片格调清新，开了当时中国电影的喜剧新风气。影片中善用细节和机智对白描写女性心理、处境，张爱玲的剧本应居首功，而桑弧认真运用喜剧幽默和娴熟的电影技巧，把张爱玲独有的文学情味发挥得淋漓尽致。这部影片哀而不伤，悲喜交集，桑弧对于喜剧的把握在这部影片里已经成熟。张爱玲把这部影片定位为“乱世中偷欢”，她在题记中说：“陈思珍用她的处世的技巧使她四周的人们生活圆滑化，使生命的逝去悄无声息，她运用那些手腕、心机，是否必需的？她这种做人的态度是否无可疵议呢？这当然还是个问题。在《太太万岁》里，我并没有把陈思珍这个人加以肯定

① 俞璐：《桑弧：大银幕上的世俗风景》，《世界电影之窗》2009年第11期。

或袒护之意，我只是提出有她这样的一个就是了。”影片写出了小人物的生活平淡无奇，于乱世中偷欢，却是无尽的辛酸。《哀乐中年》是桑弧在1949年前拍摄的最后一部影片，由张爱玲担任顾问，它表现两个年龄悬殊的教员的爱情，以及父子冲突，含蓄中见出浓烈，喜剧中透出悲凉。张爱玲用“浮世的悲欢”来形容这几部影片中所谓的“哀乐中年”，即欢乐里面永远夹杂着一丝辛酸，而他们的悲哀也不是完全没有安慰。1948年，继《不了情》《太太万岁》大获成功后，桑弧拟将张爱玲的名作《金锁记》改编拍成电影，可是这第三度合作，因为女主角张瑞芳久治不愈的肺结核，以及动荡的时局，最终不了了之。

图12-14　桑弧导演作品

因为先后有这些合作，桑弧经常和龚之方等人去张爱玲家聊天，谈事情，桑弧为人忠厚，性格拘谨，因为谈论剧本，张爱玲与桑弧一编一导，年貌相当，才情匹配，不久即成为小报绯闻的描写对象。期间，也有朋友试图撮合两人。文华影片公司创始人之一龚之方回忆说，当时，桑弧年轻，人又忠厚老实，尚未婚配，在旁人看来，张爱玲与他正是天生一对。可实际上，从他们本人来说，张爱玲虽然与胡兰成已经分手，可心中的创痛依然没能释怀；桑弧则性格内向，拘谨得很，和张爱玲只谈公事，绝不会提及什么私事。可是，桑弧的朋友还是“瞎起哄”要撮合他们俩。张爱玲已故的亲弟弟张子静编写的《我的姐姐张爱玲》一书中，除了介绍了当初桑弧与张爱玲合作的一些情况，还提到了有人为他俩撮合亲事未果的一段往事。据龚之方当时公开的说法：他亲自上门去替桑弧提亲，而张爱玲的反应是略感诧异。她的回答并不是语言，只是对我摇头、再摇头和三摇头，意思是叫我不要说下去了。不可能的。而《小团圆》的出版颠覆了这个“不可能”：

燕山笑道：“嗳，你到底是好人坏人?”九莉笑了起来道：“倒像小时候看电影，看见一个人出场，就赶紧问‘这是好人坏人?’”当然她知道他是问她与之雍之间的关系。他虽然听见说，跟她熟了以后，看看又不像。他拥着她坐着，喃喃的说：“你像只猫。这只猫很大。”又道：“你的脸很有味道。”又笑道：“嗳，你到底是好人坏人哪?”

张爱玲和桑弧的合作到此为止。1949年，张爱玲以“梁京”的笔名在《亦报》上连载小说《十八春》，桑弧以“叔红”为笔名撰文给予高度评价：“仿佛觉得他是在变了，我觉得他仍保持原有的明艳的色调，同时，在思想感情上，他也显出比从前沉着而安稳，这是他的可喜的进步。”之后，桑弧再也没有与张爱玲有任何联系了。

陈子善认为，张爱玲与桑弧在性格上大大不同，张爱玲有一种叛逆的个性，做什么事都要与众不同，而桑弧比较忠厚老实，谨小慎微，是很方正的一个人，从性格上说，两个人没有在一起未尝不是一件好事。他曾采访魏绍昌先生，据听老先生讲桑弧与张爱玲没能走到一起的原因是遭到了大哥和家里人的反对，他的家里人认为张爱玲靠写作为生，没有正当工作，当时在社会上并不被看好，同时也许知道了张爱玲与胡兰成的那段婚姻。在《小团圆》中，张爱玲写九莉与燕山的感情对外尽管缄默，但其实已经有了燕婉之好。九莉觉得自己对燕山非常认真了，因为燕山年轻俊朗，似乎弥补了她青春期缺失的初恋，但局外人姑姑却一语道破：“没像你对邵之雍那样。”后来九莉月经延期，以为是有了身孕，燕山强笑着说那就宣布结婚，但九莉却流泪了，显然这不是她想要的爱情，她想要的爱情只能跟爱有关，不能是迫于种种现实的。

1995年，张爱玲去世以后，与张爱玲认识的很多人写文章评说怀念张爱玲，桑弧却一直保持沉默，绝口不提张爱玲。桑弧撰写的长篇回忆文章《回顾我的从影道路》对他与张爱玲合作的3部影片着墨很少，而张爱玲的名字更是一带而过。或许，因为懂得，所以不言；因为疼爱，所以沉默。

图12-15　1966年的张爱玲

因有感于新中国的环境、气氛于她不相宜，张爱玲1952年离开大陆去了香港。1955年一个秋天的傍晚，张爱玲又乘上克利夫兰总统号漂洋过海去美国，只有宋淇夫妇到码头来送她。张爱玲先到旧金山，随后到纽约，在哈得逊河附近的救世军（Salvation Army）——为穷困的人所办的女子宿舍里——安顿下来。由于没有固定收入，不得已，转而向基金会请求资助。1956年2月，她填写了申请书寄往位于新罕布什尔州彼得堡的麦克道威尔文艺营。3月，她离开纽约到新罕布什尔州，文艺营为她提供了一个避难所。就在这里，她与赖雅相遇，有了她的第二次姻缘。

斐迪南·赖雅（Ferdinand Reyher），1891年出生于美国费城一对年轻的德国移民家庭中。1908年17岁时进宾州大学攻读文学专业，20岁以前已写出不少诗歌和一部名为《莎乐美》的诗剧。1912年，他进哈佛大学攻读硕士学位，凭借一部《青春欲舞》（Youth Will Dance）的稿件，被乔治·贝克教授（Professor George Baker）吸收到著名的戏剧研究组中去。《青春欲舞》一剧后来在1914年彼得堡召开的麦克道威尔戏剧节中被选中上演（距他与张爱玲在那里相逢，几乎早了四十二年）。著名的伊丽莎白时代的学者威廉·尼尔逊教授（Professor William Neil-Son）也对这个金发的年轻人发生兴趣，为他在麻省理工学院觅到一个教英文的职位，1913年至1914学年中他就在那里教书。1914年他与大学脱钩，为《波士顿邮报》全日工作，并设法让报馆遣他到欧洲当一名记者，报道第一次世界大战。回到美国后，他便住在纽约的格林尼治村（Greenwich Village），并开始自由撰稿人的生活。他不喜欢安稳的常规工作，而喜欢过着自由飘荡的丰富多彩生活。1927年，赖雅结识了布莱希特，并成为好朋友。1931—1942年间他专心电影剧本创作。他具有一切有利条件来做一名优秀的电影剧作家：能麻利地写出又快又好的作品、深谙对白的妙用、才智过人以及对快速移动情节的感受等等，然而，他从来没有成为好莱坞第一流剧作家，部分原因是他常爱从这个公司游荡到那个公司，例如RKO、派拉蒙、哥伦比亚及米高梅等；部分原因是他并没有在电影王国当第一流剧作家的欲望。

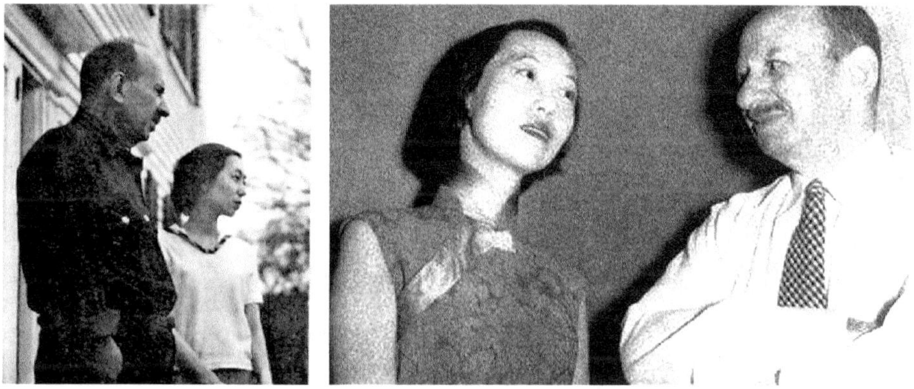

图12-16　张爱玲与赖雅

1955年他取得麦克道威尔文艺营的入营机会，在这里，赖雅希望能休养生息，重新积聚力量，为重展雄风抓紧最后的机会。1956年冬，就在这里，张爱玲与他不期而遇，走进他的生命里来。他们在3月13日开始第一次交谈，到5月12日，赖雅的日记中就有了这样的记载："去房中有同房之好。"仅仅两个月就发展到这一步，对于生性矜持的张爱玲来说令人惊奇。

这一年的8月14日，张爱玲与赖雅在纽约结婚，炎樱又一次出席了她的婚礼。风华不再的赖雅并不能改变张爱玲在美国的困境，他们开始了"暖老温贫"的婚姻生活。1967年10月8日，76岁的赖雅去世，这个在异国他乡给了她温暖的男人永远地离开了她，留下她举目无亲地生活在美国。关于赖雅，张爱玲在给朱西宁的信中描述："Ferdinand Reyher不是画家，是文人，也有人认为他好……他是粗线条的人，爱交朋友，不像我，但是我们很接近，一句话还没说完，已经觉得多余。"文字平静淡然，令人触摸不到她内心的情感波澜，也感受不到她与胡兰成离异时那种生命"萎谢"的痛苦。

图12-17　1994年的张爱玲

1995年9月8日，张爱玲被发现在寓所已经去世，死亡时间大约在五六天前。她的好友、遗嘱执行人林式同看到的是这样的一幕："张爱玲是躺在房里唯一的一张靠墙的行军床上去世的，身下垫着一床蓝灰色的毯子，没有盖任何东西，头朝着房门，脸向外，眼和嘴都闭着，头发很短，手和腿都自然地平放着。她的遗容安详，只是出奇的瘦，保暖的日光灯在房东发现时还亮着。"她把仅有的一点物品堆放在门边，又将自己枯瘦的身体平放在床上，安详地，静静地听着生命从自己的身体里一点点流走，凉意一点点地充满全身。那生命远去的节拍是李清照的《声声慢》，道不尽的凄凉与孤寂。

参考文献及阅读书目

张爱玲：《张爱玲典藏全集》，哈尔滨出版社2002年版。

张爱玲：《小团圆》，北京十月文艺出版社2009年版。

许子东：《张爱玲晚期小说中的男女关系》，《文学评论》2011年第2期。

司马新：《张爱玲在美国——婚姻与晚年》，上海文艺出版社1996年版。

余斌：《张爱玲传》，海南出版社1995年版。

胡兰成：《今生今世》，中国社会科学出版社2003年版。

后 记

2015年到台湾访学，适逢黄子平老师在台湾“中央大学”讲授《沈从文研究专题》。沈从文20世纪40年代写作《水云》《看虹摘星录》，涉及他的创作与情感的关系，他的创作观与生命观发生了变化。解志熙先生的《爱欲抒写的“诗与真”——沈从文现代时期的文学行为叙论》及其弟子的文章对此有新的解读，引起了人们的争论。由此启发，准备研究现代作家的情感与其创作的关联。关于沈从文的是第一篇，其后又写了胡适、徐志摩。回到芜湖以后，陆续完成了其他各人的篇章。因为有其他研究任务，原本要写的茅盾、丁玲、白薇、张资平、徐讦等没有着笔，希望以后能够补出。写作本书不是为了满足名人隐私的窥视欲，而是希望能够让读者了解并理解作家丰富的情感世界及其对创作的影响。为了增强阅读性，从“百度图片”及“搜狗图片”网站搜寻了一些照片。由于不知晓其版权归属，无法联系，请版权所有者与我联系，略奉薄酬。

感谢安徽师范大学与文学院的出版资助，感谢安徽师范大学出版社总编辑侯宏堂教授为本书出版所给予的热情、无私的支持和帮助！

叶永胜

2017年8月7日立秋